（通巻第12巻）
本好きの下剋上
～司書になるためには手段を選んでいられません～
第三部　領主の養女Ⅴ

2017年10月　1日　第　1刷発行
2020年10月26日　第10刷発行

著　者　香月美夜

発行者　本田武市

発行所　TOブックス
〒150-0002
東京都渋谷区渋谷三丁目1番1号　PMO渋谷Ⅱ　11階
TEL 0120-933-772（営業フリーダイヤル）
FAX 050-3156-0508

印刷・製本　中央精版印刷株式会社

ISBN978-4-86472-600-9

…かな？
第三部 領主の養女
空白の2年間を経て、
ついに目覚めたローゼマイン。
新章の舞台は貴族の学校！
本好きの下剋上
司書になるためには
手段を選んでいられません
第四部 貴族院の
自称図書委員Ⅰ
香月美夜
miya kazuki
イラスト：椎名 優
you shiina
寝すぎて、う、うごけない…
2017年
12月9日
「ふぁんぶっく2」
と2冊同時
発売！
第2回
「集まれ！本好き！」
人気キャラクター
投票 公式HPにて開催中！
（2017年9月8日～10月9日）
わたし、今度こそ1位!?
TOブックス・オンラインストア
にて予約受付中！
詳しくは「本好きの下剋上」公式HPへ！
http://www.tobooks.jp/booklove

本好きの下剋上

司書になるためには手段を選んでいられません

第三部　領主の養女Ⅴ

香月美夜
miya kazuki

TOブックス

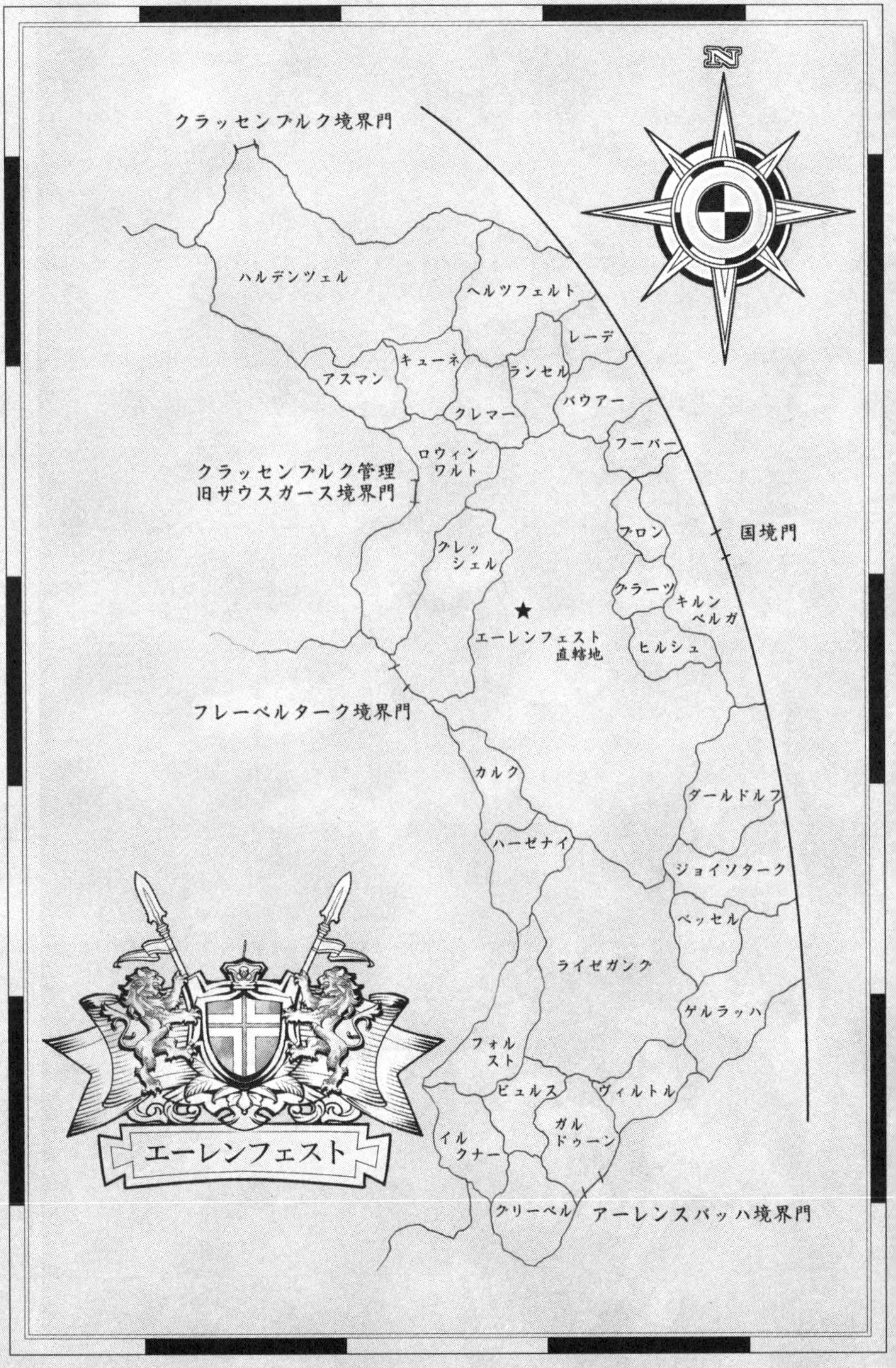
クラッセンブルク境界門
ハルデンツェル
ヘルツフェルト
レーデ
キューネ
ランセル
アスマン
バウアー
クレマー
フーバー
ロウィン
ワルト
クラッセンブルク管理
旧ザウスガース境界門
国境門
ブロン
グレッ
シェル
クラーツ
キルン
ベルガ
エーレンフェスト
直轄地
ヒルシュ
フレーベルターク境界門
カルク
ダールドルフ
ハーゼナイ
ジョイソターク
ベッセル
ライゼガング
ゲルラッハ
フォル
スト
ビュルス
ヴィルトル
ガル
ドゥーン
イル
クナー
エーレンフェスト
グリーベル
アーレンスバッハ境界門

第三部

領主の養女Ⅴ

イラスト：椎名 優 You Shiina
デザイン：ヴェイア Veia

登場人物

領主一族

ローゼマイン
主人公。兵士の娘から領主の養女になり、名前が変わった。でも、中身は特に変わっていない。本を読むためには手段を選んでいられません。

フェルディナンド
ジルヴェスターの異母弟。神殿におけるローゼマインの保護者。

ジルヴェスター
ローゼマインを養女にしたエーレンフェストの領主でローゼマインの養父様。

フロレンツィア
ジルヴェスターの妻で、三人の子の母。ローゼマインの養母様。

ヴィルフリート
ジルヴェスターの長男で、ローゼマインの兄になった。

ボニファティウス
ジルヴェスターの伯父。カルステッドの父。ローゼマインの祖父。

シャルロッテ
ジルヴェスターの長女で、ローゼマインの妹になった。

第二部あらすじ

青色巫女見習いになったマインは神殿に工房を作って飢えている孤児達に職と食を与えたり、グーテンベルク達と印刷について試行錯誤をしたりして忙しい毎日を送っていた。けれど、神殿長が連れ込んだ他領の貴族に襲われる。家族や側仕え達を守れる立場を手に入れるため、マインは上級貴族の娘ローゼマインになり、領主の養女になることを決意した。

カルステッド
エーレンフェストの騎士団長。ローゼマインの貴族としてのお父様。

エルヴィーラ
カルステッドの第一夫人。ローゼマインの貴族としてのお母様。

騎士団長一家

エックハルト
カルステッドの長男。フェルディナンドの護衛騎士。

ランプレヒト
カルステッドの次男。ヴィルフリートの護衛騎士。

コルネリウス
カルステッドの三男。ローゼマインの護衛騎士見習い。

オティーリエ
側仕え。
エルヴィーラの友人の上級貴族。

ローゼマインの側近

アンゲリカ
護衛騎士見習い。魔剣を育て中の中級貴族。

リヒャルダ
筆頭側仕え。保護者三人組の幼少期を知る上級貴族。

ブリギッテ
護衛騎士。ギーベ・イルクナーの妹で中級貴族。

ダームエル
護衛騎士。引き続き護衛をすることになった下級貴族。

下町の家族

ギュンター
マインの父さん。

エーファ
マインの母さん。

トゥーリ
マインの姉。

カミル
マインの弟。

下町の商人達

ベンノ……プランタン商会の旦那様。
マルク……ベンノの右腕。
ルッツ……ダプラ見習い。
オットー……ギルベルタ商会の旦那様。
コリンナ……ギルベルタ商会の針子。
ダミアン……商業ギルド・グスタフの孫。

神殿の側仕え

フラン……神殿長室担当。
ザーム……神殿長室担当。
ギル……工房担当。
フリッツ……工房担当。
ヴィルマ……孤児院担当。
モニカ……神殿長室&料理の助手。
ニコラ……神殿長室&料理の助手。

ローゼマインの専属

エラ……専属料理人。
フーゴ……専属料理人。
ロジーナ……専属楽師。

グーテンベルク

インゴ……木工工房の親方。
ザック……鍛冶職人。発想担当。
ヨハン……鍛冶職人。技術担当。
ハイディ……インク職人。ヨゼフの妻。
ヨゼフ……インク職人。ハイディの夫。

その他の貴族

オズヴァルト……ヴィルフリートの筆頭側仕え。
ユストクス……リヒャルダの息子。フェルディナンドの側近。
ギーベ・イルクナー……ブリギッテの兄。
ゲオルギーネ……ジルヴェスターの姉でアーレンスバッハの第一夫人。
ヴェローニカ……ジルヴェスターの母。現在幽閉中。
ジョイソターク子爵……シャルロッテ誘拐犯
ゲルラッハ子爵……ローゼマイン誘拐犯(?)

その他

カンフェル……神官長に鍛えられ中の青色神官。
フリターク……神官長に鍛えられ中の青色神官。
リヒト……ハッセの新町長。
アヒム……ハッセに派遣された灰色神官。
エゴン……ハッセに派遣された灰色神官。
フォルク……イルクナーでの生活を望む灰色神官。
カーヤ……フォルクとの結婚を望むイルクナーの住人。
ディルク……ビンデバルト伯爵と従属契約をさせられた孤児。
デリア……青色巫女見習い時代の元側仕え。
リリー……妊娠して孤児院に返された灰色巫女。

第三部 領主の養女V

プロローグ

「では、あちらでお話をいたしましょうか」

ローゼマインが扉へ視線を向ける。それは、貴族らしく取り繕《つくろ》った会話が終わりを告げる合図だ。フランに案内され、ベンノとマルクは孤児院長室にある魔力で作られた隠し部屋へと入った。

ここでは「領主の養女ローゼマイン」ではなく「マイン」との会話になるので、同席する護衛騎士も神殿の側仕《そばづか》えも、彼女の平民時代を知っている者に限られる。そのため、ベンノが神殿へ連れていくのは、基本的にマルクとルッツだけだ。ダミアンも辛《かろ》うじて平民時代を知っているが、ローゼマインが苦手意識を持っているようなので連れていくかどうかはベンノが慎重《しんちょう》に見定めている。他店から派遣されているダルア達からは、神殿の商談に同席させないことに不満が上がっているが、今のところは「城の販売会に同行させただろう?」とベンノは受け流している。

……城での商談が増えればダルア達の不満も解消されるんだろうが、建前とおべっかだらけの話し合いじゃ、肝心《かんじん》のアイツが妙な方向へ飛んでいくからな。

平民の中でも貧民の出身で、青色巫女見習いを経て、領主の養女になったローゼマインは色々な意味で常識がおかしい。飾らない言葉で対応できる場がなければ、どんなふうに暴走するのか、付き合いの長いベンノにもわからない。そのくせ、領主の養女になってしまったせいで、ちょっとした思いつきと発言であっても影響力は絶大だ。

「こちらへどうぞ、ベンノ様」

フランに勧められた椅子にベンノが座ると、マルクが背後に立った。フランが準備したお茶を貴族の作法通りに飲んでから話し合いは始まる。ギルがイルクナーへ行ってしまい、フランが隠し部屋へ入るようになると、少しずつ貴族の習慣が隠し部屋の中にも持ち込まれ始めた。

……だんだん変わっていくが、いつまでここが商談の場として機能するかな？

不意にベンノはそう感じた。少しでも早く貴族的な言い回しでローゼマインと意思疎通《そつう》できるようにならなければ大変なことになりそうだ。

「それで、今回の用件は何だ？　新しい紙ができたと聞いたが……」

茶器を置いてベンノが話を切り出すと、フランが光沢のある紙と手紙をテーブルに並べ始めた。取り繕った表情を消したローゼマインが、金色の瞳をキラキラに輝かせて得意そうに笑う。

「ベンノさん、これがイルクナーから届いた新しい紙です。インク工房のハイディに渡して、研究してもらってください。表面がつるつるとした素材なので、これに色インクが付着するかどうかを調べてほしいそうです」

「わかった」

ルッツ達をイルクナーへ送り出したものの、紙の作り方だけを教えれば十分だとベンノは思っていたし、まさかこれほど早く新しい種類の紙ができると思わなかった。新しい紙を手に取り、ベンノは指で表面を撫《な》でて唇の端を上げる。これにインクを付けることができれば色々な新商品ができそうだ。そんなことを考えていると、「わたしも研究したいんだけどな」と呟《つぶや》くローゼマインの声が耳に届いた。

「それぞれの領分があるからな。インクの研究は領主の養女の仕事じゃない。お前は倒れないように体調管理しながら、貴族社会で影響力を身に付けておけ。貴族同士のいざこざで印刷業が丸ごと潰《つぶ》されないように、な」

ローゼマインは平気でひょいっと常識の垣根《かきね》を越えて騒動を起こすので、余計なことはしないように、それぞれの領分を侵さないように、ベンノは予《あらかじ》め釘《くぎ》を刺しておく。釘を刺したところでローゼマインの暴走が止まったことは少ないのだが、何もしないよりはマシだ。

「貴族とのやり取りより紙を作る方が楽しいんですけど、始めてしまった以上、わたしが印刷業を守っていくしかありませんから頑張りますよ」

ぶーっと可愛《かわい》くない膨《ふく》れっ面《つら》をしているローゼマインだが、その立場が並々ならぬ努力で維持されていることをベンノは知っている。平民の商人として城に上がるだけでも言葉遣いや立ち居振舞いを取り繕うのは大変なのに、貴族の側仕えが常に周囲を取り囲む中で貧民の娘が領主の養女として生活するのだ。ちょっとやそっとの努力でできることではない。

「あぁ、しっかり守ってくれ。……それにしても、結構硬いな。この紙はどう使うんだ？」

パタパタ振るとペコペコと音のする紙を丸めたり、透《す》かしたりしながらベンノが尋ねると、ローゼマインは「トランプにしたいですね。扱いがすごく楽になるので」と言った。今は薄い板で作っているおもちゃを紙で作りたいようだ。

……孤児院の冬の手仕事にするために毎年発注している板作りの仕事を、インゴ工房から取り上げることになるってことは考えてなさそうだな。

インゴに配慮しろと指摘する方が良いのか、ローゼマインにはそういう常識に捕われない自由な発想をさせる方が良いのか、ベンノは悩む。

「神官長はハリセンが気に入ったみたいですけど、そうパシパシ頭を叩《たた》かれたくないですよね。あ、ちょっと聞いてくださいベンノさん。ひどいんですよ、神官長ったら……」

ローゼマインは、イルクナーから届いたばかりのこの紙を使って神官長と何をしていたのか、神官長がいかにひどいのか一生懸命に話し始めた。

……く、くだらねぇ。

ガクッとベンノの体から力が抜けた。背後でマルクが苦笑しているのが伝わってきて、ベンノは本気で悩んでいるのが馬鹿馬鹿しくなった。

……どうせローゼマインは次々と妙な物を欲しがるんだ。一つくらい仕事がなくなっても、インゴだってすぐには困らないだろう。

仕事がなくなったインゴから何か言ってくるまで放置しておけばいいという結論に達したベンノは、「その紙の値段はどうするつもりだ?」とローゼマインの熱弁を打ち切った。話題を変えられたことに不満な様子は見せず、彼女は少し考え込む。

「インクの研究をしてから値段を考えた方が良いと思います。使えなかったら意味がないので」

「……確かにインク工房での研究が先だな」

ベンノがそう言いながら新しい紙とルッツからの手紙をまとめてマルクに渡していると、ローゼマインは書字板を取り出した。今日、話し合わなければならないことが書かれているようで、ふんふん、と軽く頷《うなず》きながら書字板に視線を落とす。

「ハッセに取り付けるポンプはどうなりましたか？」

「ヨハンの工房の井戸に付けるはずだった試作品を小神殿へ回すことになった。ウチの工房のポンプがまた遠のいたって、ヨハンが嘆《なげ》いていたぞ」

神殿の井戸に取られ、城への献上品を作らされ、また小神殿に取られるのか……とヨハンが肩を落としていたことを告げると、ローゼマインは頬《ほほ》に手を当てて首を傾《かし》げた。

「部品が作れる職人を、ヨハンが早く育てなきゃどうしようもありませんよね？」

ポンプの一部の部品は細かすぎてヨハンにしか今のところは作れない。設計図はあるが、全ての部品を作れる職人がいないのが現状だ。

「すぐに作れるヤツが出てくるさ。お前がヨハンとザックという成人したての若手を贔屓《ひいき》にして育てているということで、若者達が自分の技術を伸ばそうと頑張っているらしいからな」

「へぇ、そうなんですか」

「あぁ、鍛冶《かじ》協会の会長がそう言っていた。あと、ザックがするっと口を滑《すべ》らせたみたいで、お前がザックとヨハンに工房を与えようとした話も鍛冶職人の間で出回っているらしい。自分の工房が欲しくて、腕に自信のある者がしのぎを削ってるそうだ」

領主の養女からの注文が一気に増えたり、ポンプの設計図が公開されたりしていることで鍛冶職人が張り切っている。下町のそんな現状をベンノが教えると、ローゼマインは金色の瞳を輝かせて嬉《うれ》しそうに破顔した。

「ヨハン並みに正確で細かい技術や、ザック並みの発想力を持つ職人ならば、グーテンベルクとしてわたくしは何人でも歓迎いたします。ぜひ紹介してくださいませ」

ベンノはひくっと頬を引きつらせた。育った若手をローゼマインが次々とグーテンベルクに取り立てて、職人達の常識をめちゃくちゃにする未来が見える。下町の平穏のためには現状をできるだけ維持してほしい。そう思ったけれど、ベンノの口から出た返答にローゼマインを諌《いさ》める言葉はなかった。

「……わかった。一応鍛冶協会の会長には伝えておこう」

製紙業や印刷業を広げることになれば、グーテンベルク達の負担が非常に大きくなることも目に見えている。であれば、グーテンベルクを増やして一人当たりの負担を軽減したいという計算が咄《とっ》嗟《さ》に働いたのだ。ローゼマインの考えることは利益が大きいが、非常に面倒が多い。若手の職人が望んで彼女の無茶《むちゃ》振《ぶ》りに振り回されてくれるならば、ベンノにとっても利益はある。

……別に俺達だけが苦労しなきゃいけないわけじゃないからな。

「あぁ、そうだ。今日は工房の様子を見てから戻ってもいいか？　事務的な報告は上がってくるが、ルッツとギルがいないせいで細かい連絡がなかなか行き届かないようだ」

ここ最近は「工房の灰色神官からこういう改良について相談がありました」「灰色神官がこんなことを言っていたけれど商品になりませんか？」などの、仕事中にたまたま拾った情報が全く入ってこなくなった。ルッツやギルを始めとした工房の精鋭《せいえい》達をイルクナーに派遣したことで工房内にどのような変化があったのか、グーテンベルク達を派遣することに対して不満点などはないのか、ベンノは一応自分の目で確認しておきたいと思っている。

「雑談のような情報はベンノさんが工房へ行っても得られるものではないと思いますけれど、工房の状況を確認するのは構いません。フラン、フリッツに連絡しておいてくださいませ」

「かしこまりました」

フランが一度隠し部屋を出ていくと、話し合わなければならない話題が一通り終わったせいか、沈黙が落ちた。ローゼマインが話題を探すように視線を動かし、「あ」と手を打つ。

「そういえば、ベンノさん。トゥーリはどうしてますか？　元気にお仕事してますか？　十歳を過ぎたら毎日お仕事に行くでしょ？　孤児院に来られる機会がほとんどないんです」

ローゼマインが肩を落としてトゥーリの様子を尋ねてきた。今はルッツがイルクナーに長期出張中でいないため、下町の家族に手紙も届けてもらえず近況を聞けないことも、寂しさに輪をかけているらしい。

「書いたものの、届けられない手紙を抱えてしょんぼりへにょんな毎日なんですよ。ベンノさん経由でトゥーリに手紙を渡すのは無理ですか？」

「一応プランタン商会とギルベルタ商会は別物だということになったからな……」

今プランタン商会は引っ越しの真っ最中だ。他店からやってきたダルア達の手前、完全に引っ越しを終えてしまうまで接触を控えた方が良いと考えて、ギルベルタ商会への出入りはできるだけ慎んでいる。ベンノやマルクがトゥーリに手紙を渡すのは目立ちすぎるだろう。

「コリンナを通じて渡せなくはないが、あまり人目に触れるのは止《や》めた方が良い」

この隠し部屋で受け取ったルッツがそのまま下町の家に届けるのであれば、問題はない。だが、ベンノからコリンナへ、更にコリンナからトゥーリに渡すことになれば、手紙が他人の目に触れる機会はぐんと増える。

「特に、コリンナからトゥーリに渡すのは目立つ。貧民から取り立てられて新しくダプラ見習いになったトゥーリが何をもらったのか、手紙に何が書かれているのか、注目の的になるだろう。自分から情報を垂れ流すような真似はするな」

「……ですよね。収穫祭まで我慢か。寂しいな」

ハァと溜息《ためいき》一つでローゼマインは家族への思慕《しぼ》を封じ込める。どれだけ家族を思っているのか知っているベンノとしては、その大人びた割り切りの良さが少々不憫《ふびん》に思え、ガシガシと頭を掻《か》きながら何か家族に繋《つな》がる話題がないか考える。

「あぁ、そうだ。ローゼマイン、今年の収穫祭はどうなんだ？　神官の移動はあるのか？　馬車は準備した方が良いのか？」

「いります。神官の移動はエーレンフェストからハッセ、ハッセからエーレンフェストの両方がありますから、ぜひお願いします」

ベンノが背後を振り返ると、マルクがすぐさま書字板に書き留めていくのが見えた。マルクは少し意味あり気にベンノを見た後、ローゼマインへ目を向ける。

「ローゼマイン様、馬車や食料の手配はこちらでいたします。ですから、また門に向けて、護衛依頼の手紙をお願いしてもよろしいでしょうか？」

「任せてください」

ギュンターと会える数少ない機会を、思い出したのだろう。「早速門に向けて手紙を書かなきゃ……」と言っているローゼマインの声にちょっと元気が出た。

「それから、孤児院の冬支度は去年同様、ギルベルタ商会と合同でやってくれ。あっちにもローゼマイン工房との繋がりを残しておきたいからな」

「わかりました。あ、繋がりを残すなら、灰色神官達の中古服を買いに行く時の案内役はトゥーリにお願いできませんか？　お給料代わりに服を買ってあげる、と言っておいてください。そうやって買いに行かせないと、ちょっとくらい服が小さくなってもトゥーリは平気で着るでしょ？　絶対にコリンナさんの工房では浮くと思うんですよ」

その予想は正しい。コリンナの工房に所属している針子《はりこ》は裕福な家の者が多い。大店《おおだな》であるギルベルタ商会に繋がりのある人材でなければ雇わないので、どうしても富裕層が集まる。そんな中に一人だけ貧民層出身のトゥーリが領主の養女の髪飾り職人として取り立てられたのだ。ルッツと同じで、すぐに馴染《なじ》むのは難しいようだとベンノはコリンナから聞いている。

「でも、トゥーリにはルッツという先達《せんだつ》がいるし、自作リンシャンで身綺麗《みぎれい》にすることを覚えたし、可愛いし、素直で性格は良いし、髪飾りできっちりと売り上げには貢献しているから、服を揃《そろ》えれば問題ないんじゃないかな、と思っています。その辺り、コリンナさんやオットーさんにも気を付けてもらえるように言ってください」

ルッツがギルベルタ商会に馴染めたのも、プランタン商会を引っ張っていくダプラ見習いでいられるのもローゼマインの気配りがあるからだ。これから先もこの繋がりが切れることはないと確信を持てる言葉が、ベンノには色々な意味で嬉しい。

「わかった。言っておくが、お前は本当にトゥーリが好きだな」

「トゥーリはわたしの天使なので当然ですよ」

ローゼマインが得意そうにそう言って胸を張った時、工房見学の手はずを整えたフランがフリッツを連れて戻ってきた。


フリッツに案内されて工房へ入ると、ベンノとマルクはぐるりと周囲を見回した。ざっと見た感じでは、灰色神官達が働いている様子は何の問題もなさそうだ。

「ベンノ様。突然のお越しですが、何かございましたか？」

「工房の様子を見に来ただけだ。夏の販売は好調だった。おそらく冬の終わりの販売会でも新しい本はたくさん売れると予想できる。ルッツ達がイルクナーへ行ったが、問題がないかどうか気になったんだ」

「報告している通りです。工房で大きな問題は起こっていません」

フリッツの態度が少し硬いことに気付いたマルクが、できるだけ穏やかな笑みを浮かべて「大きな問題が起こっているとは我々も考えていません」と同意した。ベンノも相手の警戒心《けいかい》が薄れるように商売向けの笑みを向ける。

「今まではルッツが仕事中に耳にした問題点なんかをよく話してくれていたが、イルクナーへ行ってからはそういう話がなくなったので、少し気になっただけだ。小さな問題で構わない。何かないか？　精鋭が何人もいなくなったのに、改善するべき点が全くないとも思えなくて、な」

マルクとベンノの言葉に、フリッツがハッとしたように軽く茶色の目を見張った。

「ルッツの提案で少しずつ工房が改善されることが何度もありましたが、ベンノ様とそのようなやり取りがあったのですね。ギル達が移動した当初は色々と不都合もあったのですが、ある程度の慣れとこちらで細かな改善をしてきました。以後は、細かな改善についても報告いたしましょう」

ルッツからの報告によると、フリッツは工房の土台が揺らがないように押さえてくれている存在で、ルッツとギルが対立した時には仲裁役を務めていると聞いている。短いやり取りですぐにこちらの要求を察する鋭さは素晴らしい。ローゼマインの側仕えでなければ自分の店に引き抜きたいものだと考えながら、ベンノはフリッツにこの先の展望を伝える。

「イルクナーの長期出張が成功したら、エーレンフェスト中に製紙業や印刷業を広げていくことになるだろう。そうなれば、ルッツとギルは今と同じように各地へ派遣されるはずだ」

この状態が日常になってもおかしくないので、何か不都合や変更しておいた方が良い点があれば早めに伝えてほしいとベンノが言うと、少し考えたフリッツがニコリと微笑《ほほえ》んだ。

「ローゼマイン様が神殿長であり、孤児院長でいらっしゃる間は心配ございません。我々の要求を汲《く》み取ってくださる方ですから」

その言葉に今度はベンノがハッとした。プランタン商会が考えておかなければならないのは、灰色神官達の長期出張よりもローゼマインが神殿長ではなくなり、今のように神殿の隠し部屋での意思疎通ができなくなった時だと指摘された気がしたのだ。

「フリッツ、単刀直入に尋ねる。ローゼマイン様が神殿長を辞めるという噂《うわさ》でもあるのか？」

工房中がざわっとした。注目を集めたフリッツがベンノを咎《とが》めるように少し睨《にら》む。

「そのような噂はございません。ただ、成人したら領主の養女として星結びを行うことになるのでローゼマイン様は神殿長を退《しりぞ》くことになります。それくらいは神殿関係者ならばわかっていることです。神殿にいる者は結婚できませんから」

明確な期限を示されてゴクリと息を呑《の》んだベンノと違い、灰色神官達はフリッツの言葉に「そういうことか」と同意するように頷き、それぞれの作業へ戻っていく。工房の日常が戻るのを確認した後、フリッツは出入り口を指さしてここから出るようにベンノとマルクに指示を出した。ベンノは近くにいた灰色神官見習いに激励の言葉をかけながら外へ出る。

「フリッツ、ローゼマイン様の成人までは本当に安泰《あんたい》なのか？」

「成人までは神殿長を務める予定だとフランから聞いています。ですが、いつまでも今までのようにローゼマイン様を介したやり取りができるわけではありません。成人を迎えるより先に、隠し部屋に異性を入れることを咎められ、使用が禁じられるでしょう。隠し部屋は貴族にとって非常に個人的なお部屋ですから」

フリッツの言葉から、本来は将来の伴侶《はんりょ》でもなければ入れない場所なのだとベンノは判断した。それが貴族の常識ならば、平民の商人や灰色神官達を入れられるわけがない。今はローゼマインが貴族になったばかりで貴族としての常識が足りない点、精神的な安定のために平民との繋がりを必要としている点、ローゼマインの容貌《ようぼう》が幼い点などから後見人である神官長が許容しているだけだ。いつ隠し部屋の使用を禁じられてもおかしくない。

「……隠し部屋が許容されるのはいつまでだと神殿側では予想している？」

「はっきりとした期限は申し上げられません。ですが、貴族院へ行く十歳頃には禁じられるのではないでしょうか？　どれだけ長く許容されても、婚約者が定められるまでだと思われます」

十歳になるまで、ということはあとは二年くらいだろうか。何となく隠し部屋が使えなくなるのではないかと思っていたが、予想以上に時間がなかった。焦《あせ》りを感じているベンノを見つめ、フリッツが同情するような笑みを浮かべて口を開く。

「私も少々焦りは感じているのです。私やギル達側仕えは、たとえローゼマイン様が神殿からいなくなっても、孤児達が飢《う》えないように自活するお金を得る場として工房を運営することを命じられています。けれど、ギルにはローゼマイン様が神殿を退く日を思い描くことは難しいでしょう。ならば、己の主が神殿を退いた経験を持つ私が、来たる日に備えなければなりません」

ローゼマインの介在がなくても、ギルがいなくても、プランタン商会と連絡を密に取れるようになることが必要だとフリッツが言った。焦りを感じていると言いながらも、フリッツの態度からはそれを全く感じさせない。穏やかな笑みの中にある芯《しん》の強さを感じてベンノは目を瞬《またた》く。今まで何

度か報告を受けたり、仕事の話をしたりしていたはずなのに、初めてフリッツと会話をした気がしたのだ。

「これからはできるだけプランタン商会へ向かう頻度《ひんど》を増やすつもりです。ベンノ様、よろしくお願いします」

「こちらこそ、よろしく頼む」

ギルやルッツが長期出張でいなくなるのが常になるならば、フリッツとの関係も強化していかなければならない。視線を交わし、握手する。


工房を出たベンノとマルクは馬車に乗り込んだ。神殿長のお抱え商人として神殿に来る時は、馬車を使わなければならないのが少々面倒だが、仕方ない。扉が閉まり、ガタゴトと動き出した馬車の中でベンノは大きく息を吐き出した。

「マルク、約二年間だ。冬支度をするように、隠し部屋での話し合いができなくなる時を見据《みす》えて準備が必要になる。何とかなると思うか？……特にローゼマインが心配なんだが」

ベンノはルッツの手紙を手に取った。ルッツがいないだけで下町の家族との手紙のやり取りが難しくなり、しょげていたローゼマインの姿が脳裏《のうり》に蘇《よみがえ》る。隠し部屋での話し合いを禁じられるようになれば、トゥーリ達との接点は更に減るだろう。それはローゼマインにとってかなり精神的な負担になるのではないだろうか。

「その心配は我々が手を出せる範囲を超えていますよ、旦那様。我々がローゼマイン様のためにできることは、専属の職人として髪飾りのやり取りができるようにトゥーリを鍛《きた》え、ルッツを城に上げられるように教育し、ハッセへの移動をギュンターに任せる現状を維持することです。フリッツから得た大事な助言を最大限に活《い》かして対応していくしかありません」

今までと同じだとマルクがフッと笑う。具体的に示されてベンノは少しだけ気が楽になった。

「確かに、いくら考え込んでもどうにもならんだろうな。どれだけ準備しているつもりでも、アイツは簡単に予想を超えてくるんだ」

ベンノがクッと笑った時、馬車がプランタン商会の前に到着した。御者が扉を開けてくれる。馬車を降りれば、夏の終わりと秋の訪れを感じさせる涼しい風が吹き抜けていった。

新しい孤児とグリム計画

本日は午後からハッセの町長であるリヒトと面会の約束をしているので、昼食を終えたら出発だ。同行するのは、わたしの護衛騎士二人と側仕えのフランとモニカ、フェルディナンドの護衛騎士としてエックハルト、更に、文官代表ユストクスである。

「姫様の騎獣に乗れるのを楽しみにしておりました」

「残念ですけれど、ユストクスは乗せられません」

「え⁉ 何故《なぜ》ですか⁉」

断られるとは、まさか思っていなかったのだろうか。ショックを受けているユストクスの顔にこちらが驚く。前回、ユストクスを乗せた時の面倒さをわたしは忘れていない。

「ユストクスはずっと話しかけてくるので、すごく邪魔なのですよ」

「姫様、少々お言葉がきついと思われますが……」

「柔らかく言ったら強引に物事を進めようとするでしょう？ わたくしも学習したのです」

ユストクスが傷ついた顔をしたけれど、ビシッと言っても聞いていないのは誰だろうか。

「ローゼマインに断られた以上、諦《あきら》めて自分の騎獣で行け、ユストクス」

「あぁ、私の楽しみが……」

フェルディナンドの言葉にもまだ未練がましく、ユストクスはレッサーバスを見る。フェルディナンドは馬鹿馬鹿しいと呟いて、さっさと自分の騎獣を出した。

「ユストクス、騎獣を出すか、貴族街へ戻るか、好きな方を選べ。さぁ、ローゼマイン。準備が整ったら出発するぞ」

騎獣を使えばハッセは近い。連絡していたので町長であるリヒトを始め、周囲の農村の村長が玄関前で跪《ひざまず》いて待っていた。収穫が始まる秋の直前は忙しいのにご苦労様である。

長い挨拶を終えて中に入ると、応接室の中には仄《ほの》かに香が焚《た》かれて、花が飾られ、搾《しぼ》りたての果汁がきちんと準備されていた。フランが毒味を終えた果汁をコクリと飲んで、わたしは隣で同じように果汁を飲んでいるフェルディナンドを見上げる。

……やっぱり「神々の御使いに果実の甘露《かんろ》と季節で最も美しい花を供え、布を準備し、香を焚いて信仰の心を示します」って結び文句がどういう意味なのか、理解できてないよね。

「リヒト、今年の収穫はいかがですか？　神事を行えなかった影響は大きいですか？」

「はい。予想していた通り、厳しいです。次の春には祈念式《きねんしき》ができれば良いのですが……」

肩を落とすリヒトと同じように村長達も項垂《うなだ》れた。丹精《たんせい》を籠《こ》めて畑の世話をしても、祝福がない土地ではどうしても作物が育ちにくい。祈念式ができなかったのだから仕方がない。

「わたくし、今日は神殿の決定をお知らせに来たのです。領主への反抗心がないか、春に祈念式を行うに相応《ふさわ》しく本当に反省しているかを確認するため、今年の冬は灰色神官を二人、ハッセに滞在させることになりました」

弾《はじ》かれたようにバッとリヒトが顔を上げた。まだ信用されていないのか、という感情が顔に出ている。町で一丸となって努力しているのだから、その感情はわかるけれど、貴族相手に感情を出さないようにする練習も必要かもしれない。

「確認も確かに必要なのですけれど、わたくしの真の目的は別にあります」

「真の目的、ですか？」

目を瞬かせるリヒトと視線を合わせながら、わたしはなるべく重々しく見えるように頷いた。

「えぇ。冬の館に滞在する間、ハッセの者に正しい貴族への対応や書類の書き方を教えるのが目的です。前神殿長の在位が長かったため、ずいぶんと対応方法に誤りがあるようですから」

「そうなのですか？　一体どのような？」

自分達が間違えていることには気付いていなかったようで、戸惑《とまど》ったようにリヒトの瞳が揺れる。

前町長が「はるか高みに続く階段を上っていった」という言葉が死亡を表すことを知らずに、尊大な態度を取り続けたことを思い出したのかもしれない。

「わたくしが毎回いただくお手紙の結び文句ですが、意味を理解していないでしょう？」

リヒトは「意味、ですか？」と言いながら、不安そうにわたし達を交互に見る。フェルディナンドがゆっくりと部屋の花に視線を移した。リヒトもつられたように視線を向ける。

「其方《そなた》が出す手紙の結び文句は貴族の間で、神官が訪れる時には酒と女と金品を準備しておくので、頼み事を聞き入れてください、という意味で使われる」

「なっ⁉　そ、そのような意味だとは思わず……」

　意味を知って血の気が引いたらしいリヒトが真っ青になって弁解しようとする。それはそうだろう。ずっと手紙の結びに使ってきた言葉がそんな意味だと知れば動転するのは当然だ。またしても無礼なことをしてしまったのか、と村長達も目を見開いて顔色を変えた。やっと罰が終わろうとしている時に再び新しい罪が重なる恐怖に震えている。そんな周囲の反応を見て、フェルディナンドが溜息混じりに緩く手を振った。

「上に立つ者が代替わりするうちに本来の意味が見失われることは珍しくない。酒も女も準備されていない部屋を見れば、意味を理解していないことは明らかだ。今回は特に罰するつもりはない。だが、初めて手紙を受け取った貴族がどのように受け止めるか、わかるであろう？」

「わかります。大変申し訳ございません」

　リヒトはザッと跪き、首《こうべ》を垂れた。村長達もそれに続く。

「冬の間に灰色神官を派遣するので学んでほしいと考えています。貴族特有の言い回しを知らなければ、これから先もまた同じような事態に陥《おちい》るでしょう。わたくしはハッセにこれ以上不幸な行き違いが起こってほしくないのです」

「神殿長のお心配りに深く感謝し、灰色神官から教えを乞《こ》いたいと存じます」

　リヒトと村長達が感動の目でわたしを見てくる。慈悲《じひ》深い聖女様扱いされているようだが、わたしは別に聖女ではない。なので、皆が感動している今のうちに、灰色神官達の待遇《たいぐう》についてきちんと約束させておきたいと思う。

「派遣される灰色神官はわたくしの代理です。灰色神官を孤児と蔑《さげす》み、嘲《あざけ》るようなことがあった場合、灰色神官は即座に小神殿へ戻らせます。忠誠心の確認も、貴族の言い回しに関する教育もハッセのためだという周知の徹底をお願いいたしますね」

これだけ脅しておけば、派遣する灰色神官が表立って嫌な思いをすることはないだろう。

「冬の間に何の問題も起こらなければ、春の祈念式を行うことができると思います。あと少し、気を抜かないで頑張ってくださいませ」

「恐れ入ります」

リヒトが肩の力を抜き、冬の館に集まっている村長達も少しばかり緊張を解いた。

「では、リヒト達の用件を伺《うかが》いましょう」

「手紙で依頼した通り、孤児を数人、買い取っていただきたいのです。正直な話、冬を越すのが厳しい状態ですが、領主様の罰を受けているため、他では買い取ってもらえません」

領主の罰が続行中のハッセに近付く者は少ないらしい。孤児を売ろうにも買い叩かれることは容易に想像できる。買い取られる孤児は可哀想《かわいそう》だけれど、わたしが自分のした事の後始末の一環《いっかん》として買い取ることは構わない。

「孤児を買い取ることは構いません。けれど、神殿の孤児院に入ってしまうと、それから先は神官や巫女《みこ》として扱うことになります。二度とハッセの町民には戻れません。ですから、幼い子供の方が良いでしょうね」

一度神殿に入ると出るのは難しい。特に、ハッセの子供ならば今のまま町長の館の孤児院で成人すれば土地がもらえる。けれど、神殿に入れば、ずっと神官や巫女として貴族の思うままに動かされることになるのだ。

「幼い子供でよろしいのですか？」

リヒトが目を丸くした。ある程度成長していなければ労働力として使えないので、孤児を売る時に幼い者はあまり選ばれない。どう考えても高値はつかないからだ。

「もうじき成人で、土地をもらって独立できる者の将来を潰すのは可哀想ですし、幼い方が何を教えても吸収が早いので神殿のやり方に馴染みやすいようです。去年買い取ったノーラは成人が近かったためか、神殿の生活に馴染むのにとても苦労していると聞いています」

「そうですか……」

十歳以下の孤児達が連れて来られた。襤褸《ぼろ》を着ているけれど、以前と違って体罰等はないようだ。傷だらけの子供は見当たらないし、全員きちんと清められていた。あまりひどい扱いをされていないことに安堵《あんど》の息を吐き、わたしはリヒトを見る。

「何人引き取れば良いですか？」

「できれば、四人ほど、お願いできますか？」

洗礼前後の子供を四人買い取ることで合意し、文官であるユストクスが書類を作って、未成年であるわたしの代理としてフェルディナンドが決済する。その間、わたしは小神殿への移動が決まって不安そうな子供達に微笑みかける。

「大丈夫です。ノーラ達がいるので全く知らない顔ばかりではありませんから」

わたしはレッサーバスで小神殿に新しい孤児達を連れて行った。ノーラ達が出迎えてくれて、新入りの孤児達を歓迎してくれる。前もって連絡してあったので、服や寝床なども色々と準備されているようだ。知っている顔を見て、子供達の顔から強張《こわば》りが薄れたことにそっと胸を撫で下ろす。

「皆、新しい仲間です。収穫祭までここで過ごすことで神殿の生活に慣れてもらいます。皆はここで冬を過ごすことになりますが、この子達は幼いので収穫祭後にエーレンフェストへ移動させます。ノーラ達は自分達が慣れなかった時代を思い出して助言してあげてくださいね」

「かしこまりました」

こうしてハッセの孤児院に新しい孤児が増えた。

夏の成人式と秋の洗礼式を終えれば、収穫祭と冬支度で忙しい季節になる。その中で、わたしはハッセに向かわせる灰色神官の選抜をしなければならない。リヒト達に貴族の作法を教える者を二人、それから、小神殿の交代要員を四人だ。選抜といっても、わたしは孤児院にいる者全員の性格や働きを詳しく知らないので、彼等《ら》の普段をよく知る人物に丸投げするのだ。孤児院を管理しているヴィルマと工房を管理しているフリッツである。

「モニカ、先触れを。昼食後は工房と孤児院に参ります」

「かしこまりました」

ヴィルマに会えるのが嬉しいモニカが普段より軽い足取りで出て行くのを見送ると、わたしはブリギッテに視線を向けた。これは良い機会かもしれない。

「ねぇ、ブリギッテ。わたくしは午後から工房と孤児院に向かうのですけれど、護衛をしていただいてよろしいかしら？」

わたしは今まで商売上の損得勘定《そんとくかんじょう》と貴族の柵《しがらみ》を考慮し、余計な情報を渡さないように工房へ連れていく護衛騎士はダームエルだけだった。けれど、イルクナーが製紙工房を作り、これから先に印刷業を取り入れるならばブリギッテに隠しておく必要はない。

「イルクナーにも工房を作ったので、もう隠す必要はありませんし、ギーベ・イルクナーの妹であるブリギッテには見ておいてもらった方が良いと思うのです」

わたしの言葉にブリギッテは目を丸くした後、嬉しそうに顔を綻《ほころ》ばせて跪いた。

「お心遣い恐れ入ります、ローゼマイン様。ぜひ、御伴《おとも》させてくださいませ」


昼食後、わたしはブリギッテを同伴して工房へ向かった。平民が働く地階へ赴《おもむ》くなんて貴族は嫌がるものだが、イルクナーでの生活を見た限りではブリギッテには嫌悪感などないだろう。

「お待ちしておりました、ローゼマイン様」

工房に入ると、皆がその場に跪いて待っていた。わたしの側仕えであるフリッツが代表して挨拶をする。貴族に向けた挨拶で、わたしはそれを受けて頷いた。

「フリッツ、皆に作業を続けさせてちょうだい。どのような働きをしているのか、ブリギッテに見てもらうつもりなのです。今、ギルやルッツがイルクナーに行っているでしょう？　ブリギッテはそちらのお嬢様なのです」

「かしこまりました。皆、作業を続けてください」

フリッツの言葉に皆が一斉に動き始めた。紙を漉《す》く者がいて、印刷機を動かしている者がいる。ドン！　バン！　と印刷機の圧縮盤が大きな音を立てる合間に、カチャカチャと金属活字を組んでいる音が耳に心地よく響いてくる。

「フリッツ、仕事に区切りが付いたら孤児院へ一緒に来てほしいのですけど……」

「ローゼマイン様がいらっしゃるので、すでに区切りを付けています。ブリギッテ様の見学を終えたら、いつでも移動できますよ」

フリッツが穏やかに目を細めて言った。さすがわたしの側仕えは優秀である。フリッツは工房の中の幼い孤児にヴィルマへの先触れを頼み、数人の灰色神官に指示を出し始めた。

「ブリギッテ、こちらで紙を作っています。あちらは印刷です。新しい種類の紙もできているようですし、イルクナーで印刷もできるようになれば良いですね」

わたしの説明を受けたブリギッテが、簀桁《すけた》を振って紙作りをしている様子を興味深そうに見つめて「イルクナーで新しい紙ができているのですね……」と微笑んだ。

少しの間、工房を見た後は作業の邪魔にならないように早めに退出することになっている。

「そろそろ孤児院へ行きましょう、ブリギッテ」

名残《なごり》惜しそうなブリギッテにわたしが声をかけると、皆が一度仕事の手を止め、見送るために跪いた。わたしは工房の中をくるりと見回して声をかける。

「皆の働きが見られて嬉しく思います。これからも励《はげ》んでくださいね」

フリッツに先導されて女子棟の地階から孤児院へ向かえば、灰色巫女見習い達がスープを作っていた手を止め、端へ寄って跪く。彼女達が全く驚きの顔を見せていないのは、先触れの子供から連絡があったからだろう。

「貴女《あなた》達の働きで孤児院の皆が温かいスープを食べられるのです。大人数の食事を作るのは大変でしょうけれど、頑張ってくださいね」

のろのろしていてスープが焦げ付いたら大変なので、わたしは激励の声をかけたら、さっさと通り過ぎる。階段を上がって食堂に入ると、ヴィルマが跪いて待っていた。

「お話があると、モニカから聞いています」

わたしは勧められた食堂の椅子に座り、ヴィルマとフリッツを見上げると、二人に人員の選抜をお願いする。

「ハッセの冬の館に向かわせる灰色神官を二人。それから、小神殿の交代要員を四人、選んでください。冬の館に派遣する者には手紙の書き方や書類作成における貴族の言い回しについて町長達に教えてもらうことになります。側仕えの経験があり、人に教えることが上手な人で、協力し合える程度に仲の良い二人を選んでください」

冬の間ずっと、見知らぬ場所、見知らぬ常識の中に放り込まれることになるのだ。ただでさえ大変なのに、そりが合わない二人を派遣すると更に大変なことになるだろう。

「小神殿へ移動する者は男女各二人ずつでお願いします。見習いが入っていても構いません。ノーラ達とうまくやっていけそうな人から選んでくれると助かります」

「かしこまりました」


用件を終えたわたしは神殿長室でニコラが淹《い》れてくれたお茶を飲みながら、ブリギッテに声をかけた。

「ブリギッテは工房を見学してどう思いました？」

「あのように紙が作られるとは思いませんでしたから、とても驚きました」

「……他に何か思いませんでしたか？　工房で働く灰色神官を見て、感じたことは？」

わたしの言葉に、ブリギッテは真面目《まじめ》な顔になって頬に手を当てる。

「少しの会話もなく、とてもよく働いていると思いました」

「そうですね、工房の皆はとてもよく働いてくれます。けれど、わたくしがブリギッテに見てほしかったのは、それだけではないのです」

わたしは表情を引き締めてブリギッテに向き直った。

「収穫祭でわたくしがプランタン商会の面々を回収するためにイルクナーに向かうことが決まっていることは、すでに知っていますよね？　その際、神官長も同行することが決まりました。わたくしの後見人ですので、初めて貴族の土地に作った工房とその成果を確認したいそうです」

「それはとても光栄ですね」

ブリギッテはニコリと微笑む。領主の養女であるわたしが後ろ盾《だて》となり、イルクナーは他の貴族達に先駆けて製紙業を行うことになった。そこに領主の異母弟であるフェルディナンドまでが視察にやってくるのだ。貴族視点で考えるならば光栄だろう。

「ですから、神官長の視察をギーベ・イルクナーに伝え、早急に領民を教育してください」

「……領民を教育、でございますか？」

ブリギッテが予想外のことを言われたように首を傾げた。

「そうです。ブリギッテ、イルクナーの者はギーベ達貴族との距離がとても近いですよね？　わたくしは和気藹々《わきあいあい》としたイルクナーが好きですけれど、恐らく神官長はそうではありません」

「イルクナーは他の貴族が訪れない、本当に田舎の土地です。少し馴れ馴れしく感じるかもしれませんが、悪意もなく……」

「悪意の有無は関係ないでしょう？　貴族に対する礼儀を知らないことが、一つの町を滅ぼす理由となってしまうのですから。……わたくしはハッセの一件でそう学びましたが、違いますか？」

ハッセで起こったことを、わたしの護衛騎士として一緒に見てきたブリギッテが一瞬で青ざめた。

貴族街が近くて頻繁《ひんぱん》に貴族が訪れる場所は大変ですね、くらいの感覚で今までは見ていたのかもしれないが、貴族が訪れるようになればイルクナーも同じだ。知らなかったでは済まされない。

「今までは貴族が訪れないので、それでよかったのでしょうけれど、これからは違います。イルクナーは他に先駆けて製紙業を始めたのですから、どのように工房を運営しているのか、利益が出ているのか、興味を持った他のギーベを始めとした貴族が視察に訪れるようになるでしょう。その時に平民が近付きすぎたり、礼儀を知らぬ振る舞いをしたりすればどうなりますか？」

「そんな、皆を教育だなんて、どうすれば……」

いきなり態度を変えるのは難しい。収穫祭までに多くの領民に教えるのも大変だろう。けれど、領民を守りたいならばやるしかない。

「イルクナーは後ろ盾を欲して製紙業を始めました。もう後戻りはできません。貴族の怒りを買うようなことをしないように領民を教育しなければならないのです。それが領民を守ることに繋がります」

血の気を失った顔で立ち尽くすブリギッテの手を、わたしはそっと取った。

「わたくしの工房の者は貴族に対する礼を皆が知っていたでしょう？　ハッセでの出来事をギーベに伝えて灰色神官に教えを乞い、せめて、夏の館で働く者や間近に接する者だけでも教育をお願いします。わたくし、イルクナーでハッセと同じことが起こるのは嫌です」

長閑《のどか》なイルクナーを思いながらそう言うと、ブリギッテは泣きそうな顔で頷いた。

「ローゼマイン様、貴重な助言をありがとう存じます。今夜にでも兄に相談いたします」

護衛中のブリギッテが真面目な顔の中に深刻さを潜《ひそ》ませるようになった一方、わたしは孤児院での選抜を終え、様々な準備をプランタン商会に頼んだ。何度か収穫祭やリュエルの実の採集に関する話し合いが持たれ、日々が驚くほどの速さで過ぎていく。

収穫祭が間近になった。

選抜された灰色神官達が移動の準備をしているとフリッツから報告が入り、わたしは彼等を激励するために孤児院へ向かう。大きめの木箱を抱えたフランとザーム、それほど大きくはない木箱を持ったモニカが一緒だ。

孤児院の食堂にはハッセに移動することになった灰色神官達が揃っていた。ヴィルマがそれぞれを紹介してくれ、挨拶を終える。

まず、わたしはハッセの小神殿へと移動する神官二人と巫女見習い二人に声をかけた。

「小神殿にも印刷機が入った、とインゴから連絡がありました。今ハッセにいる者だけでは人数が少なすぎますし、印刷の仕方もわからないでしょう。貴方達の働きに期待しています」

印刷のための人員増加だ。ぜひ頑張ってほしい。「はい」と歯切れ良く返事する四人を見回して一つ頷くと、わたしはフランに視線を向けた。フランは自分が抱えていた木箱を開けて、中身を一人一人に配っていく。前回と同じ餞別《せんべつ》の書字板だ。

「これはハッセで頑張ることになる貴方達へ、わたくしからの贈り物です。書字板はわたくしの側仕えが使っているので使い方は知っているでしょう？　皆の物ではなく、それぞれ個人の物ですから、記名を忘れないように気を付けてくださいね」

「恐れ入ります」

書字板を渡された神官が嬉しそうに目を細め、巫女見習いが顔を綻ばせる。それを見た後、わたしはハッセの冬の館に向かう神官二人に向き直った。

「アヒム、エゴン。貴方達にもこの書字板を渡します。神殿ではなく、冬の館という別の世界で過ごす貴方達が最も大変でしょうけれど、二人ならばやり遂げてくれると信じています」

「ローゼマイン様……」

「二人の仕事は二つあります。まず、こちらの内容を町長達に教えることです」

わたしはそう言って、ザームが運んできた木箱を示した。中にはハッセで教えてあげてほしいことが書かれた木札が詰まっている。木札には貴族ならば知っていて当然の手紙の書き方やよく使う言い回しの数々が書かれているのだ。ちなみに、これはフランが平民だったわたしのために準備してくれた大事な物で、平民に本が買える程度まで値段を下げることができるようになれば、まとめて教養本として出版したいと思っている。

「冬の館では何事も起こらないと信じておりますが、灰色神官は孤児なので蔑まれたり、軽視されたりするかもしれません。我慢強い貴方達が耐えられないと思った場合は、すぐに小神殿に避難してください。構いません。ハッセの町長達にはわたくしからそう伝えています」

それから、モニカに視線を向ける。モニカが持ってきたもう一つの木箱の中にはトランプ、カルタ、絵本などの娯楽《ごらく》用品が入っている。

「冬の館は娯楽が少ないでしょうし、子供達に絵本を読んであげたり、大人にトランプを教えてあげたりすれば、良い交流が持てるでしょう？……ただし、本は高価な物になるので、必ず貴方達が読んであげるだけにしてください。何かあってもハッセには弁償《べんしょう》できませんから」

「かしこまりました」

孤児院では物を丁寧に扱うことが徹底されているので、まだ破損は全くないけれど、ハッセではあっという間に破損するだろう。貴族でも買うのを躊躇《ためら》うくらい高価な本だ。適当に扱われては困る。板で作るカルタやトランプはそう簡単に壊れないだろうけれど、本はすぐに破れると思う。粗《そ》雑《ざつ》に扱われたら、前町長の無礼よりわたしは怒る。間違いない。

わたしはモニカに目配せして、箱の中から失敗作の紙を束ねて綴《つづ》ったノートとインクを出してもらった。真っ白の紙が束ねられた冊子とインクをアヒムとエゴンに手渡す。

「二つ目のお仕事です。ハッセの皆からお話を聞き取ってきてください」

「お話ですか？」

「ええ。貴族には騎士物語があり、神殿には神の物語があるように、平民には平民だけが知っているお話があるはずです。農村で伝えられている物語や旅人から聞いたお話があるかもしれません。いずれ、わたくしの本の題材になるので、ぜひ聞いて、書き留めてきてください。どちらかというと、こちらの方が大事なお仕事です」

わたしを聖女と崇《あが》め、慈悲深いと称賛《しょうさん》しているリヒト達にもフェルディナンドにも伝えていない真の目的。それは平民の間に伝わるお話集めだ。その名もグリム計画。口伝《くでん》として存在している各地のお話を集めるのだ。

まず、ハッセを皮切りに、成果があれば貴族への言い回しを教えるという名目で灰色神官を各地の冬の館に派遣する。次に、貴族が治める土地のお話を印刷工房が広がる過程で収集していく。一つのお話でいくら、と値段を決めれば、工房で働く者がお話収集をしてくれるだろう。最終的にはエーレンフェスト以外の領地のお話も集めたい。わたしの野望は大きく果てしないのだ。

……うまくいけばいいなぁ。グリム計画。うふふん。

ついでに、平民の識字率が向上すればいいと思っている。ただ、本がまだまだ平民のお金で買えるような物ではないのがネックだ。

読書の楽しみを知ったのに本がない、なんてことになったら、わたしのように発狂する人も出てくるに違いない。そんなことになったら可哀想だ。早く冬の館文庫ができるくらいまで値段を下げられるようになればいいと心底思う。


そうこうしているうちに、収穫祭に先駆けてプランタン商会の馬車がハッセに向かう日がやってきた。小神殿へ移動する者が生活用品を馬車に積み込み、孤児院の者がそれを手伝っている。冬の館に行く者はわたしと一緒にハッセの収穫祭に乗り込むので別行動だ。

「戻ってくる時も同数の者が乗ります。けれど、ハッセの孤児で洗礼前の幼子なので、その点だけ注意してくださいませ」

「かしこまりました。……おや、兵士達が到着したようですね」

荷物を載せ、灰色神官達が馬車に乗り込んで準備をしているところに、プランタン商会の馬車を迎えに兵士達がやってきた。先頭にいるのは父さんだ。久し振りに見る元気そうな姿にわたしが笑顔を見せると、目が合った父さんも嬉しそうにニッと笑い、わたしの前に跪く。

「よく来てくれましたね、ギュンター。今回もまた世話をかけます」

「神殿長のお召《めし》があれば、すぐに馳《は》せ参じます」

かっちりとかしこまった父さんの言葉に、他の兵士達が元気よく続いた。

「俺も士長より速く馳せ……飛んできます」

「オレも来ます。呼んでください」

「お前ら、黙れ。無礼だぞ」

父さんが一睨みで黙らせるのを見て、わたしは小さく笑う。

「今回も頼もしい方々が一緒ですね。おかげで、安心して灰色神官達を送り出せます」

「お任せください。後日、小神殿でお会いできるのを心待ちにしております」

ほんの一時の会話を交わし、わたしは馬車をハッセへ送り出した。

プランタン商会を送り出すと、次は自分の出発準備である。今年は収穫祭に本をいくつか持って行く予定だ。息抜き用の本がないと、あの祭りの熱狂が長々と続くことに耐えられない。

「姫様、今年もよろしくお願いします」

「ユストクス、こちらこそよろしくお願いします」

徴税官はユストクス、護衛騎士はエックハルトとブリギッテである。フェルディナンドの指示によりエックハルトとダームエルが交代させられた。ダームエルとブリギッテではユストクスの暴走が止められないからだそうだ。

「エックハルト、くれぐれも皆を頼んだぞ。ドールヴァンで落ち合おう」

フェルディナンドに「はっ！」と短く返事したエックハルトがダームエルに視線を向ける。

「……ダームエル、ドールヴァンまでフェルディナンド様の護衛を任せる」

「かしこまりました」

長々としたフェルディナンドの注意事項を聞いた後、わたしはすでに準備できているレッサーバスに乗り込んだ。レッサーバスには冬の館に滞在するアヒムとエゴンの他に、神殿の側仕えであるフラン、モニカ、ニコラ、専属料理人のフーゴと専属楽師のロジーナが乗っている。

エラは今回留守番だ。長旅なので体力があるフーゴを連れて行くことにしたのだ。エラは神殿で留守番をする側仕えや孤児院向けの食事を作ってくれることになっている。側仕えでは工房管理のフリッツと、フェルディナンドから全体的な神殿管理を任されてしまったザームが留守番組になっている。留守番と同行、どちらが大変だろうか。

「では、神官長。行ってまいります。ドールヴァンで集合ですね」

「くれぐれも問題を起こさぬように」

「わかっています」

本当にわかっていれば良いのだが、とこめかみを押さえるフェルディナンドからそっと目を逸《そ》らし、わたしはレッサーバスのハンドルをぎゅっと握った。魔力を流し込み、アクセルを踏んで、ぶわっと空へ駆け出す。

収穫祭という長旅の始まりだった。

ハッセと灰色神官

「では、こちらでお部屋やお食事の準備をお願いいたしますね」

ハッセまでの空の旅は短い。わたしは先に小神殿へ降り立ち、フラン以外の側仕えと専属達を降ろした。小神殿用の荷物を降ろし終えると、すぐに冬の館へ向かう。

冬の館の上空で、わたしは眉《まゆ》を寄せた。

……あれ？　誰もいない？　日付、間違えたかな？

去年は運動場のような広場に祭りの準備がされ、大騒ぎしている人々が大勢ひしめき合ってわたし達の到着を待っていたけれど、今年は祭りも準備も人の気配もない。事前に「この日に行きますよ」という書簡を出しているのだが、日付を書き間違えたか、読み間違えたか。

わたしの前を駆けていたブリギッテがすっと下を指差し、騎獣を降下させ始めた。冬の館の正面玄関に数人の人影が見える。よく目を凝《こ》らすと、リヒトや各農村の町長が跪いていた。

「神殿長、ようこそおいでくださいました」

わたしが挨拶を受けている間に、フランとアヒムとエゴンが荷物の詰まった木箱を騎獣から降ろし、積み上げていく。二人の生活必需品と教育用の木札箱と娯楽用品で意外と荷物は多い。

全て降ろし終わると、わたしは騎獣を片付けてリヒトに問いかけた。

「リヒト、収穫祭の準備がされていないようですけれど？」

「……さすがにハッセは領主様より睨まれている状態ですから、大規模に行うのは自粛《じしゅく》いたしました。神殿長や文官の方々には徴税と儀式のみ行っていただければ、と……」

リヒトの説明によると、近隣の者や通り過ぎていく商人の視線もあり、普段通りのお祭りがどうにもしにくい状態だったそうだ。それでも、洗礼式や成人式、結婚式を行わないわけにはいかないので、冬の館にある広間でひっそりと行うことにしたらしい。

「……そうですか」

一年間祝福もなく耐えてきて、年に一度の楽しみであるお祭りもなく、神殿長代理である灰色神官の監視下に置かれる住民の感情を考えて、わたしは不安になってきた。

……そんなに不満が溜まった状態の冬の館に二人を入れて大丈夫かな？

何となく視線をアヒムとエゴンの二人に向けると、フランが一歩前に進み出て、リヒト達に二人を紹介していた。

「こちらが冬の間、滞在することになる神殿長代理の灰色神官のアヒムとエゴンです」

アヒムとエゴンが手を胸の前で交差させ、軽く腰を落とす。二人を見たリヒト達の顔に緊張が走った。灰色神官とはいえ、わたしの代理で教師役である。ハッセの行く先を左右するとわかっている相手がどのような人物なのか、と警戒しているのだろう。

「リヒト、二人の部屋に案内してください。この通り、荷物を置かねばなりませんし、二人がどのようなところに滞在するのか、わたくしも見ておきたいのです」

「かしこまりました。こちらへどうぞ」

リヒトの指示を受けた村長の一人が、先触れのように駆け出して行った。わたしはリヒトの先導に従って冬の館に入り、アヒムとエゴンが使用する部屋へ歩き始めた。木箱を持った側仕えと護衛騎士とユストクスが後ろを付いて来る。

中に入れば、がやがやとした騒がしさやはしゃぐ子供の声が静まっていくのがわかった。

……静かにはなったけど、あちらこちらから視線を感じるよ。

ギシギシと音を立てる階段を上がり、居住区へと入っていくと、ドアの影や曲がり角からこちらの様子を窺《うかが》っている子供達の顔が見えた。目が合ったので笑ってみたが、驚いたような顔をされたり、ぴゃっと隠れられたりする。ものすごく怖いものとして認識されているようだ。

……貴族は怖いものとして認識した方が良いから、間違ってはいないんだろうけど、度胸試し的な男の子の近付き方を見ると不安で仕方ないよ。

時折ドアが開けられていたり、隙間があったりして中が見える部屋がある。基本的に家族単位で一部屋を使用しているようで、部屋の大きさも様々だった。教室くらいの大きさの部屋で藁《わら》を布団に十数人が生活している部屋もあれば、広くはないけれどベッドがある部屋もあった。雰囲気は下町のわたしの家に似ていると思う。それも昔の、掃除が徹底される前の家に。

「こちらがお二人の部屋になります。私の執務室から一番近い部屋を準備しました。……住民との接触を減らそうと思えば減らせるように」

リヒトが案内してくれたのは、二人部屋だった。ベッドが二つ準備されていることから考えても、比較的上等な部屋を準備してくれていると思う。

フランとアヒムとエゴンは木箱を降ろすと、三人揃って部屋を見回して苦い顔になった。

「恐れ入りますが、部屋を整えたいので掃除道具と井戸の場所を教えていただけますか？」

毎日清められている神殿や孤児院しか知らない者には耐えられないだろう。わたしも下町のあの部屋で、元気になって最初にしたのは掃除だった。村長の一人が目を白黒させながら、掃除道具の在処《ありか》を女性に聞きに行くのを見て、わたしは小さく息を吐く。

「アヒム、エゴン。この部屋の中を自分達が少しでも過ごしやすいようにするのは構いません。けれど、自分達の部屋の外に関しては、神殿のやり方を強要しないようにね。ここは神殿ではないのですから」

「かしこまりました」

村長の一人が持ってきた掃除道具を見て、三人が揃って何か言いたげに口を開き、諦めたように口を閉ざした。掃除道具も生活必需品として支給した方が良いかもしれない。

「アヒム、エゴン。明日には小神殿から掃除道具一式を運ばせましょう。他に必要な物があれば、フランに伝えておいてちょうだい」

「ローゼマイン様のお心遣いに感謝いたします」

今夜一晩は我慢して、明日は二人で朝から大掃除することが決定したようだ。掃除道具の他には身を清めるための盥《たらい》も必要かもしれない、洗濯に必要な道具はここにあるのだろうか、と真剣な顔で話し合っているのが少し面白い。

「リヒト、儀式の準備はできていて？」

「はい、ローゼマイン様。広間の方にお越しください」

冬の館の広間は城の大広間と違って天井は高くないし、宴会がよく行われる場所なのか、何かの汁や油の染みが壁や床に模様を描いていた。ちょっと変な匂いがして全体的に汚れている。

……多分、これでも必死で掃除したんだろうな。

祭りは外で行われるのが通常なので、神官や徴税官が冬の館の屋内に入るなんて想定外だったに違いない。わたしは我慢できるが、エックハルトの顔が険しい。

広間には舞台が設置されていたので、去年の収穫祭と同じようにわたしと徴税官のユストクス、護衛騎士の二人、儀式の補佐を行うフランが壇上に立った。

屋内で行われたとはいえ、儀式自体には大きな違いはない。洗礼式を迎える子供を舞台に上げ、神々のお話を絵本で説き、祝福を行う。成人式と結婚式も同様である。ただ、節目を迎えたはずの皆の顔色は悪く、広間の雰囲気がずっしりと重い。

「ハッセの者はこの一年、祝福がない中でよく働いてくれたと思います。領主は本当に叛意《はんい》がないか冬の館をよく見るように、と仰《おお》せになり、灰色神官を二人、派遣することにしました。アヒムとエゴンの二人です。彼等は監視役であり、同時に、貴方達の教師でもあります」

全ての儀式を終えたわたしは、冬の館に派遣したアヒムとエゴンを舞台に上げて紹介し始めた。

「教師」という言葉に、広間がざわりとしたのがわかる。

「先日、ハッセとの書類でのやり取りに大変な不備がございました。他の貴族宛てならば、怒りを買ってもおかしくない言葉があったのです。前町長の失敗も貴族との付き合い方を知らないことが原因でしたが、ハッセはまた悪気なく同じ過ちを犯そうとしていたのです」

また貴族の怒りを買うのか、という驚きと、町長は何をしているんだ、という怒りに満ちた声が上がるのを、わたしは「その失敗に処罰《しょばつ》はありません」と少し手を動かして抑える。

「これから同じ失敗を繰り返さないように、わたくしは監視を逆手に取り、貴族とのやり取りをよく知る灰色神官に命じて町長達の教育を行うことにしました。アヒムとエゴンを通じて町長達が真面目に学べば、これから先の失敗はないと信じています」

罰もなく、教育の機会が与えられたということで住民達の怒りは引いていく。安心したところでぐっさりと強く釘を刺しておかねばならない。

「監視兼教師役の灰色神官は孤児ですが、神殿長であるわたくしの代理です。あまりに不快なことがあれば小神殿へ移動します。罰がもうすぐ終わろうとしている時期に、ハッセの民がそのような愚《おろ》かなことはしないと信じていますが、二人への言動は気を付けてくださいませ」

広間に集う人々の顔に「本当にこの罰は終わるのか」「いつまで続くのか」というような暗い表情と感情が満ちているのが舞台の上から見ただけでもよくわかった。

……一年間、祝福もないままにずっと頑張ってきたんだもん。少しは楽しみもあった方が良いんじゃないかな。

わたしは唇を尖《とが》らせるようにして考えながら、舞台の中央から、エックハルト達が待機している舞台の端に戻る。

「エックハルト、ユストクス」

「何でしょう、ローゼマイン様」

「ボルフェの許可を出しても良いかしら？　自粛しすぎては精神的に良くないと思うのです」

わたしの提案に「勝手なことをすれば、フェルディナンド様に叱《しか》られるぞ」とエックハルトは嫌な顔をしたけれど、ユストクスは「息抜きは大事ですし、姫様の許しがあったと伝わることで住民の感情も大きく変わります。私は良いと思いますよ」と面白がるように笑った。普通の貴族は平民の感情など気にしない、と言いながら。

ユストクスの意見を採用したわたしは、アヒムとエゴンを連れてリヒトのところへ向かった。

「リヒト、祭りの自粛は結構ですけれど、ある程度発散させておかなければ、閉じこもることになる冬の生活が大変になるのではございませんか？」

声を潜めて尋ねると、リヒトは少し視線を巡らせて「そうかもしれません」と肯定する。

「わたくしは会議室でリヒトからお話を伺います。外でハッセの者が騒いでも、きっと気付きませんね。目に触れなければ咎めようがないと思いませんか？」

どのような意味で取れば良いのか困っているリヒトを見て、わたしはアヒムに視線を向けた。

「アヒム、早速お仕事ですよ。リヒトにわたくしの言葉の意味を教えて差し上げて」

不思議そうに目を瞬いた後、アヒムは「通じないのですか」と呟いた。エゴンも驚いたように目を軽く見張っている。

「ハッセの方々はすでに色々と間違えているので、解釈に自信がないだけでしょう。全くわかっていないわけではないはずです」

「そうなのですか。リヒト町長、ローゼマイン様は会議室でお話をする間、外で騒ぐ分は目溢《めこぼ》しするとおっしゃられています」

「ボルフェの許可をいただいたと解釈して結構です」

アヒムとエゴンの言葉に、リヒトが嬉しそうに顔を綻ばせた。

「恐れ入ります。血の気が多い若者がたくさんいるので、喜ぶでしょう」

村長の一人にボルフェ大会の仕切りを任せ、リヒトはわたし達を会議室へ案内するために広間を後にする。わたし達が広間を出た直後、大きな声が背後から響いてきた。

「神殿長のお許しが出たぞ！　ボルフェの準備だ！」

「おおおぉぉぉ！　よっしゃあぁぁ！」

抑圧《よくあつ》されていた不満と感情が一気に爆発したような荒々しい雄叫《おたけ》びだった。ビクッとしたように、アヒムとエゴンが肩を震わせて振り返り、広間の方を見る。建物が揺れそうになるほどの雄叫びなど神殿で聞くことはないので心底驚いたのだろう。

二人のこれからの生活が少しでも平穏になるように、ハッセの住民には外で存分に運動し、不満を発散してきてほしいものである。

会議室では、今年の収穫量と税、わたしに対する寄贈《きぞう》分についての話が行われた。周辺に比べて収穫量が少なかったものの、祝福がない割にはかなり頑張った収穫量だったようだ。

去年と同じように、明日の朝、ユストクスがエーレンフェストの城に送ることになり、わたしへの寄贈分の一部は神官二人の冬支度分とすること、残りはハッセの小神殿の冬支度の材料として城ではなく小神殿へ運ぶことに決まった。

会議中に外でのボルフェ大会が終わったようだ。わいわいがやがやとした声と空気が伝わってくる。声が明るく、少し楽しそうに弾んでいるように聞こえるので、ボルフェを許可した甲斐《かい》はあったと思う。

この後は広間で夕食らしい。イルクナーで常識の違いに固まっていた灰色神官達を見ているので、わたしはアヒムとエゴンに助言できるように共に食事を摂《と》ることにした。

住民達は、二つの木箱の上に板を渡した低いテーブルの上に料理が並ぶと、藁をバサッと置いた上に腰を下ろして好き勝手に食事を始める。料理の側に肉を切るためのナイフは置かれているが、それ以外のカトラリーは木のしゃもじのようなスプーンだけで、スープのような汁物を食べる時以外は手づかみで食べているのがほとんどだ。

予想通り、アヒムとエゴンは見知らぬ世界に衝撃を受けて固まっている。二人はエックハルトとユストクスの給仕をしていたのだが、驚きに口が開き、手が止まっていた。そんな二人の様子に注意さえしないエックハルトも同じように衝撃を受けているようだ。今までは広場の舞台の上と舞台から遠く離れた場所、しかも、日が落ち始めて暗くなる時間に食事が出てきていたので、住民達の食事風景を間近で見たことはなかったようだ。ハッセの孤児達の食事風景を初めて見た神官長のような厳しい顔になっている。

「不快でしたら視界に入れないようにした方が良いですよ。彼等にはこれが普通ですから」

わたしがそう言うと、「視界に入れないことはできますが、音は防げませんね」とフランがわたしの給仕をしながら仕方なさそうに首を横に振った。フランはイルクナーに同行したり、ノーラ達の食事風景も見たりしていたため、比較的普通の顔をしている。

「あの、ローゼマイン様。我々はこれからどこで食事をすればよいのでしょうか?」

不安そうな顔でアヒムとエゴンが尋ねてきた。わたし達は貴族席としてテーブルと椅子が準備されているけれど、灰色神官の席は住民達と同じで良いと考えられているようだ。

「今日は神殿と同じように、わたくし達の後で、このテーブルを使って下げ渡しを食べなさい。こちらの習慣にいきなり慣れるのは難しいでしょうから、部屋で食事が摂れるようにテーブルと椅子の準備をリヒトに頼んでおきます。少しは安心して食事ができるでしょう」

「恐れ入ります、ローゼマイン様」

ホッとしたようにアヒムとエゴンが胸を撫で下ろした。この様子では、グリム計画のためとはいえ、灰色神官をあちらこちらの冬の館に派遣するのは難しいかもしれない。神殿しか知らない灰色神官の生活環境を整えることはなかなか大変そうだ。

アヒムとエゴンに下げ渡せるように、かなり控えめに食べたわたしの食事が終わる頃には、ハッセの人々も酒が入って口が滑るようになってきていた。気が大きくなっているのか、わたし達が舞台の上にいるから視界に入っていないのか、ちょっとした不満が出始める。

「この間、神殿に売られた孤児を見かけたが、俺達より神殿へ行った孤児の方が良い物を食べているようだったぞ。ずいぶんと顔色が良くなって肥えていた」

「はぁ、羨《うらや》ましいもんだね。お腹《なか》いっぱい食べられるならアタシも孤児院に行きたいよ」

そんな言葉を聞いてフランがむっとしたように眉を震わせる。逆に、わたしは期待に目を輝かせて手を胸の前で組んだ。ハッセに四人移動させたけれど、まだまだ印刷のための労力は欲しい。作った本が貴族向けによく売れたので、今は懐《ふところ》も温かい。孤児扱いされれば、完全に差別される対象となるので孤児院に入りたがる奇特《きとく》な人はいないけれど、進んで孤児院に入りたい人がいるならば嬉しい。わたしは張り切って勧誘しようと、舞台の上から声をかけた。

「ぜひ孤児院へいらしてくださいませ。歓迎いたしますよ。実は印刷機が増えたので、労力を増やしたいと思っていたところなのです」

まさか神殿長から返事があると思っていなかったのか、その場で話していた人達は「へ？」と間抜けな声を出した。一瞬で酔いが覚めたような顔になり、だんだんと顔色が悪くなっていくが、それに構わず、わたしは孤児院の良いところを一生懸命にアピールすることにした。

「孤児院に入ると三食が与えられますし、寝床と服も支給されます。教育は徹底して行われるので、言葉遣いも立ち居振る舞いもずいぶん洗練されると思います。洗礼式を終えた年頃の子供ならば、数年あれば貴族に仕えられるようになりますね。孤児院育ちで洗礼式を迎える子供達の識字率はなんと十割！　誰でも字が書けて、簡単な計算くらいはできるのです。文字や計算を覚えるための教材として、絵本やカルタ、トランプも完備しております」

これだけだと孤児院がとても良い環境のように思えるが、欠点もある。それを隠して勧誘するつもりはない。わたしは誠実に事実を教えて、その上で、孤児院に来てほしいのだ。

「もちろん欠点もございますよ。孤児院に入ると、世間からは孤児と蔑まれます。それに神官や巫女は常に貴族の動向を気にかけ、貴族の指示の下で生活しなければなりません。農村の生活とは全く違うようで、最初に入ったハッセの孤児達は今でも常識の違いに苦労しています」

「え、と……。あの、神殿長……？」

戸惑っている彼等に、わたしは伝え忘れがないか考える。

「あとは……そうですね。神殿の孤児院では成人しても畑をもらえることもなく、結婚も許されず、土の日も休みはなく、毎日が貴族である青色神官のためにあります。突然、見知らぬ貴族に売られることも珍しくはありませんし、それに関して孤児達に拒否権はございません」

わたしが言葉を重ねるごとに、戸惑いから恐怖へ顔色が変わっていく。

「今はわたくしが孤児院長を兼ねているので、お腹がある程度満たせるように食べ物も準備されています。でも、わたくしが孤児院長に就く前はひどい状態でしたから、神殿長が代わればその先の生活はどうなるかわかりません。孤児院はそのようなところですから、入りたいと希望する者がほとんどいないのです。希望者は心から歓迎いたしますよ！」

さぁ、カモン！　と言わんばかりに手を広げて大歓迎を表現してみた。それなのに、嘘《うそ》など全く述べていない誠実この上ないわたしのお誘いは、その場の皆に全力でお断りされた。

「い、いや、俺はハッセで土地をもらっているから。な？」

「おぅ、俺は来年結婚することになったからな。アイツを泣かせるわけにはいかねぇんだ」

「あ、あぁ、何だかんだ言っても住み慣れた土地が一番だよ」

住み慣れたハッセを離れるつもりはないという気持ちはわかる。わたしも下町を離れるつもりなんてなかった。どんなに不便で貧しくても離れられないことはある。

「故郷を離れたくない気持ちはわたくしにも理解できます。孤児院にいらしていただけないのは少し残念ですけれど、仕方ありませんね」

わたしが残念だと引き下がると、その場にいた皆は顔を見合わせて明らかにホッとした顔になり、気を取り直すように杯《さかずき》を手に取った。


貴族達が顔をしかめる宴会風景は、わたしにとって下町の生活を思い出させる光景だ。

……なんか今、すごく父さんに会いたいな。

わたしはぎゅっと服の袖をつかんだ。小神殿へ行けば父さんに会える。わたしはリヒトのところへ向かい、暇乞《いとまご》いの挨拶をすることにした。

「リヒト、わたくしはそろそろ小神殿へ下がります」

「本日はありがとうございました。ボルフェの許可をいただけたおかげで皆が楽しそうです」

冬の館をまとめていかなければならないリヒトの顔には安堵の色がある。

「わたくしも雰囲気が良くなって安心しました。そうそう、アヒムとエゴンはわたくしからの仕事で書き物をするので、テーブルと椅子が必要です。二人の部屋に準備してください」

「かしこまりました」

「それから、ハッセの民が貴族のやり方を知らないように、神殿という閉ざされた場所で育った灰色神官は外のやり方を知りません。食事の仕方一つ、掃除の仕方一つ取っても全く違います。なるべく、目を配ってください」

暇を告げて外に出ると、エックハルトが自分の主に対するようにわたしの前に跪く。

「小神殿への護衛はブリギッテに任せます。私とユストクスは慣例通りにこちらへ滞在するので、ローゼマイン様は明日の朝は寄贈分の移動のため、こちらにいらしてください」

エックハルトとユストクスを残し、フランとブリギッテを連れて小神殿に戻った。


小神殿でも食事会が盛り上がっていた。食堂の騒ぎを耳にしながら自室へ向かう。フランはわたしの世話をモニカとニコラに任せて食事に行った。どうやら小神殿で食べるため、あちらで食べるのは我慢していたようだ。

わたしは白い紙を綴って作ったノートとペンを持って部屋から出ると、食堂へ行ってモニカに兵士達のテーブルの近くまで椅子を持ってきてもらった。

「ギュンター、わたくし、今、本を作るためにお話を集めております。下町ではどのようなお話を聞いて育つのか、伺ってもよろしいかしら?」

母さんのお話は寝る前にいくつも聞いたけれど、父さんのお話はあまり聞いたことがない。

「……お話、ですか。そういえば、幼い頃に母親から聞かされた話がありました」

しばらく考え込んでいた父さんが顔を上げた。

「あるところにとても仲の良い姉弟がいた。姉弟の名前はトゥーリとマインとカミル……」

そんな出だしから始まったのは、トゥーリとカミルという姉弟が、森の魔物にさらわれたマインを助けに行く話だった。

「……そして、マインは家族の元に帰ることができ、姉弟仲良くずっと一緒に暮らしたそうだ」

「なんて良いお話でしょう」

わたしが感動に目を潤《うる》ませ、鼻をグスグス言わせながら父さんのお話を書き留めると、他の兵士も先を争うようにして自分の知っているお話を教えてくれる。知らないお話ばかりだし、貴族達の回りくどいお話と違ってわかりやすい。パッと情景が浮かぶ。

全部で三つのお話を書き留める頃には七の鐘が鳴り始めた。わたしは満足して席を立つ。

「おやすみなさい、皆様」

「おやすみなさい、神殿長。良い夢を……」

その日、わたしは夢を見た。マインに戻ったわたしが下町の家に帰って、家族と一緒に笑い合う、とても幸せな夢だった。

リュエルに再挑戦

夢が幸せすぎて、目覚めた後がとても寂しい気分になってしまった。

朝食後、ハッセの見習いや巫女達に小神殿の清めを任せると、フランと小神殿の成人している神官には冬の館に届けなければならない掃除道具や盥や石鹸《せっけん》などの生活用品をレッサーバスに積み込んでもらう。同時に、馬車にはフラン以外の自分の側仕えと専属と荷物を載せ、ハッセの冬の館へ送り出す。去年と同様にエックハルトやユストクスの側仕え達の馬車と合流して、次の冬の館へ向かうことになっているのだ。

プランタン商会の馬車にはハッセから神殿の孤児院へ移動する幼い孤児達が乗っている。護衛の兵士に心付けを渡して送り出す。それだけでほんの一時の父さんとの触れ合いは終わりだ。父さん達を見送ってから、レッサーバスでわたし達も冬の館に出発した。

「アヒム、エゴン。これで大丈夫かしら？　足りなければ小神殿へ取りに行ってくださいね」

「恐れ入ります、ローゼマイン様」

生活用品を渡すと、二人は「これで清めが捗《はかど》ります」と大きく頷いて喜んだ。二人はこれから自室の掃除に精を出すらしい。気が済むまで掃除すると良いと思う。できれば、それを見たハッセの人達も少し掃除に関心を持ってくれると嬉しい。

「リヒト、昨日話していた通り、こちらが二人の分の食料です。冬支度の一部として管理をお願いいたします」

「かしこまりました」

寄贈分の一部をアヒムとエゴンの冬支度用としてリヒトに預け、残りはレッサーバスに積んでもらう。こちらは小神殿の冬支度に使うことになっているのだ。

「では、ユストクス、エックハルト。わたくしは先に小神殿へ戻りますね」

城への徴税分を転移させているユストクスと仕事ぶりを監視しているエックハルトに声をかけた後、わたしはハッセの小神殿へと荷物を運んだ。


……ふぅ、朝から重労働したよ。

レッサーバスを動かしただけだが、もう疲れた。わたしは小神殿の自室でフランに淹れてもらったお茶を飲みながら、護衛騎士のブリギッテと共にしばし休憩《きゅうけい》だ。

「ハッセの冬支度が少し心配でしたが、ノーラ達は手順を知っているようですし、孤児院の者達も三度目の冬支度になるので、多少慣れてきたようですね。滞《とどこお》りなく進んでいます」

フランからの報告にわたしは頷いた。今、小神殿の神官達は運び込まれたばかりの寄贈分を食料庫に運び込んだり、加工の下準備をしたりと忙しく動き回っているらしい。わたしが部屋から出ると、彼等は思うままに動けなくなるので、おとなしく引っ込んでいるのが一番だ。

「ねぇ、フラン。エックハルト兄様達が到着するまで本を読んでいても良いかしら？」

「……大変申し訳ございません。ローゼマイン様が準備された暇潰しのための本は荷物として、馬車と共に出発してしまいました」

「そんなっ！」

城の図書室の本を書き写した物や次回作に使うつもりだった騎士物語が、先に出発していたなんて計算外である。嘆くわたしに「暇潰し用の本は嵩張《かさば》るので、儀式の間ずっと持っていることはできません」と至極《しごく》真面目な顔で言いながら、フランは聖典絵本を出してくれた。

「儀式の折に子供達に読み聞かせる絵本だけですが、こちらでよろしければご覧ください」

「嬉しいです！　ありがとう存じます、フラン」

パラリと絵本をめくり、文字を目で追った。それだけでとても心が安らぐ。楽に呼吸ができるというか、生きていると実感するのだ。読書は本当に人生に必須だと主張したい。

わたしがホッとする幸せな一時を過ごしていると、エックハルトとユストクスが到着した。

「一体何のために姫様はこの本を作ろうと思ったのですか？」

ユストクスがわたしの聖典絵本を覗《のぞ》き込みながら問いかけてきた。言葉はわかるけれど、意味がわからない。

「わたくしが本を作るのは、本を読むためです。それ以外に理由などございませんけれど？」

「いえ、そうではなく、何故、聖典絵本だったのですか？」

何故と問われても、麗乃《うらの》時代のお話だけではなく、平民時代の母さんのお話も含めて、わたしが知っているお話が購入層の常識にそぐわなかったからです、とは言えない。

「聖典以外の本を読んだことがなかったからでしょう。新しい本を読むと、新しい絵本が作れるような気がいたしますから、わたくし、本の贈り物でしたら大喜びで受け取りますよ」

リヒャルダの息子なのでユストクスは上級貴族である。情報集めの好きなユストクスならば、面白い本をたくさん持っていそうだ。わたしが期待に満ちた目で見上げると、ユストクスはリヒャルダによく似た難しい顔になって、わたしと視線を合わせた。

「姫様、それは決して人前で口に出してはなりません。野心のある貴族を呼び寄せます」

……本が手に入るなら、わたしは賄賂《わいろ》でも喜んで受け取るけど、後で神官長に思い切り怒られるんだろうな。

大喜びで本に飛びついた直後にハリセンでスパーンと叩かれる自分の姿が容易に思い浮かんだ。


フーゴが昼食用に焼いていたパンと灰色巫女達が作ってくれたスープで昼食を終えると、わたし達は次の冬の館へ騎獣で出発した。

ハッセと違って祈念式の祝福効果で豊作だった直轄地《ちょっかつち》の人々は、あちらの冬の館でもこちらの冬の館でも、こちらが及び腰になるほど熱狂的に歓迎してくれた。町長や村長達から「次の春にもぜひ……」とお願いされ、「神殿長の間はわたくしが参ります」と愛想笑いで返事をする。その繰り返しだ。わたしは祭りの熱気に晒《さら》されて体調を崩し、薬で体調を立て直しては祭りの興奮に巻き込まれてまた体調を崩す、というのを繰り返しながら旅程をこなした。

結局、フェルディナンドとの待ち合わせの場所であるドールヴァンの冬の館にたどり着いたのは、シュツェーリアの夜の前日だった。体調を考慮して余裕を持たせた旅路だったはずなので、ギリギリと言ってもいいだろう。

事前にエックハルトがフェルディナンドとオルドナンツのやり取りした結果、先に到着したフェルディナンドがドールヴァンの収穫祭をこなしてくれたらしい。祭りの熱狂はすでになく、穏やかな日常が流れているそうだ。

「遅かったな、ローゼマイン。間に合わないのではないか、と気が気ではなかったぞ」

「ご心配おかけいたしました、神官長。それから、先に収穫祭を行ってくださってありがとう存じます。お祭りが終わっていて助かりました、本当に……」

シュツェーリアの夜までにドールヴァンへ到着できるのか危惧《きぐ》していたのは、こちらも同じだ。無事に到着して良かった、とわたしが安堵の息を吐いていると、フェルディナンドが難しい顔でわたしの顔を覗き込み、ぺたぺたと額や首筋に触れ始めた。

「冷たいですっ！」

「君の体温が上昇しているせいだ。脈も速いな。……フラン、薬は足りているか？」

「出発前に準備していたうち、半数ほどを使ってしまいました」

淀《よど》みないフランの返事にフェルディナンドはすいっと視線を部屋の中の木箱に向ける。

「あちらに予備を準備している。残りの道程のために足しておきなさい。ローゼマインは今日はもう薬を飲んで寝るように。明日には採集だ」

フランがホッとしたように薬を補充《ほじゅう》し始める中、わたしはフェルディナンドに退場を命じられた。すごすごと準備されていた部屋に入る。モニカとニコラに着替えをさせてもらい、フランに手渡された薬を飲んで、さっさと寝た。わたしのための素材採集にカルステッドがエーレンフェストからわざわざ来てくれるのに、体調不良でまた来年というわけにはいかない。

……ルッツとも約束したし、今年は絶対に採るもん。


すっきり爽快《そうかい》で目覚めた朝、わたしの護衛騎士はエックハルトからダームエルに戻っていた。久し振りに会ったダームエルは何だかげっそりとしているように見え、主がわたしに戻ったことに安堵しているようだった。もしかしたら課題を与えられてしごかれたかな？　と、勝手な想像に小さく笑いながら、わたしは朝食を終える。

「ローゼマイン、夕刻には仮眠を取ることになっているので、午前中に頭を使った方がよく眠れるであろう。私の部屋に来なさい。収穫祭の報告書を書いてもらう」

今日は体調不良を理由にゴロゴロしながら読書をしようと思っていたのに、午前中がフェルディナンドと書類仕事では神殿の生活と変わらないではないか。

「嫌そうな顔をしているが、これは君のためだ。報告書を先に仕上げておけば、それだけ早くユレーヴェを作製できる。いくら素材を集めても、領主への収穫祭の報告をしなければ、薬作りには取り掛かれないからな」

わたしの専属医であり、薬剤師でもあるフェルディナンドにそんなじんわりとした脅しをかけられれば、「読書がしたいです」とは言えない。自分の健康のために頑張るしかない。

……できるだけ早くユレーヴェを作って、元気になったら倒れるまで本を読んでやるんだから！

木箱に入った本を何度か振り返り、後ろ髪を引かれる思いでフェルディナンドの部屋へ行くと、フェルディナンド本人だけではなく、彼が収穫祭に同行している側仕え達もいつも通りに仕事をしていた。エックハルトも同じだ。ちなみに、ユストクスとフェルディナンドの徴税官もそれぞれの部屋で報告書の作成をしているらしい。

時間を無駄にしない仕事人間、フェルディナンド。皆を巻き込んで今日も絶好調である。

カリカリコツコツと静かに書類作成をしていると、バサバサと羽音を立ててオルドナンツが飛びこんできた。部屋をくるりと一周するように飛んだ後、フェルディナンドの机の上に降り立って、カルステッドの声で喋《しゃべ》りだす。

「もうじき到着するので、昼食の準備を頼む」

フェルディナンドは「了解」とオルドナンツを飛ばしながら、窓を見て溜息を吐いた。何を見つけたのだろうか、とわたしも窓に目を向ける。まだ小さいけれど、窓の向こうに騎士団長を表すグリフォンのような騎獣が飛んでいるのが見えた。カルステッドの到着は本当にすぐだ。

「作業は終わりだ。片付けて出迎え準備を」

フェルディナンドの一言で皆が一斉に仕事道具を片付け始めた。フェルディナンドの側仕え達が出迎えのために玄関口へ向かい、わたしの側仕えがお茶やお菓子の準備を整えていく。慌ただしくて、優雅《ゆうが》さや余裕の欠片《かけら》もない。それでも、体裁を整えることができる側仕え達は実に優秀だ。カルステッドが案内されて入ってきた時には、出迎え準備は完了していた。

「ローゼマイン、元気そうだな」

「神官長のお薬をいただきましたから」

昨日はへろへろだった、と明確に言わなくても通じたようだ。カルステッドは言葉を探すように視線をさまよわせた後、「採集に行けるように回復しているならば良い」と言葉を絞り出す。

「カルステッド、あちらの様子はどうだ？」

フェルディナンドが席を勧めながら、世間話や挨拶の一環のような口ぶりで問いかけた。いつもならば、「特に何事もなく」「平穏無事だ」という言葉が返ってくるのだが、カルステッドはわずかに考えるような素振りを見せて、部屋を見回した。

「フェルディナンドとローゼマインに知らせておくように、と頼まれたからな。ローゼマインもこちらで聞け。護衛騎士以外は席を外してくれ」

側仕えを全員退室させると、カルステッドは範囲を指定するタイプの盗聴防止の魔術具を取り出して作動させる。フェルディナンドが深呼吸するようにゆっくりと息を吐いた。

「カルステッド、一体何があった？」

「何があったというわけではないが、少々不穏な動きがある」

皆の表情が一気に引き締まる。今は何もなくても、不穏などという単語が飛び出せば警戒するのは当然だろう。カルステッドは皆の顔を見回し、「これはエルヴィーラからの情報だ」と前置きをしながら話し始めた。

「フェルディナンドには伝えたと思うが、旧ヴェローニカ派がゲオルギーネ様の来訪以来、ゲオルギーネ派として復活の兆《きざ》しを見せている」

「あぁ、聞いた。だが、彼女はアーレンスバッハの第一夫人ではないか。エーレンフェストの派閥の旗頭《はたがしら》を担《にな》うことなどできまい」

元々先代領主の時代から第一夫人として長く君臨し、フロレンツィアが嫁《とつ》いできてからも跡継ぎを養育して抱え込むことで、ずっとヴェローニカ派が最大派閥だった。ジルヴェスターへ代替わりしたことで、多少フロレンツィアとエルヴィーラの派閥も人が増え、力を蓄《たくわ》えつつはあったけれど、主流はヴェローニカ派だったそうだ。しかし、領主の母親という立場を悪用して罪を犯したヴェローニカは幽閉《ゆうへい》されて失脚してしまった。そのため、ヴェローニカ派の中でも中立寄りだった者は、あっという間にフロレンツィア派に寝返ったそうだ。

「だからこそ、旧ヴェローニカ派は旗頭にヴィルフリート様を据えるつもりのようだ」

「ヴィルフリートを？　女性の派閥には関係が薄いのではないか？」

「お茶会に招くというのではなく、派閥としてまとまるために名前が必要なだけだろう。ヴィルフリート様はヴェローニカ様に育てられていた。そして、ゲオルギーネ様と距離を置こうとする領主の意向に逆らい、エーレンフェストを訪れるように頼んでいたからな。旧ヴェローニカ派にもゲオルギーネ派にも派閥を立て直すためには絶好の旗頭だと考えられているようだ」

わたしはカルステッドの言葉に、ゲオルギーネとの別れの挨拶を思い出す。

「……でも、ヴィルフリート兄様は別に養父様《とうさま》の意向に逆らったつもりはありませんよね？　ただ、周りが見えていなかっただけで」

「あぁ、実際には何も考えていなかった。だが……周囲からどう見えるかが大事なのだ」

カルステッドの言葉に、フェルディナンドは「面倒なことになりそうだ」とこめかみを指先で叩く。きつく目を細めて何やら色々と考え始めたけれど、何を考えているのかわからない。カルステッドはそんなフェルディナンドに次々と情報を流していく。

「ヴィルフリート様はゲオルギーネ様と親密であり、次期領主という線が濃厚であることから考えても、次の旗頭に相応しいという話があちらこちらで囁《ささや》かれているそうだ」

女性のお茶会で話題になったことが、下級貴族同士の繋がりであちらこちらへ流れているらしい。少しでも有利な陣営につかなければならない下級貴族は中立が多く、だからこそ、情報は飛び交いやすいそうだ。

「フロレンツィア様とローゼマインを中心に据え、ヴィルフリートの養育権が祖母から母に戻ったことで、やっと領主一家がうまくまとまりかけていたのに、また派閥争いが大きくなり始めた、というわけか」

フェルディナンドがぐっと眉を寄せる。どうやら領主の第一夫人であるフロレンツィアを中心に最大派閥をまとめようと暗躍《あんやく》していたエルヴィーラの苦労が水の泡らしい。初めて知ったが、エルヴィーラはフェルディナンドの情報を集めて喜んでいるだけではなかったようだ。

「表立ってはまだ何も起こっておらぬ。狩猟《しゅりょう》大会でも噂や情報が流れただけだ。ゲオルギーネ様がこちらにいらっしゃらず、ヴィルフリート様も側近の管理下にあるからな。何もなければこのまま薄れていく程度の話だろう。ただ、ゲオルギーネ様が来年の夏にもいらっしゃるため、完全には沈静化《ちんせいか》しそうにない。活発になる貴族の動きに関して警戒はしておいた方が良いだろう」

「はい、お父様！　質問です。警戒とは何をすれば良いですか？」

わたしがビシッと手を挙げて質問すると、カルステッドとフェルディナンドとエックハルトとユストクスから一斉に答えが返ってきた。

「何をするにもフェルディナンドに話を通せばいい」

「とにかく、勝手な真似はするな」

「見知らぬ者に近付かぬようにしなさい」

「本を賄賂にされても受け取ってはなりません」

一斉射撃を受けたような注意事項の数々に、わたしは「……はぁい」と力なく答える。

……ホントに信用ないな、わたし。

昼食を終えると、リュエルの実を確実に採集するための作戦会議となった。去年のシュツェーリアの夜を経験しているので、今回は対処法がわかっている。騎士団長であるカルステッドとフェルディナンドとエックハルトという最強の布陣で挑めばそう大変ではないらしい。

「数は多いが、雑魚《ざこ》ばかりだからな。広い範囲を一度に狩れる武器が良いかもしれぬ」

「リュエルの花が散るまで魔物が出現しなかったので、出発時間を遅らせてはいかがですか？」

「出発時間を遅らせるのは良いですね。あと、ローゼマイン様の仮眠は去年より少し長くした方が良いかもしれません。去年は戦闘中に眠気覚ましが必要でしたから」

「待ってくださいませ、ユストクス！　あれは、ゴルツェを押さえこむのが長引いたからです！　採集だけならば去年と同じくらいの仮眠で問題ありません」

皆が色々と意見を出しながら行動を決めていく。リュエルの木を中心に、騎士の配置と対応する範囲が決められた。ユストクスは騎獣に乗って、去年のように枝を渡ってやってくる魔獣を退治するための戦闘要員にされている。

「ユストクスは文官なのに戦えるのですか？」

「素材採集には必須ですから、多少の心得はあります。自衛くらいは何とか……」

「リュエルは去年大量に採取したから、今年は戦闘要員に含めても問題あるまい」

採集したことがない素材を前にすると、ユストクスの視線が素材にしか向かなくなるので当てにならないが、持っている素材には興味が薄いので戦闘要員に入れても問題ないそうだ。

出発時間やある程度の配置、魔獣の種類の把握《はあく》などが決まると、わたしは夕方から仮眠タイムだった。フェルディナンドが午前中にこき使ってくれたおかげでとてもよく眠れたような気がする。でも、感謝はしない。

紫の月が光るシュツェーリアの夜、わたし達は打ち合わせ通りの時間に出発して、去年と同じようにリュエルの木がある場所へ騎獣を走らせた。

わたし達が到着した時には月はほとんど真上の位置に来ていて、リュエルにはすでに蕾《つぼみ》が大きく膨らんでいた。葉が茂っておらず、つるりとして金属めいた質感の木の枝に白木蓮《はくもくれん》のような花が数十、枝の上に立つように咲き、強い芳香《ほうこう》をまき散らしている。

「散り始めるのもすぐだろう。今のうちに少し邪魔な物を切っておくとしよう」

フェルディナンドがシュタープを取り出し、「リーズィッヒエル」と唱えると、光る大きな鎌になった。まるで死神のようで、とてもよくお似合いである。ここでは死神のイメージが通じないだろうし、通じたら通じたで怒られそうなので口が裂けても言わないけれど。

「はっ！」

フェルディナンドはその鎌を上空に放り上げ、リュエルの木の周辺の木々の枝を打ち払い始めた。その様子を見たカルステッドが「なるほど。枝を払っておけばリュエルに飛び移れる魔獣は減るな」と呟くと、シュタープを大鎌に変えて周囲の枝を払っていく。カルステッドの言葉を聞いて、わたしはその場でフェルディナンドに土下座《どげざ》したくなった。

……神官長のこと、死神みたいとか思ってすみませんでした。マジ助かります。

「そういえばユストクスが去年採集したリュエルの花は何かの素材になったのですか？」

「私は集めるのが趣味なので、そういうことはフェルディナンド様にお聞きください」

ユストクスは自分の手元に一つあれば十分で、それ以上の同じ素材はフェルディナンドに渡しているらしい。今までに世話をかけたお詫びとこれからもよろしくという迷惑料だそうだ。

ユストクスは一体今までにどれだけ迷惑をかけてきたんだろう、と首を傾げた直後、わたしはハッとした。

……も、もしかして、わたしも神官長に迷惑料を払わなきゃいけないんじゃ？

フェルディナンドが欲しがりそうなものがすぐに思い当たらず、いっそ魔力払いでいいかしら？と悩んでいるうちに、リュエルの花が散り始めた。

去年と同じように、花弁《はなびら》が一枚一枚剥《は》がされていくようにひらり、また、ひらりと落ちては、風に揺られて舞った。桜の花弁と違って、白木蓮ように大きな花弁だ。白い鳥の羽が風に遊ばれているように揺れて、くるりくるりと回りながら落ちていく。花弁が地面に落ちた瞬間、土と同化するように消えていく様子が何とも儚《はかな》くて、美しい。

「ローゼマイン、今のうちに祝福を」

フェルディナンドに言われるまま、わたしは武勇の神アングリーフに祈りを捧《ささ》げ、皆に祝福を贈る。その後は、リュエルの実を確実に採集できるように、騎獣でリュエルの実のすぐ近くに上がり、実ができるまで待機だ。わたしは皆の様子を騎獣から見下ろした。

「……来るぞ」

リュエルの木を取り巻くように五人の騎士がそれぞれの武器を構えている。皆バラバラなところが面白い。エックハルトは槍《やり》、ブリギッテは去年と同じ薙刀《なぎなた》のような物。ダームエルは使い慣れている剣、カルステッドはさっき枝を払っていた大鎌のままだ。だが、フェルディナンドが何を持っているのか、ここからでは見えない。少なくとも大鎌ではない。

……何だろう？

そう思っている間にも、遠くの方からガサガサと草を踏み分けるような音が近付いてくる。それも一匹や二匹の足音ではない。数十匹はいる。今見えるだけではなく、後から後から匂いに惹《ひ》かれたように増えてくることを、わたしはもう知っていた。

ダームエルの膝の高さにも満たない大きさの、猫っぽいザンツェやリスっぽいアイフィントという魔獣が、暗闇の中、目を不気味に赤く光らせて藪《やぶ》から飛び出してくる。

「一匹一匹は強くない。なるべく確実に仕留めるように」

「長い戦いになる。魔力の配分には気を付けろ、ダームエル」

「はっ！」

カルステッドとフェルディナンドに挟まれたダームエルはぐっと剣を握り直した。

ダームエルの成長

わたしはリュエルの実が大きくなるまでの間、騎獣の中から皆の戦いぶりを眺めていた。

リュエルの木を囲むように配置されている騎士達だが、フェルディナンドとカルステッドがフォローに入れる位置にダームエルがいる。ダームエルが任されている範囲は皆の中で一番狭いけれど、守れなければ意味がないので当然の配置だろう。

四方八方から小さい魔獣が出てくる。季節の素材を収穫するために、様々なところへ赴き、魔物達と戦ってきたので、わたしも多少魔物の強さがわかるようになってきた。今、ここへ向かってくるザンツェ、ザンツェよりちょっと大きいフェルツェ、アイフィントなどの魔獣は強くない。数が多くてきりがないだけだ。去年は騎士の数が少なかったため、その数が脅威《きょうい》だったが、魔力が豊富なフェルディナンドやカルステッドがいれば楽勝そうだ。

「行くぞっ！」

一番槍はエックハルトだった。ダダッと数歩駆け出すと、腰を落として勢いよく槍を突き出す。シュッと空気を打ち抜くような鋭い音と共に、穂先が紫の月を照り返して閃《ひらめ》いた。次の瞬間、魔石を貫かれた魔獣が溶けるように姿を消していく。たった一撃。それだけで、数匹の魔獣が消えた。

「やっ！」

そのままエックハルトは槍を大きく動かして、周囲の魔獣を薙ぎ倒す。槍で強打されたり、穂先で切り裂かれたりした魔獣が弱って倒れていった。それを見た周囲の魔獣は、エックハルトではなく弱った魔獣に群がり、食らいつく。魔石を食らって少しでも力を得ようとするのだ。

エックハルトは青い瞳でその群れを睨むと、槍をつかみ直し、何度も群れに向かって突き刺していく。高速で動く槍は、空気を打ちぬくような音と共に次々と魔獣を仕留めていった。

……ほおぉぉ、エックハルト兄様、カッコいい。わたしの父さんの次の次の……次くらいにはカッコいいよ。

わたしはエックハルトの攻撃を見下ろしながら、はふぅ、と溜息を吐いた。普段はフェルディナンドのお手伝いをしている姿ばかりを見ているので、こういう騎士の戦いをしている姿を見ると、正直、とてもカッコいいと思う。

心の中でエックハルトの雄姿《ゆうし》を褒《ほ》め称《たた》えていると、「たぁっ！」とブリギッテの高い声が聞こえてきた。わたしは少しだけ騎獣の位置を変えて、ブリギッテに視線を向ける。

「やあぁぁぁっ！」

気合いの入った声と共にブリギッテが地面を踏みしめて薙刀に似た武器を大きく振るった。ブンと空気を薙ぐ音がして、刃が当たる範囲にいた魔獣が一度に形を崩して消えていく。

「次っ！」

屠《ほふ》った魔獣が消える様子さえ確認せずに、ブリギッテのアメジストの瞳は次の獲物に焦点《しょうてん》を定めていた。腰を落としたままの体勢でスカート部分を翻《ひるがえ》しながら、くるりと振り返るように体をひねる。腰のひねりを生かしたブリギッテの動きに、まるで武器が遅れまいと後を追うように付いていく。長くて少しばかり反った刃がブリギッテの体の正面を通り過ぎる頃には魔獣がまた何匹も消えていた。ブリギッテが武器を一閃《いっせん》させる度に、長めの刃が翻り、駆け寄ってくる魔獣達を一気に薙いで切り裂いていく。止まることなく武器を振るうブリギッテの姿は生き生きしていて、同時に、颯爽《さっそう》たる美しさがあった。

……ハァ、素敵。うぅ、わたしも強くなりたいなぁ。

ブリギッテのようになるのは無理だとわかっているが、あんな感じのキリッとしたカッコよさが欲しい。素敵で頼れるお姉さんを目指すのだ。

……そういえば、お父様ってどんな風に戦うんだろう？

カルステッドの戦いぶりは青色巫女見習いだった頃の祈念式の途中で襲撃を受けた時や、冬の主であるシュネティルムとの戦いで見た。けれど、どちらも遠目であったし、祈念式の襲撃では大技の一発だけで終了した。シュネティルムの戦いは戦う騎士の数が多かったのと、遠すぎて判別できなかったので、わたしはどのような戦い方をするのか知らない。わたしは少しばかりわくわくしながら、カルステッドを探す。

カルステッドは自分の身長よりも大きな鎌を無造作に振っているように見えた。それというのも、あまり力が入っているように見えないのだ。その辺りを歩きながら草刈りでもするように、軽々と大鎌を振って次々と魔獣を狩っている。

……おおおぉぉぉ、お父様、強い！　さすが騎士団長！

それほど力が入っているようには見えないのに、大きな鎌の動きは驚くほど速くてブォン！　ブォン！　と空気を切り裂く音がずいぶんと大きく聞こえてくる。カルステッドの一振りで鎌の露《つゆ》と消えていく魔獣の数は、エックハルトやブリギッテとは比べ物にならない。一度に十匹以上消えているのではないだろうか。任されている範囲は広いのに、カルステッドの前には魔獣が少ないように見えるのは、気のせいではないと思う。

……わたしの採集のためにわざわざエーレンフェストから来てくれるんだもん。父さんの次にカッコいいのは、お父様で決定でしょ！

パシパシと自分の膝を叩きながら、わたしがカルステッドを称賛していると、突然、ドォン！

と爆発音が響いた。

「きゃうっ⁉」

それほど大きくはない爆発音だったが、不意打ちだったので、わたしはびくぅっと体を竦《すく》ませて思わず耳を押さえた。何が起こったのか、とわたしはきょろきょろとしながら音源を探す。

……神官長だ。

フェルディナンドに任されていた範囲の魔獣が広範囲で完全に消失していた。ぽっかりとそこだけ魔獣のいない空白地帯がある。間違いない。さっきの爆発音はフェルディナンドの仕業《しわざ》だ。一体何をすればそんなにぽっかりと空白地帯ができるのだろうか。不可解すぎて、わたしはフェルディナンドの動きを注視した。

空白地帯となったところに別の魔獣達が駆け寄ってくる。涼《すず》しい顔で立っているフェルディナンドを見ているだけで、魔獣達に「今すぐ回れ右して全力で逃げて！」と言いたくなってしまうのは、わたしだけだろうか。

駆け寄ってくる魔獣達を静かに見据えていたフェルディナンドが何かを投げた。ほんの一瞬だけ空中できらりと光って、何かがバッと大きく広がるのが見えた。次の瞬間には空気に掻き消えてしまったように目には映らなくなる。

……網？

わたしには網のように見えたそれは、消えたわけではなく、魔獣達の上に落ちたようだ。広範囲の魔獣達がもがき、絡《から》まり合い始めた。見えない網に囚《とら》われた魔獣達を見据えながら、フェルディナンドは跪くように腰を落とし、ピタリと手のひらを地面に付ける。

「消えろ」

静かな言葉と同時に、網目状に魔力が流れていく様子が見えた。魔力の光で網の形が浮かび上がったと思うと、先程と同じようなドォン！　という爆発音が響き、網の中の魔獣がフェルディナンドの言葉通りに消え失《う》せた。

……怖い。マジで怖いです。

圧倒的な魔力を誇るフェルディナンドだからこそ可能な攻撃だと思う。あれだけの広範囲に一気に魔力を流すためには、魔力量はもちろん、魔力の扱いに長けていないと難しいはずだ。

桁《けた》違いの強さに感嘆を通り越して恐怖を感じたわたしは、フェルディナンドから少しだけ視線をずらし、カルステッドとフェルディナンドの間で戦っているダームエルに焦点を当てた。

ダームエルは他の皆に比べると、かなり地味な戦いをしていた。自分が構えている剣で一匹一匹を確実に仕留めているだけだ。何の派手さもない。けれど、去年と違って確実に成長している。魔力を惜しんで腕力と体力頼みで魔獣を倒し、息切れしていることもなければ、不安そうに周囲を見回すこともない。真っ直《す》ぐに前を見据えて戦っていた。

わたしの助言を素直に取り込んで必死に訓練していたようで、魔力の扱いに緩急《かんきゅう》が付けられるようになっている。少し成長しているフェルツェのような魔獣には少し大きめの魔力を使って、小物には小物に向けた魔力を使うことができているように見えた。

「ダームエル、そろそろ一度下がって、薬を使え」

「いいえ、カルステッド様。まだ大丈夫です」

ダームエルは首を横に振ると、剣でザンツェを切りつけた。両脇に強い二人がいるせいもあるだろう。けれど、去年と違って闇雲《やみくも》に武器を振るうのではなく、確実に仕留めている。

「無理をするな、ダームエル」

「本当に平気です」

ダームエルは魔獣から目を離さず、静かにそう言って剣を振るう。

しばらく剣を振るった後、ダームエルは自分から「下がります」と声をかけた。そして、カルステッドとフェルディナンドに後を任せ、リュエルの木にもたれかかるようにして回復薬を飲む。薬が効くまでの間がダームエルのほんの少しの休憩時間だ。

「ダームエル、すごく強くなってるよ」

わたしが騎獣から身を乗り出すようにして声をかけると、ダームエルは驚いたようにこちらを見上げ、目が合うと「恐れ入ります」と言って小さく笑った。

それから、ダームエルは一度目を閉じた。自分の中の魔力を確認するように、ゆっくりと息を吐いているのがわかる。次にクッと顔を上げたダームエルは灰色の瞳を魔獣に向けると、またシュタープを変形させた剣を握って、戦いの中へと身を投じていった。自分の限界が伸びていることに自信を持ったようで、先程よりも余裕を持って戦っているように見える。

……ものすごく真面目に訓練したんだろうな。

ずっと強くなりたいと願っていたダームエルの姿を知っているわたしは、努力の成果を目の当《ま》たりにして、自分のことのように嬉しくなった。最近の成長ぶりを見ていると、本当に恋の力って偉大だなぁ、と思ってしまう。他人の恋愛事情にちょっとニヤニヤしつつ、ダームエルの成長ぶりを噛《か》みしめていると、ユストクスが声を上げた。

「姫様、そろそろ頃合いです。リュエルの実に魔力を注いでください！」

わたしは大きく息を吸い込んで騎獣から身を乗り出すと、紫水晶のように見えるリュエルの実に手を伸ばした。リュエルの実をわたしの魔力に染めるのは大変だ。生き物は皆、自分以外の魔力を受け入れたくないという本能が働くようで、魔力で染めるにも抵抗が激しいのだ。硬くてつるりとしたリュエルの実を手のひらにぐっと握りこんで、わたしはリュエルの抵抗を叩き潰すような勢いで、一気に魔力を流し込んだ。去年よりも抵抗が少なく感じるのは、わたし自身も少しは成長しているからだろうか。

じっと手の内のリュエルの実を睨みつけながら、わたしはどんどんと魔力を流し込み、リュエルの抵抗を押し流していく。透き通った紫色のリュエルの実が、淡い黄色へと変わり始めるのも早い。去年はわたしの魔力が押し戻されるような感覚があったのだけれど、今年はそのような感覚もなく、どんどんと流れ込んでいった。

「ユストクス、これで大丈夫ですか？」

わたしが周囲を見回すと、ユストクスはリュエルに向かって飛び移ろうとしていたアイフィントを切り捨てているところだった。敵を排除したユストクスが警戒しながらこちらへやってくる。

「……早いですね、姫様。大丈夫です。採集したら、すぐに革袋に入れてください」

完全に色が変わったリュエルの実を左手でつかんだまま、わたしは右手で魔術具のナイフを手に取り、枝を切った。必要ない部分の枝を手早く切り落とし、リュエルの実をすぐさま革袋に入れる。魔力を遮断《しゃだん》する革袋なので、もう魔獣に奪われるようなことはないはずだ。

「姫様の採集が終わりました！」

ユストクスの声にカルステッドが大きく頷いた。

「では、撤収するぞ！」

「まだです！　もうちょっと待ってください。ダームエルにもリュエルを！」

ドォン！　周囲の魔獣を消したフェルディナンドがわたしを見上げた。

「何を考えている、ローゼマイン⁉︎」

「夏に求婚しようと思うのならば、それなりの魔石が必要ではないですか。わたくしの護衛をしていたら魔石を取りに行けないのですから、ここで採集すればよいのです」

わたくしも騎士物語を読む中で学習したのですよ、と胸を張ると、保護者達に生温かい目で見られた。何となく「物語と現実の区別がついていない子供」に向けるような視線に思えて、わたしは目を瞬く。

「……もしかして、違うのですか？」

「間違いではないが……」

フェルディナンドが気遣《きづか》わしげにちらりとブリギッテの方を見る。その視線でわかった。本来はこっそり準備する物で、求婚する相手がいる前でやることではないに違いない。

……あぁぁぁぁ、気を回したつもりだったのに、わたし、大失敗⁉

ひいぃぃ、と、わたしが頭を抱えていると、魔獣をさくさく狩りながらカルステッドが「取っておけ、ダームエル」と言った。

「これ以上の品質の魔石はそうそう手に入らんぞ。求婚には申し分ない」

ニヤニヤと笑いながらカルステッドは魔物退治を続行する。「あの続きをエルヴィーラが楽しみにしているからな」と聞こえたのは、気のせいだと思っておこう。

騎士団長であるカルステッドが許可を出したことが決定打となったようで、「手早く済ませろ」とエックハルトとフェルディナンドもダームエルの採集の後押しをした。

わたしはブリギッテの様子を窺うが、頑《かたく》なにこちらを見ようとせず、黙々と魔獣を狩り続けていた。遠目で暗いのではっきりとは見えないけれど、ちょっと耳が赤いような気がする。

……ごめんね、ブリギッテ。恥ずかしい思いをさせて、ホントにごめんね。

採集が許されたダームエルは騎獣でリュエルの実に近付くと、「メッサー」と唱えて、シュタープをナイフに変えた。自分の魔力に染まった高品質の魔石を必要とするわたしと違って、ダームエルが必要な魔石は求婚に使う物だ。今この場で自分の魔力の色に染める必要はない。

ダームエルは手早く枝を切り落とし、手近にあったリュエルの実を二つ採集する。求婚用と自分用だろう。嬉しそうに灰色の目を細め、丁寧な手つきで自分の革袋の中へ入れている。

「これほど質の良い魔石を持つのは初めてです。後で時間をかけてゆっくり魔力で染めます」

ドールヴァンの冬の館に戻ったわたしは、全ての素材を集め終わった達成感と満足感を胸にぐっすりと眠った。

翌朝、わたしは弾むような足取りでフェルディナンドの部屋を目指していた。朝食後、部屋に来るように、と呼び出しを受けたのだ。昨日もしていたお仕事の続きだろう。早く薬の作製を始められるように、わたしは全力でお手伝いに取り組むつもりだ。

……元気になれる。健康になれる。わたし、普通の女の子になれるんだ。うふふん、ふふん。

ダームエルは先にフェルディナンドのところへ行っているということだったので、わたしはブリギッテとフランと共に意気揚々《いきようよう》とフェルディナンドの部屋へ向かい、部屋の外で待っていたフェルディナンドの側仕えにドアを開けてもらって入室した。

「神官長、おはようございます！　今日のお手伝いは何ですか？」

明るい挨拶が完全に浮いていた。部屋の中にはピリピリしたような真剣な空気が満ちていて、わたしは慌てて口を閉ざす。フェルディナンドの部屋では誰も仕事をしていない。そもそも、ドアの前に待機させられていた側仕え以外は全員人払いをされているようで、仕事をしている人が部屋にいない。難しい顔をしたカルステッドとフェルディナンドとエックハルトがいて、情けない顔をしたダームエルが助けを求めるように「ローゼマイン様」と呟いている。

……ちょっと、ダームエル。何したの？

「ブリギッテ、フラン。下がれ」

素早く部屋から出て行くブリギッテとフランに縋《すが》りたい気持ちになりながら、わたしはわけがわからなくて瞬きを繰り返す。そんなわたしをフェルディナンドがじろりと睨んだ。

「呼び出された原因はわかっているであろう、ローゼマイン？　君はダームエルに何をした？」

特に何かをした覚えはない。この三人に怒られていそうなダームエルの主ということで、とばっちりで叱られるということだろうか。わたしは自分の行いを必死で思い出す。

「……え、と……ダームエルにしたこと、ですか？　昨夜、リュエルの採集を勧めたことでしょうか？　それとも、この間護衛の任務中にこっそりお菓子をあげたことですか？　でも、あれはブリギッテにもあげましたし……」

「違う！　全く違う。ダームエルの魔力が不自然に上がっているのは君の仕業ではないか、と言っているのだ」

「魔力が成長しているのはダームエルの努力です。……確かに、ちょっとだけお節介《せっかい》というか、助言はしましたけれど、本人の努力や訓練なしに成長はしませんよ」

どうやらダームエルの成長に関するお話だったようだ。怒られるのかと思った、と胸を撫で下ろしていると、カルステッドが険しい顔でわたしを見下ろした。

「一体どのような助言をしたのだ、ローゼマイン？　いくら何でも成長の仕方がおかしい。成長期をほとんど終えている下級貴族のダームエルの魔力があれほど伸びるはずがないのだ」

「ダームエルがアンゲリカに兵法を理解させるためにゲヴィンネンを使って、目で見えるように工夫したのと同じように、わたくしの魔力の圧縮の仕方を教えただけです」

眉を寄せるカルステッドとエックハルトと違い、フェルディナンドは眉を吊り上げた。

「君の魔力の圧縮の仕方だと？　私は聞いていないが？」

「え？　聞いていないとおっしゃられても、神官長にわたくしの魔力の圧縮方法を質問されたことはなかったと思うのですけれど……。それに、自己流ですから正しいかどうかは存じません。たまたまダームエルができただけかもしれませんから」

わたしが首を傾げると、ダームエルはゆっくりと首を横に振って、わたしの意見を否定した。

「ローゼマイン様の魔力の圧縮方法を伺えば、成長期の者は飛躍的に伸びると思います。せっかく伸ばした自分の魔力がまた平均以下に埋もれることを懸念《けねん》して、報告できませんでした。申し訳ございません」

どれだけ努力して伸ばしても他にやり方を覚えた者が同じように伸ばせば、平均的に魔力が上がり、ダームエルはまた落ちていくことになる。

「飛躍的な魔力の増幅ができるなど、個人、もしくは一族の秘法でもおかしくないからな。隠したくなるダームエルの気持ちはわかる」

エックハルトが言うように隠していたことが叱られるようなことではないのならば、一体何の話だろうか。薄い金色の瞳で静かにわたしを見ているフェルディナンドに視線を向ける。

「ローゼマイン、君はダームエルと違って、周囲に秘匿《ひとく》するつもりはなかったのであろう？　ならば、その方法を魔力不足のエーレンフェストに広げようと、何故考えなかった？」

「何故とおっしゃられても……」

確かにエーレンフェストが魔力不足なのだから、皆の魔力を上げることを考えるのが当然の流れなのかもしれない。でも、わたしは本を広げることは考えても、魔力の増やし方を広げることは全く考えなかった。

「魔力の圧縮は、わたくしにとって常に生死の境目で生きるために行ってきたことです。魔術具を持っている貴族に教えるようなことではないと思っていましたし、これが危険な方法であれば死ぬ人が出るかもしれないではありませんか。そんな危険なこと、広げられません」

わたしの言葉にカルステッドは納得を示し、フェルディナンドは「ならば、何故ダームエルに教えた？」と不可解そうにこめかみを押さえた。

「ダームエルはわたくしの素性《すじょう》を知っていて、生死の危険がある中で行ったことだという意味と重みがわかる相手ですから」

ここにいるのは、わたしの素性を知る人ばかりだ。皆が揃って難しい顔になった。

「なるほど。君の考えはわかった。広げる気がないことも。……だが、敢《あ》えて頼みたい。君の魔力の圧縮方法をエーレンフェストの他の貴族にも教えてほしい。魔力不足は早急に解決せねばならない課題だ。これから先のエーレンフェストを担う子等の魔力が増えるならば、それに越したことはない」

フェルディナンドの顔に焦りのようなものが見えている気がする。ここ二年ほど、わたしが祈念式で祝福を行うようになってから、魔力は満たされ、収穫量は増えているはずだ。手伝ってくれる青色神官の魔力量を増やすことを考えるならばまだわかる。けれど、貴族の魔力を、早急に増やさなければならない理由がわからない。

「ずいぶん性急そうに見えますけれど、何か理由があるのですか？」

「理由というほどではない。ゲオルギーネがアーレンスバッハの第一夫人という立場を使って、何か仕掛けてきた時のための準備の一環だ。貴族の魔力の底上げができるならばありがたい」

フェルディナンドが準備の一環というのだから、協力した方が良いとは思う。でも、魔力の圧縮方法に関しては不安要素もたくさんあるのだ。あまりほいほい教えたいものではない。

「領地のためならば教える分には構いません。ただし、条件は付けさせていただきます」

魔力圧縮の条件

息を呑んだカルステッドとエックハルトと違って、フェルディナンドは「聞こうか」と興味深そうに口元を歪《ゆが》めながら先を促《うなが》した。

「まず、教える対象を貴族院で魔力の圧縮を習った者に限らせていただきます。自力で圧縮できない者に教えるつもりは毛頭ございません。生死に関わるのですから」

フェルディナンドはゆっくりと頷いた。カルステッドとエックハルトも「当然だな」と頷く。ダームエルだけは所在なさそうに立ちながら、むしろ、自分の扱いがどうなるのか気になっているような顔をしていた。

「それから、わたくしが属する派閥の者に限らせていただきます。わたくしは自分に敵対する者の魔力増幅の手助けなどするつもりはございません」

元々わたしは平民なのに魔力量だけで青色巫女見習いとして優遇《ゆうぐう》され、領主の養女となったのだ。魔力量に対して多少の優位性は保っておきたいし、敵対する可能性がある者の魔力を伸ばすようなことは、いくら考えなしだとか無防備と言われているわたしでもやりたくない。

「フロレンツィア派に属する者に限る、と対象を決めておけばゲオルギーネ派を切り崩す一助となるでしょう？　それに、そうしておけばヴィルフリート兄様を次期領主にしたい養父様は、何が何でもヴィルフリート兄様をフロレンツィア派だと周知させると思うのです」

ゲオルギーネ派がいくらヴィルフリートを引きこもうとしても、本人と領主が否定してフロレンツィア派であることを表明すれば、不穏な噂も次第に鎮静《ちんせい》化していくと思う。今はヴィルフリートの教育が足りていないことが原因で、どのように転ぶのかわからないことが不安要素になっているから、親にしっかりと繋ぎとめてもらえば良い。

「それでは対象者を選ぶのが君にならないか？　君に任せるのはどうにも不安で仕方がない」

「その不安は貴族の繋がりには詳しくないわたくしも同じです」

貴族の誰と誰がどこでどんな繋がりがあるかなんて、ほとんど把握できていない。やっと親戚回りの貴族の名前と、前神殿長の手紙の繋がりから作成したブラックリストを覚えたくらいだ。けれど、その親戚やブラックリストの貴族達も一枚岩ではないし、受けられる利益によって意見が翻りそうなので、貴族を信用できるかどうかなんて、わたしに任されても困るのだ。

「ですから、対象者となるためには六人の許可を必要とすることにします。まず、エーレンフェストの最高権力者である領主夫妻、私情を挟まず公正に判断ができて情報が豊富なフェルディナンド様、戦力の要である騎士団長のお父様、フロレンツィア派の実質的な指導者であるお母様、最後に知識提供者のわたくし……全員の許可が必要であることにします」

今わたしが挙げたメンバーは基本的にわたしの保護者だ。全員が許可を出せる者ならば、わたしの敵に回る可能性は著《いちじる》しく低くなると思う。わたしなりの保身だ。

「ほぉ？　想定外に人数が多いようだが、領主夫妻だけでは不足なのか？」

面白がるようにフェルディナンドが唇の端を上げた。

「魔力圧縮が貴族にとって有益な情報であれば、ヴィルフリート兄様がどこの派閥に引っ張られていても養父様は親の情を優先して知識を与えそうですし、フロレンツィア様も親の情に訴えかけられると心が揺らぐのではないかと思うのです」

わたしの言葉にカルステッドがものすごく困った顔になって、言いにくそうに口を開く。

「ローゼマイン、其方……領主夫妻は信用できないのか？」

「信用はしていますよ。ただ、わたくしは親の情というものが、何をおいても子を優先するものだと思っているのです。わたくし……わたしは父さんと母さんにそうしてもらったから」

わたしの両親と対面したことがあるからだろう。フェルディナンドはわたしにとっての親の情をすぐに理解したようで、懐かしがるような、苦いような複雑な表情を浮かべた。

「あれを基準に親の情を考えるのか。……貴族社会では通用せぬぞ」

「親の情についての考え方は人それぞれですから、通用するかどうかはどうでもいいです」

わたしが知っている親の情が、惜しみなく本を与えてくれた麗乃時代の親と、子を守るためならば貴族相手でも立ち向かってくれる平民時代の親なのだ。

「それから、いくら対象者を厳選したところで、他の領地に圧縮方法が広がれば意味がないでしょう？　契約魔術で他者に教えることができないように縛《しば》りたいと考えているのですが、エーレンフェストだけではなく、他領にも影響を及ぼす規模の契約魔術はございますか？」

「……ある。恐ろしく高価だがな」

大金貨を端金《はしたがね》と言い切るフェルディナンドにそう言わせるなんて、一体どれだけ高価なのだろうか。具体的な値段は聞きたくない。けれど、その契約魔術がなければ、エーレンフェストの魔力だけを上げるのは無理だろう。

「お金と圧縮法、どちらが大事ですか？　わたくしはエーレンフェストの秘伝とするつもりなので、契約魔術に関するお金を出すことが難しいならば、諦めた方が良いと思います」

「問題ない。エーレンフェストの予算を割《さ》く価値がある」

フェルディナンドは金策を考えるような難しい顔をしながらも、ゆっくりと頷いた。

「神官長、その契約魔術で、親子、兄弟間でも教えることができないように縛れますか？」

「個人との契約になるので当然できるが、何故だ？」

「勝手に広げられると困るというのが一番の理由です。いつだったかフェルディナンド様がおっしゃったではありませんか。魔力圧縮はとても危険なことで、貴族院でも教師が複数付いて教える、と。危険がないように対応していても事故が起こることもあるのだ、と……」

自己流での魔力圧縮に成功している子供は珍しく、「君は何故生きている？」と言われたことを、わたしはまだ忘れていない。そんな危険な方法を何の規制もなく広げたくない。

「神殿の青色巫女見習いから領主の養女になったわたくしの圧縮方法です。神殿に入れるかどうかを悩むくらいの魔力を持つ幼い子供に魔力の圧縮方法を押し付け、魔力を伸ばせないかと試みる親が出てくる可能性があります。魔力を増やすことができれば、神殿入りを防げるかもしれないと、幼い子供に無茶をさせる親が出てくることは防ぎたいです」

貴族社会では、家の格に比べて魔力の少ない子供は格の低い他家へ養子に出されたり、神殿に入れられたりする。それを防ぎたい親が無理に魔力圧縮をさせるようなことになれば、洗礼式前の子供の死亡が激増する可能性がある。

「……洗礼式前の子供に少々無茶をさせたところで人として数えられておらぬ」

「数えるか数えないかは施政《しせい》者側の都合で、いくら洗礼前の子供が人として数えられていないと言われても存在して生きています。それなのに、数えないから危険な方法を強要しても構わないとはどうしても思えません。わたくしは嫌です。これは絶対に譲れません」

わたしが主張すると、フェルディナンドが眉間に皺《しわ》を刻んで一度目を伏せる。再び上げられた薄い金色の目は、誤魔化《ごまか》しや甘さを許さないというように厳しかった。

「君の選択の結果、貴族になれたかもしれない子供が神殿に入ることになっても、か？」

普段よりやや低い声、鋭《するど》く射るような目を、わたしは真っ直ぐに見返した。

「十人が死んで一人が貴族になれる状況より、十一人が青色神官になる今の状況を、わたくしは選びます」

神殿に入るのと貴族として生活するのでは雲泥《うんでい》の差がある。知っていても譲れない。フェルディナンドはわたしを見ていた視線の強さを弱めると、「ふむ」と顎《あご》に手を当てた。

「相変わらず君の望むものは君に何の利点もないようで理解できないが、要求はわかった。対象者を君の条件通りに絞ろう。君の圧縮法に関しては個人の契約魔術で縛り、親子間や兄弟間でも知識の共有はさせない。他に条件は？」

「教える際に料金を取ります。貴重な知識だそうですから当然ですよね？」

「……む。それは私も考えたが、それでは下級貴族の底上げができないのではないか？」

フェルディナンドがこめかみをトントンと軽く叩きながら、「どのくらいの値段が適当か……」と呟くと、視界の端でダームエルが青くなったのがわかった。

「魔力の底上げが目的ならば下級貴族は安価に、位が上がるほど高価に値段を設定すればどうですか？　上級貴族は元々魔力があるのですから、自分の努力で何とかなります。その知識に対して価値を感じる者だけが手に入れれば良いのです」

ダームエルの顔色が戻ったかと思うと、今度はカルステッドが青ざめた。指を折り、頭を抱えている。もしかしたら家族割引が必要かもしれない。

「君の条件を呑もう。……それで、ローゼマイン。魔力圧縮はどのようにするのだ？」

ニィッと唇の端を吊り上げながらフェルディナンドが問いかけてくる。わたしはニコリと笑って首を横に振った。

「それは契約魔術と料金が準備できてからですよ、神官長」

「少しは用心深くなっているようだな」

「そのように何か企《たくら》んでいるような悪人顔で言われれば、誰だって気付きます」

わたしがそう言うと、フェルディナンドはフンと鼻を鳴らしながらダームエルに視線を向けた。

アレの扱いをどうするつもりだ、と無言で問われているのがわかって、わたしは判決を待つ被告人のような顔をしているダームエルへ向き直った。

「ダームエルはわたくしが勝手に教えたので、お金は必要ありません。けれど、他の皆と同じように契約魔術で口外できないようにはしていただきます。よろしいですか？」

「もちろんです」

お金を払えと言われなくて良かった、と安堵したダームエルの顔が雄弁《ゆうべん》に物語っていた。

「フェルディナンド様とあれだけ気さくに話ができるならば、心配はなさそうだ」

魔力圧縮に関する話を終えたカルステッドは安心したようにそう言うと、騎獣を駆ってエーレンフェストへ帰っていった。

……あれが気さくな関係に見えるだなんて、よほど貴族社会が殺伐《さつばつ》としているのか、神官長周辺が殺伐としているのか、どっちだろう？　考えたくないよ。

カルステッドを見送ったわたし達は一日休憩だ。その次の日、イルクナーに向かって出発することになっている。ドールヴァンからイルクナーは比較的近いのだ。

「ローゼマイン、イルクナーへは私が同行するのでこちらの徴税官を使う。ユストクスは先にエーレンフェストへ戻す。良いな？」

「構いません」

フェルディナンドはカルステッドが言っていた不穏な雰囲気について、ユストクスに情報収集を頼むつもりなのだろう。ゲオルギーネ派に関する情報収集に加えて、魔力圧縮に関する準備など、色々と手を回しておくことがあるに違いない。元々ユストクスはフェルディナンドに忠誠を誓う側近だし、こういう機会にうまく使わなければ宝の持ち腐れになってしまう。

「ローゼマイン、今日私はやることが多くて忙しい。君に冬の館をうろつかれ、問題を起こされても困る。今日は一日部屋でこれを読んで過ごすように」

「かしこまりました！　一日お部屋から出ません！」

……いやっふう！　一日読書だ！

わたしはフェルディナンドに手渡された紙の綴りを大事に胸に抱えると、うきうきとした気分で部屋に戻った。フランが引いてくれた椅子に座ってドキドキしながら綴りを開く。

紙の綴りはゲオルギーネ派のリストだった。ゲオルギーネ派のお茶会に出ている貴婦人の名前が書き連ねられ、他の派閥とも仲が良くて中立に近い下級貴族には注釈《ちゅうしゃく》まで入っていた。更にページをめくると、リストにある貴婦人の血縁について書かれている。

最後のページには、「フェルディナンド様のお役に立つことがあれば幸いです」という文章に加えて、「ローゼマインをよろしくお願いいたします」という一文があった。

「……お母様」

不穏な雰囲気を回避できるように、危険が迫っていることを知らせるために書き綴ってカルステッドに持たせてくれたようだ。そこにある親の情を感じて、じわりと目の奥が熱くなる。

……ちゃんと読んで覚えなきゃ……。

わたしはじっくりとリストに目を通していく。やはり前神殿長と仲良くしていたブラックリストに入っている人が多く、半分以上が名前を知っている人だった。そして、貴族の親戚関係の複雑さに頭を抱えたくなった。

イルクナーの収穫祭

うーん、と頭を悩ませながらリストとにらめっこしていると、バサバサとオルドナンツの羽音がした。すぅっと部屋に入ってきたオルドナンツがブリギッテの腕に降りる。

「明日の夕刻に到着だな？　了解した。料理のメニューに関しても彼等と相談して決める。収穫祭は明後日に行う予定だとローゼマイン様にお伝えしてくれないか？　それから、例の件をローゼマイン様にしっかり確認してほしい。頼んだぞ」

ギーベ・イルクナーの声で三回同じ言葉が繰り返され、黄色の魔石に戻った。ブリギッテはわたしを見ながら「申し訳ございません、ローゼマイン様」と眉を下げた。

「先程、兄に明日の予定を知らせたのですが、勤務時間中に返事が来ると思わず……」

「ギーべとの連絡は業務の一環なので構いませんが、イルクナーの様子はいかがですか？」

無事に採集が終わった今、次の心配事はイルクナーだ。フェルディナンドが赴くことになり、慌てて教育することになったけれど、明日は大丈夫だろうか。

「少し形になってきたようです。灰色神官達が非常に頑張ってくれているそうです」

「そう、よかった。……ごめんなさいね。わたくし、神官長に指摘されるまで気付かなくて」

わたしが安堵の息を漏らしながら謝ると、ブリギッテは不思議そうな顔をした。

「ローゼマイン様？」

「わたくしはイルクナーの距離感の近い雰囲気が好きでしたから、イルクナーに関しては今後もわたくしが対応すれば特に問題ないと思っていたのです。まさか神官長が赴くことになるとは思っていませんでしたし、他の貴族が視察に行くようになるとは考えていなかったのです」

この先、製紙業や印刷業が広がるにしてもギーべ達と話をする場所は城だ。ならば、視察や見学は遠方のイルクナーでなくても、神殿のローゼマイン工房で事足りると思っていた。

けれど、貴族視点で考えると、神殿は見学に値しないらしい。フェルディナンドに「神殿に来たがる貴族などいるわけがなかろう」とか「人件費や予算の流れが特殊すぎて、領主一族が経営する神殿の工房ではギーべの参考にならぬ」と指摘され、わたしは血の気が引いたのだ。

「お気になさらないでくださいませ。本当はローゼマイン様やフェルディナンド様に指摘されるまでもなく、わたくし達が理解していなければならなかったのです」

その後、ブリギッテは少し躊躇う素振りを見せた後、口を開いた。

「ローゼマイン様、お伺いしたいことがございますが、少しお時間よろしいでしょうか？」

「今日は一日お部屋で待機を命じられていますから、わたくしは構いませんけれど、ブリギッテの方から話があるのは珍しいですね」

ブリギッテはダームエルに一時護衛任務から離れることを告げ、わたしに向き直った。多分、先程のオルドナンツが言っていた「例の件」に関する話だろう。一体何だろうか、とわたしは背筋を伸ばしてブリギッテを見る。尋ねて良いのか悪いのかというようにアメジストの瞳に逡巡《しゅんじゅん》を浮かべた後、ブリギッテは目を伏せた。

「……ローゼマイン様、灰色神官は結婚が許されていないと、ハッセでおっしゃいましたが、それは事実でしょうか？」

「えぇ、事実です。灰色神官に結婚は許されていません」

やはり、と呟いたブリギッテが明らかにがっかりとした顔になる。けれど、灰色神官に結婚が許されていないことで、ここまでブリギッテが落ち込む理由がわからない。

……どうして灰色神官が結婚できないことでブリギッテが落ち込むの？　あれ？　もしかして、ブリギッテ……ちょっと、ダームエル！　意外すぎるところに伏兵《ふくへい》が！

「ブリギッテ、あの、まさか、灰色神官に想い人でもいるのですか？」

わたしが恐る恐る尋ねると、ダームエルとブリギッテが揃って「えっ⁉」と大きく目を見開いた。

ダームエルの驚愕《きょうがく》の表情に気付いたブリギッテが急いでふるふると首を横に振る。

「わたくしではございません！　違います！　何をおっしゃるのですか、ローゼマイン様⁉」

全力で否定するブリギッテに、わたしとダームエルは揃って安堵の息を吐いた。

「灰色神官が結婚できないことに落ち込んで見えたので、もしかしたら、と思ったのです」

「身分と魔力量を考えても灰色神官はあり得ません。イルクナーの民の話です」

ブリギッテはわたしを軽く睨んだ後、「やはり結婚はできませんか」と残念そうに息を吐く。イルクナーの民と貴族の関係が未《いま》だ近いことに安堵と少しの不安を抱きつつ、わたしは灰色神官に関する扱いを思い返した。

「絶対に不可能なわけではありません。ギーベ・イルクナーがその灰色神官を購入すれば、その者は神殿の管轄から外れますから、主であるギーベの許可で婚姻は可能になります」

わたしは人の売り買いなんて未だに馴染めないけれど、灰色神官が貴族に買われていくこと自体は普通のことだ。灰色神官や灰色巫女は下働きや事務をこなす者として、貴族に買われていく。買い取られた先で幸せな結婚ができるならば、わたしは喜んで灰色神官を送り出すし、今まで働いてくれたお給料と結婚祝いを与えるくらいは神殿長権限でするつもりだ。

「ローゼマイン様、お兄様にお知らせしても良いですか？　その、彼を買い取ることができて冬にイルクナーに残るのでしたら、結婚式に二人を参加させた方が良いのです」

「……先に神官長に伺ってみます。わたくし、勝手なことをしてはならないのです」

フランを通してフェルディナンドに面会をお願いしたら、「部屋で一日読書をしろと言ったはずだ」とフランを介してお説教された。仕方がないので、「イルクナーに到着する前にお返事を出したいので、わたくしの勝手にしても良いですか？」とフランに言付ける。

苦い苦い顔のフェルディナンドに昼からの面会を許され、わたしが灰色神官の結婚について話をすると、フェルディナンドの回答もわたしと同じだった。

「ギーベ・イルクナーが買い取れば何の問題もない。だが、収穫祭で結婚させるならば、早急に準備が必要になる。こちらで書類を……いや、この後、君が作れ。登録証だけは準備しておく」

手早く話を終えると、フェルディナンドはさっさと出て行けと言わんばかりに手を振った。

わたしは部屋に戻り、フランに教えられながら灰色神官の買い取りに関する書類を作る。今まではフェルディナンドがしていた灰色神官の売買に初めて関わる憂鬱《ゆううつ》な気持ちと、結婚が決まって幸せになれるならお祝いしなきゃという気持ちが入り混じる。

「フラン、結婚のお祝いはどうすればいいかしら？」

「存じません。私が知る限り、灰色神官で結婚した者はおりませんから」

フランは素っ気なくそう言った後、「申し訳ありません」と静かに目を伏せる。そこに複雑な感情を見つけて、わたしは頬に手を当てた。

「……フランは、結婚したいと思いますか？」

「いいえ。今の生活に満足しておりますから。……それに、結婚というものがどのようなものか存じません。仮に結婚しなければならない事態になれば、私は非常に困ると思います」

神殿の中しか知らないフランの言葉に、わたしは不意に心配になった。

「イルクナーの民は結婚したいようだけれど、灰色神官自身はそれを望んでいるのかしら？」

「ギーベが望めば灰色神官は売られるのが当然ですから、考慮には値しません」

フランの顔は「相変わらず甘いですね」と言っている。確かに貴族が望めば灰色神官は売られるのが当然だ。それでも、できるだけ幸せになってほしいし、ギーベ・イルクナーに利用されているのでなければ良い、と考えずにはいられない。


様々な不安を抱え、わたし達はイルクナーに到着した。前回の訪問と違って、ブリギッテに大きく手を振って出迎えることもなく、到着した時に群がってくることもない。ギーベ・イルクナーを先頭に皆が跪いて出迎えてくれた。たどたどしいところが残る部分もあるけれど、「まぁ、田舎だし仕方ないよね」で済むレベルにはなっている。灰色神官達が住民達を必死に教育したことと、イルクナーの住人達が必死に努力したことが一目でわかった。

「長旅でお疲れでしょう。お話は夕食の後にして、まずはごゆっくりとお寛《くつろ》ぎください」

貴族同士で交わす長い挨拶を終えると、ギーベ・イルクナーはそう言った。

馬車で先に到着していた側仕え達が部屋の準備をしてくれているということで、わたしとフェルディナンドはそれぞれの部屋へ案内された。

「わたくし、着替えたら離れに行きます。フラン、灰色神官を全員集めておいてちょうだい」

フランにそうお願いすると、わたしはモニカとニコラの手を借りて急いで着替えた。夕食に参加できる格好になったわたしは、モニカに留守を頼み、ニコラとすぐさま離れへ向かう。

……ギーベとお話する前に確認しなきゃ。孤児院長のわたしが、灰色神官の特殊な状況をもっとよく理解していなきゃいけなかったのに……。

ギーベやイルクナーの民に灰色神官が結婚を強要されている可能性があることを、わたしは全く考えていなかった。ヴィルマのこともあって、灰色巫女が花捧げを強要されないように心を砕いてきたけれど、男性である灰色神官については思い浮かばなかったのだ。フランから結婚に関する意見を聞くまで、灰色神官達が結婚自体を理解できないことにも気付かなかったわたしの胸には、何とも言えない焦燥感《しょうそう》が渦巻いていた。

「ローゼマイン様、こちらです」

離れに入ると、青色神官が使う一室の扉の前にフランが立っていた。丁寧な動作で開けてくれた扉の先には、ギルと四人の灰色神官達が跪いている様子が見える。

「ギル、ノルト、セリム、フォルク、バルツ。久し振りですね。とてもよく頑張ってくれました。ギーベ・イルクナーとブリギッテを通して皆の頑張りは伝わっています」

「光栄に存じます」

準備されていた椅子に座り、わたしは跪く灰色神官達をくるりと見回す。

「時間がないので本題に入りますね。……わたくしは昨日ギーベ・イルクナーのオルドナンツで灰色神官とイルクナーの住人が婚姻を望んでいると伺いました。本当に望んでいるならば、方法はあります。望んでいるのはどなたかしら？」

皆の視線が一人に集中した。注目を受けたフォルクが真っ青になって項垂れる。

「フォルク、貴方が結婚を望んでいるのですか？」

「申し訳ございません、ローゼマイン様」

「謝ることではありません。フランは、結婚自体がどのようなものかわからないので強要されれば非常に困ると言いました。灰色神官は立場が弱くて強要されれば受け入れることに慣れすぎています。ですから、先にわたくしはフォルクの意思を確認したいのです。ギーベ・イルクナーやそのお相手に結婚を強要されているわけではありませんね？」

ハッとしたように顔を上げたフォルクが「そのようなことはございません」と首を横に振った。わたしが予想した最悪の事態ではなかったようでホッと安堵の息を吐く。

「では、貴方自身が結婚を望んでいるのですか？　神殿を出てイルクナーで一生を過ごす覚悟がありますか？　一つの季節だけのお客様ではなく一生を過ごすことになれば、習慣や考え方で様々な食い違いも出るでしょう。主従関係ではなく、夫婦関係を築いていくことに戸惑うことはとても多いと思います。それでも、ここに残りたいと思うのですか？」

しばらくの沈黙の後、フォルクがゆっくりと口を開いて、絞り出すように呟いた。

「……不安は多いです。フランと同じように、私にも結婚がどのようなものかわかりません。ですが……それでも、彼女と共にありたいと思いました」

「誰かに強要された関係ではないようで安心しました。灰色神官のままでは結婚できないので、ギーベ・イルクナーとフォルクの売買契約を進めます。よろしいですね？」

「お願いいたします」

灰色神官の内の誰が結婚したいと思っているのか、本当に本人の意思なのか、確認できたことに胸を撫で下ろして、わたしは肩の力を抜いた。

「夕食後にギーベとの話し合いがあるので、わたくしは急いで部屋へ戻りますね。工房に関する成果などの報告は明日以降にゆっくりと聞かせてください」


離れを出て、できるだけ急ぎ足で自室へ戻る。灰色神官の気持ちだけ確認したら何食わぬ顔で部屋に戻っていようと思っていたが、そうは問屋が卸《おろ》さない。

「ローゼマイン様！　神官長がお呼びです」

夏の館の方からモニカが駆けてきた。急ぎの話がある、とフェルディナンドの側仕えが来たらしい。フェルディナンドに不在がバレたことに、すぅっと血の気が引いていく。

「……ねぇ、フラン。神官長に叱られるかしら？」

「薬で無理に体調を整えている状況で勝手をしたことに関しては、おそらく……」

わたしはフランに抱き上げてもらい、急いでフェルディナンドの部屋へ向かう。予想通り、入室するなり鋭い目で睨まれた。

「いつ体調を崩すかわからない状況でどこをふらふらしていた、ローゼマイン？」

「急ぎの話がございまして、離れに行っていました。灰色神官に聞きたいことがあったのです」

「……こちらも急ぎだ。ギーベ・イルクナーとの売買契約の前にこちらの記入をしなさい」

渡された紙は、フランに言われてわたしが作った契約書をフェルディナンドがところどころ手直しした物だった。フォルクにできることの項目が書き足されていて、工房の仕事に関する技能を書くように言われた。

「製紙業に関する知識があり、それを教えることが可能。印刷業に関する知識があり、印刷の経験がある。それから……」

わたしは思い当たるまま、フォルクにできることを書き連ねていく。できあがった書類を見たフェルディナンドは苦い顔で眉間に深い皺を刻み、書き込まれた項目を数えていく。

「ローゼマイン、ギーベ・イルクナーと金額の話はしたか？」

「いいえ、ブリギッテを介したオルドナンツですから、それほど深いお話はしておりません。本日、話をすれば良いかと思いまして……」

何でも「どうしても別れたくない」と住民から相談されたのが数日前のことで、ギーベ・イルクナーにとっても寝耳に水の話であったらしい。わたしに至っては離れに行くまで灰色神官の誰が望まれているのか知らなかったくらいだ。

オルドナンツによると、一応お金は準備してあるという話だったし、灰色神官の売買に関わったことがないわたしには詳しい値段がわからなかったので流しておいた。

「灰色神官の金額は平均すると小金貨五枚くらいだが、個人の力量によりまちまちだ。こちらの表で、その者の能力を金額に換算するのだが……ずいぶん高価になるぞ」

「フォルクは元側仕えで教育もされていますし、製紙業と印刷業の知識も深く、数人で余所《よそ》に出して成果を上げられる精鋭の一人ですもの。高価に決まっているではありませんか」

何でもできるウチの優秀な灰色神官が安いわけがない。高価で当然だし、安売りして余所の貴族にどんどん買われていくと神殿の工房を支えられる者がいなくなる。その方がよほど問題だ。

「わかっているならば良い。情につられて値引きしないように。それから、神官の売買契約は神官長の職務だ。今回、君は承認するだけで基本的に口を出してはならぬ」

「ディルクの売買に関しては前神殿長が勝手に契約を行っていた記憶があるのですが……」

わたしの指摘にフェルディナンドが嫌そうに顔をしかめた。

「だから、注意したのだ。神殿長は神官長の上司に当たるので契約ができないわけではない。ただ、本来は神官長の仕事だ。前神殿長も事後承諾《しょうだく》とはいえ、私に契約書を見せに来ていた。君はお飾りと思われていても神殿長で私の上司になるので、契約途中に思いつきで口出しをされるのは困る。フォルクの契約について何か意見があれば、今のうちに言っておきなさい」

「フォルク本人の気持ちも確認いたしましたから、特にはございません」

フェルディナンドとの打ち合わせ後、わたしはギーベ・イルクナーとの夕食に臨んだ。住民の皆で囲むバーベキューではなく、貴族の館で出る食事だ。スープだけはフーゴが作ったらしいが、イルクナーの特産をたっぷり使った料理だった。フェルディナンドも満足したようで、ギーベ・イルクナーは緊張から解放されたように表情を緩める。

「今日のスープは格別です。さすが、ローゼマイン様の専属料理人ですね」

「お褒めに与《あずか》り嬉しく存じます。料理人にも伝えておきます」

食事が終わればギーベの執務室へ移動し、売買契約だ。

神殿の側仕えを伴って部屋に入ると、当事者であるフォルクと、そのお相手と思われる誠実そうな若い女性が寄り添うように立っていた。二人の様子を見て、ギーベ・イルクナーがブリギッテによく似た色合いの柔らかな微笑みを浮かべる。明らかに祝福の感情が透けて見えていることに、わたしはそっと胸を撫で下ろした。フォルクの気持ちがどうであれ、ギーベ・イルクナーに利用されているのではないか、という不安は無用の心配だったようだ。

「では、神殿長。フォルクの売買契約ですが……」

席について話を切り出したギーベ・イルクナーにわたしは「神官の異動は神官長の職務なのです」と説明しつつ、隣に座るフェルディナンドへ視線を移した。側仕えから書類を受け取ったフェルディナンドがテーブルに広げ、ギーベ・イルクナーに差し出す。

「確認してほしい。これがフォルクの売買契約書だ」

さっと目を通したギーベ・イルクナーは、目を剥《む》いて愕然とした顔になった。何度も契約書とわたしやフェルディナンドを見比べ、フォルクと女性を見つめた後、きつく目を閉じる。

「……これほど、高価なのですか？　父が生前に購入した灰色神官はこのような値段ではありませんでした。確か、小金貨一枚で……」

「それは下働きしかできぬ灰色神官見習いの値段だ。どれだけの技能があるかで、灰色神官の値段が決まる。フォルクは元青色神官の側仕えで、貴族に仕えるための教育もされている。それに、ローゼマインの指揮する製紙業と印刷業にも通じている。高価に決まっているではないか」

フォルクと彼女が顔を強張らせて、縋るような視線をギーベ・イルクナーに向けた。二人の視線を受けたギーベは契約書を見つめて、非常に困った顔になって俯《うつむ》く。

「予想以上の値段で、とても……購入できそうにございません」

ギーベ・イルクナーの言葉に、「そんな……」という女性の小さな呟きが聞こえた。

「いくらを想定していらっしゃったのですか？」

父親が買ったという灰色神官の値段を元に、フォルクを小金貨数枚だと想定していたならば手が出ないと思う。フォルクは大金貨二枚と小金貨二枚だ。

「……有能なので、高価だとは思っておりましたが、小金貨五枚から六枚くらいだろう、と」

「印刷業に関わっていなければ、そのくらいの値段だったが、フォルクの場合、その付加価値が大事だからな」

フェルディナンドが腕を組んでそう言った。フォルクが購入されれば、印刷業や製紙業に関する知識がその主に流れることになる。付加価値を考えると、とても値引きはできない。

「……ローゼマイン様」

フェルディナンドよりは与《くみ》しやすいと考えたのか、ギーベ・イルクナーがわたしを見た。残念だが、値段交渉に関してはベンノに揉《も》まれている分、わたしの方が厳しいと思う。

もちろん、恋を叶《かな》えてあげたい気持ちはある。たくさんの不安を抱えつつ、それでも共にありたい、と願ったフォルクを応援してあげたい。けれど、ここで負けてしまうと、他の貴族にも値引き交渉をされる可能性が高まる。イルクナーだけを贔屓するのかと言われたり、偽装結婚が起こったりすることも考えられる。「値引きする時はここで負けても本当に良いのか、先までよく見ておけ」とベンノに教えられているわたしとしては首を横に振るしかない。

「今回の交渉は決裂ですね。いくら何でも小金貨六枚にはできませんもの」

わたしの回答にギーベ・イルクナーは絶望した顔で寄り添う二人に視線を向けた。

「ですが、ローゼマイン様。フォルクとカーヤは愛し合っていて、それで……」

「ギーベ・イルクナー、何を勘違いしているのか知らぬが、灰色神官に結婚は許されてない。買い取ることができぬ以上、其方が口出しすることではない。この話は終わりだ」

「……申し訳、ございませんでした」

苦いものを呑み込んだ顔で、ギーベ・イルクナーはフェルディナンドに跪いた。同時に堪《こら》え切れなかったらしい嗚咽《おえつ》がカーヤの口から漏れる。

どうにも心が痛くて気まずい雰囲気に、わたしは思わず「神官長……」とフェルディナンドの袖をつかむ。嫌そうな顔でフェルディナンドがフンと鼻を鳴らした。

「何とかしなければならないのは私ではなかろう。金銭が不足した場合、君ならばどうする？」

わたしは「稼ぎます」と即答してポンと手を打った。欲しい物のために稼ぐのは当然だ。ならば、フォルクを他の人に売らずに確保しておけるように、売約済みという形にすればどうだろうか。

「ギーベ・イルクナー、フォルクの優先権を与えるので一年くらいで稼げばいかがですか？」

わたしが提案すると、ギーベ・イルクナーが「一年で稼げるような金額ではございません」と言いながら絶望したようにがっくりと項垂れた。

「必要な金額を準備すれば良いだけの話だ。戻るぞ、ローゼマイン」

ガタリと立ち上がってフェルディナンドが退室するのに合わせて、わたしも一緒に退室する。ちらりと振り返ると、頭を抱えたギーベ・イルクナーと泣き崩れるカーヤの姿が見えた。フォルクも今にも泣きそうに顔を歪めている。

……一年間、必死に頑張れば何とかなる金額だと思うんだけどね。

今までと違ってイルクナーでは新しい紙が発明されたところだ。その紙の特性に相応しい使い方を見つけて売り込めば、それほど難しい金額ではないと思う。実際、わたしとルッツも初期の紙作りで荒稼ぎした。他の誰も真似できないうちに稼ぐべきだろう。チャンスは今しかない。

「もしかすると、ギーベ・イルクナーは御商売が下手なのでしょうか？」

「私には交渉事自体に弱いように思える」

「……それは貴族として致命的ではないですか？」

根回しと交渉が貴族の本領だ。それをわたしに叩き込んできたフェルディナンドは「その通りだ」と頷く。その後、何とも複雑な顔で「君の商売感覚は貴族としてかなり異端《いたん》だが……」とこめかみを押さえながら、わたしを見下ろした。

「稼ぎ方についての助言くらいならば構わぬ。君もベンノに育ててもらったのであろう？」

……えぇ!?　神官長が情けをかけるなんて珍しい。

驚きたっぷりにわたしがフェルディナンドを見上げると、「全部顔に出ている」と睨まれ、ビシッと額を弾かれた。

……あうちっ！

次の日は収穫祭だ。午前中はイルクナーの住人が総出で準備をして、午後から祭りが始まる。いつもわたしが到着した時には収穫祭の準備が整えられているので、準備段階のバタバタとした熱気を感じることはない。盛り上がる興奮がこちらに伝わってくるのが、お祭りの雰囲気らしくて心が弾む。今日のブリギッテはお休みにしてある。フェルディナンドがいるので程々にではあるけれど、久し振りの故郷の収穫祭を堪能《たんのう》してほしいものだ。

そんな騒ぎの中、わたしはフランとダームエルを連れて離れへ向かっていた。イルクナーの収穫祭はフェルディナンドが連れてきた徴税官を使うため、洗礼式などの儀式も彼が執《と》り行うことになっている。ユストクスがすでに帰ってしまったわたしは今回ただのお客様なのだ。

離れに準備されていた一室に入ると、そこにはギルとルッツとダミアンが、それぞれ報告するための木札や書字板を抱えて待っていた。

「ギル、元気そうで良かったわ。ルッツ、お疲れ様でした。それから、ダミアンも長期間ありがとう存じます。では、どのような紙ができたのか教えてくださいませ」

わたしが三人を労《ねぎら》ってイルクナーでの成果を尋ねると、ギルが一番に前に進み出た。

「結論から言うと、三種類の新しい紙ができました。リンファイと魔木のナンセーブとエイフォンから紙ができています。シッスイラはこちらで取れるデグルヴァという糊《のり》と相性が悪いようなので白皮をエーレンフェストに持ち帰り、スラーモ虫やエディルで試す予定です」

「新しい紙が三種類もできたのですか？　素晴らしいですね」

わたしが褒めるとギルが嬉しそうに笑った。

「トロンベ紙が火に強いという特性があるように、魔木からできたナンセーブ紙とエイフォン紙にも何か特性があるかもしれませんが、まだ発見できていません」

「その辺りは使いながら、探してみるしかありませんね。ありがとう、ギル」

ギルの報告の後は、ルッツがトラオペルレという木の実について報告してくれた。

「トラオペルレはこの白い木の実です。イルクナーでは秋の初めによく採れるけれど、苦みが強すぎて食用にはできません。これを潰した液でツルツルした硬い紙が作れるので、これを購入してエーレンフェストに持ち帰り、他の木との相性も試してみたいと思います」

糊としてトラオペルレを使えば、基本的に硬くてつるんとした紙になるそうだ。

「トラオペルレを使った紙がイルクナーの特産になりそうですね」

連れてきた時に比べてずいぶん日焼けしたダミアンとは値段の話をした。プランタン商会がぼったくりすぎないように気を付けながら、他の紙との兼ね合いも考えつつ値段を決定する。

「では、これで契約書を作成して参ります」

契約書を作るためにダミアンが退室していった。ギルとルッツが残され、わたしはフランとダームエルが立っている部屋の中をくるりと見回し、フフッと笑う。

「フラン、扉の外で見張っていてもらっても良いかしら？」

「……声が大きくならないように、お気を付けください」

仕方なさそうに溜息を吐いたフランが退室し、扉が閉まる。

「誰もぎゅーってしてくれないし、家族に手紙も届けられないし、寂しかったんだよ」

わたしはルッツに飛びついた。やれやれという顔を隠しもせずにルッツがわたしを抱き留めてくれる。自分が癒やしてもらった後、わたしは「ギルもルッツもすごいよ、よく頑張ったね」とギルの頭を撫で回して褒めまくった。

「……で、お前の素材採集はどうだったんだ？」

「うふふん。薬の材料は全部揃ったよ」

わたしが胸を張って、「頑張ったでしょ？」と言うと、後ろの方でぼそりと「頑張ったのは護衛騎士ですけれど」というダームエルの呟きが入り、ルッツとギルが笑い出した。むっと膨れて見せて「わたしだって頑張ったのに」と言ってみるけれど、皆が笑っているのでつられて笑ってしまう。

「ルッツ、ルッツ。これでやっと普通の女の子になれるんだよ、わたし」

走って倒れたり、興奮して意識を失ったりしないで普通に活動できるようになるのだ。そんなわたしの喜びの声にルッツは懐疑的な顔になった。眉を寄せて腕を組んで「うーん」と唸《うな》る。

「……薬ができたら、元気にはなれるだろうけどさ、普通の女の子は無理じゃないか？」

「ルッツ、それってどういう意味？」

「元気になると、誰にも止められなくて、余計に変なところが目立ちそうだってことだ」

わたしは思わず「ひどい！」と反論したが、ギルとダームエルは「確かに」と呟いてルッツに賛同している。そんな他愛ないやりとりを交わして一息吐くと、ルッツがわたしを見た。

「なぁ、フォルクがすごく落ち込んでいたんだけど、ダメだったのか？」

「……うん。交渉決裂。フォルクを買い取るだけのお金がギーベ・イルクナーには準備できなかったの。色々なことができるから高いけど、先を考えると安売りはできないでしょ？」

プランタン商会で揉まれて、もうとっくにわたし以上の商人になっているルッツは翡翠《ひすい》の目を厳しくして頭の中で計算器を弾き始める。

「元側仕えで、印刷関係の知識を持っているだけでも、かなり高価になるよな？……これから広げていく印刷業の知識だから下げられるようなことじゃないし……。まぁ、仕方ないか」

「わたしは優先権を付けて一年待つって言ったんだけどね。これだけの新しい紙ができたんだから、一年間必死に紙を作って売れば大金貨二枚くらいなら稼げると思わない？」

わたしの言葉にルッツが「一年あれば何とかなるだろうな。……ただし、フォルクがイルクナーで活動する必要があるけどさ」と肩を竦《すく》めた。

「ローゼマイン様、フォルクに教えてやってもいいですか？　その、稼ぎ方とか、無理な金額じゃないとか、そういうこと……。カーヤと結婚できそうだって昨日はあんなに喜んでたのに、今朝には一転して、死にそうな顔をしていたんです」

あんなフォルクを見ているのは辛《つら》い、とギルが呟く。わたしは大きく頷いた。

「もちろんいいよ。わたしからは直接声をかける機会がほとんどないから、どうしようかと思っていたんだもん。フォルクとギルからギーベに話を通してもらって、ギーベ・イルクナーに頼まれてフォルクを貸し出すという形が取れれば、こちらとしては一番助かるかな？」

「言ってみます」

収穫祭が始まった。工房を任せているために神殿で留守番係をすることが多いギルや、プランタン商会としてハッセまで行っても小神殿で過ごすルッツ、エーレンフェストから出ることがない灰色神官やダミアンは収穫祭を見るのが初めてで、目を輝かせて祭りに見入っている。

「まとめて全部の式をするというのが面白いです」

「エーレンフェストでは人数が多すぎて無理ですものね」

わたしは今日舞台上ではなく、プランタン商会や灰色神官達と一緒のお客様席に座っている。舞台には堂々とした態度のフェルディナンドがいて、朗々《ろうろう》とした声で祝福を与えている。その様子を眺めながら、わたしもこんな感じに見えているのかな、と思う。

……台もあるし、姿が見えないということはないと思いたいけど。

儀式を終えた後はボルフェ大会が始まる。初めて見たルッツとダミアンは大興奮して応援しているけれど、神殿育ちの灰色神官達はルール無用に見える乱暴さに真っ青だ。

温度差に苦笑していると、物言いたげなフォルクの姿が視界に入った。わたしは少し周囲を見回し、皆がボルフェに集中して大騒ぎしている喧騒《けんそう》を確認した上で手招きして呼び寄せる。

「フォルク、交渉が決裂したことは可哀想だと思うけれど、これは譲れないのです。他の灰色神官と貴族の契約を考えると、安易に値段を下げることはできません」

ゆっくりとフォルクは頷いた。一度奥歯を噛みしめるように力を入れ、わたしを見る。

「ローゼマイン様、ギルからお話を伺いました。……ローゼマイン様は本当に一年間でお金を貯《た》めることはできるとお考えですか？」

「もちろん努力は必要だと思いますけれど、三種類も新しい紙を作れるようになったイルクナーでカーヤと協力し合えば、それほど難しいことではないと思っています。わたくしは現にルッツと植物紙を作り始めた頃、およそ半年でその金額を稼ぎましたから」

フォルクが弾かれたように顔を上げた。利益計算をしていたギルやルッツと違って、工房で言われるままに働いてきたフォルクは植物紙や絵本の正確な利益も知らないのだろう。

「これまで貴方が働いたお金を使えば、ギーベ・イルクナーに貴方を貸し出すことは可能です。ここは冬でも川が凍らないそうですし、こちらで一年間頑張ってみてはいかがですか？」

「ローゼマイン様……」

「本音を言うと、わたくしはまだ灰色神官の結婚が心配でなりません。価値観を擦《す》り合わせて一緒に生活していくのは、同じ場所で住む同じ階級同士でも難しいのです。イルクナーの住民と神殿の灰色神官では、常識、生活習慣、価値観など、考え方の全てが違うでしょう？」

思い当たることは多いようでフォルクが少し目を伏せた。それから、ゆっくりと視線を人混みの一角へ向ける。おそらく視線の先にはわたしには見分けられない彼女がいるに違いない。

「一年間、二人で新しい紙作りに励み、お金を貯めながらイルクナーでの生活に慣れてください。灰色神官ではない生き方を見つめ、様々な家族や夫婦のあり方を見て、分かり合う努力をしてほしいと思います。わたくしはフォルクだけが譲るのではなく、カーヤにばかり負担をかけるのでもなく、苦楽を共にし、お互いを大事にできる関係を築けることを祈っています」

収穫祭の後、ギーベ・イルクナーとプランタン商会の契約が行われ、わたしはその契約を元に商売に関する助言を少しして、一年間フォルクを貸し出すことについて話し合った。

全ての話し合いを終えたわたしがイルクナーに連れてきた皆を乗せてエーレンフェストへの帰途につく時、フォルクとカーヤは寄り添って静かに跪き、最後まで首を垂れていた。

初めての妹

エーレンフェストに戻ってきたわたしは、各地の収穫祭から戻ってくる青色神官達が持ち帰る小聖杯を回収し、今年の収穫量や各地の様子について報告を受けた。その青色神官の報告をまとめ、領主に報告するために城へ行かなければならない。

……これが終わったらユレーヴェを作ってもらえるんだもん。頑張るぞ！

城に着くとフェルディナンドと一旦別れ、リヒャルダと北の離れにある自室へ向かう。

「今日は、アウブ・エーレンフェストへの報告の後、シャルロッテ姫様のご挨拶がございます」

「……シャルロッテ姫？　ヴィルフリート兄様の妹姫で間違いないかしら？」

「えぇ。この冬が洗礼式ですから、今はお部屋を整えて様々な準備をしていらっしゃいます」

そういえば、わたしも洗礼式の日から部屋を使えるように、エルヴィーラが主導で部屋を整えてくれたはずだ。わたしの場合は貴族としての教育を叩き込まれていて、とてもお部屋作りに参加できるような状況ではなかったけれど、シャルロッテは自分の部屋を作るために人を動かし采配《さいはい》を振るう練習をしているらしい。

……なんか……話を聞くだけで、ヴィルフリート兄様より優秀そうなんだけど。

そんなことを考えながら北の離れに入り、階段を上がる。隣の部屋の扉が大きく開かれて、家具が運び込まれているのが見えた。部屋の様子を見ているのは、わたしと同じくらいか、幾分背が低い女の子だ。わたし達が階段を上がってきたことに気付いたようで、くるりと振り返った。くるくるとした銀に近い金髪が揺れ、等身大のお人形かと見紛《みまが》うばかりの愛らしい顔立ちの中、生き生きとした光をたたえた藍《あい》色の瞳がパチパチと瞬きする。わたしと目が合うと、シャルロッテは嬉しそうに笑って自分の側近とこちらへ歩いてきた。

「ローゼマインお姉様！」

……おおぅ、お姉様って言われたよ！

可愛い笑顔の「お姉様」という呼びかけにズキュンと胸を打ち抜かれて、わたしは感動に打ち震える。その響きだけで十分だった。わたしがシャルロッテの姉になるために他に必要なものなどない。

「わたくし、まだ洗礼式を終えていないので、本当に祝福を祈ることはできないのですけれど、ご挨拶させていただいてもよろしいですか？」

「えぇ、もちろんです」

少し見上げるように祈り言葉の確認をしたシャルロッテがその場に跪き、首を垂れる。

「風の女神シュツェーリアの守る実りの日、神々のお導きによる出会いに、祝福を祈ることをお許しくださいませ」

「許します」

「ローゼマインお姉様に風の女神シュツェーリアの祝福を。……アウブ・エーレンフェストの娘、シャルロッテと申します。以後、よろしくお願いいたします」

シャルロッテは祝福のやり取りができないものの、きっちりと祈り言葉を間違わずに言えた。この初めての挨拶が緊張するのはよくわかる。わたしが初めて挨拶をした相手はエルヴィーラだったけれど、間違わずに言えるかどうか心臓がバクバク言っていた。跪いたままのシャルロッテに、わたしは初めての挨拶でエルヴィーラが声をかけてくれた時のことを思い出す。

「歓迎いたします、シャルロッテ。わたくしは貴女の姉です」

わたしの言葉にシャルロッテがホッとしたような笑みを浮かべて顔を上げた。わたしもつられて「とても上手に挨拶できていてよ」とニコリと笑う。

「ありがとう存じます。わたくしの兄弟は殿方ばかりですから、お姉様が欲しいと思っていたので嬉しいです」

「わたくしも……わたくしも妹が欲しいと思っていたのです」

「これから、仲良くしてくださいまし」

……シャルロッテ、マジ可愛い。トゥーリ以来のわたしの天使になるかもしれない。

ハァ、とわたしが感動の溜息を吐いていると、シャルロッテがわずかに首を傾げた。

「ローゼマインお姉様は神殿長なのですよね？　わたくしの洗礼式はお姉様が祝福を授けてくださるのですか？」

期待に満ちた藍色の目から察するに、これはおねだりだ。

……祝！　初めてのおねだり！　これはぜひとも叶えてあげたい。そう、姉として！

「可愛い妹のためですもの。フェルディナンド様が良いとおっしゃってくださったら、わたくしが祝福を与えましょう。……姉として」

「楽しみにしておりますね」

輝く笑顔のシャルロッテにわたしが大きく頷いていると、リヒャルダが一歩前へ出た。

「姫様、そろそろ報告に向かわなければなりませんよ。戻られてから、お茶会をなさればいかがです？　シャルロッテ姫様もお菓子は大好きでしょうから」

妹とお茶会という素敵な響きにわたしがシャルロッテの様子を窺うと、お菓子を前にしたヴィルフリートと同じ笑顔でわたしを見ていた。シャルロッテの方が可愛く見えるけれど。

「では、報告を済ませた五の鐘の頃、お茶会にいたしましょう。オティーリエ、エラにお菓子の準備をするようにお願いしてちょうだい」

「かしこまりました」

シャルロッテとお茶の約束をしたわたしは、自室に入って急いで着替えた。リヒャルダに急《せ》かされて領主の執務室までは騎獣をやや速めに動かす。執務室にはフェルディナンドも到着していて、文官達も準備万端だった。ジルヴェスターが背筋を伸ばし、わたしを見る。

「では、報告を聞こうか」

「シャルロッテはとても可愛らしいと思いました」

本日一番に報告しなければならないと思ったことが口を突いて出ると、ジルヴェスターは「うむ、確かに」と大きく頷いて同意してくれた。

「わたくし、シャルロッテの洗礼式を行う約束をしたのです」

「君がしなければならないのは、収穫祭の報告だ、馬鹿者！」

フェルディナンドから突っ込まれ、わたしは真面目に収穫祭の報告を始める。ハッセを除く直轄地の収穫量は去年よりも増加していて、わたしが祈念式で全て回った効果が認められた。

「次の春も其方に頼むのが一番だな」

正直全部を回るのは体力的にかなり厳しいのだが、次の春には健康な体になっているはずなので問題ないだろう。わたしは軽く頷いて、了承《りょうしょう》の意思を示した。

「カルステッドとフェルディナンドとローゼマインを残して、人払いを」

報告を終えたらさっさと自室に戻るつもりだったのに、まだお話が続くことに気付いてガックリと項垂れる。保護者達に囲まれたお話より、可愛い妹とのお茶会がしたい。

文官や側仕えが出て行った後、ジルヴェスターが首をゴリゴリと言わせながら回し、公私で分けるならば、「私」の態度になった。

「あ～、ローゼマイン。二人から聞いた魔力の圧縮方法のことだが、もしかすると大人でも効果があるのではないか？　魔力の器の成長が止まった後でも、圧縮の方法によっては中に入れられる魔力の量を増やせるということであろう？」

「……わたくしは大人でないので存じません。養父様の言い分には一理あると思いますから、実験してみると良いのではございませんか？」

わたしがそう言うと、ジルヴェスターは目を輝かせて身を乗り出した。自分でやる気満々だ。

「よし、其方の条件通りに魔力圧縮を学んだ者、フロレンツィア派の者、六人の承認が得られる者という基準で選ぶのだが、最初は其方の保護者や家族から行ってはどうか？」

具体的には領主夫妻、フェルディナンド、カルステッドの一家が対象らしい。その後、護衛騎士や側仕えにも枠を広げていくそうだ。決定事項のように語られることから考えても、すでにジルヴェスターの脳内では青写真が描かれていたように思える。

「大人にも効果がある場合は少し料金を見直した方が良いかもしれませんね」

わたしの中では魔力圧縮を子供の教育費として考えていたが、大人も使えることがわかれば利用者は増えるはずだ。そうなると家計への負担が厳しくなる。余計な恨みは買いたくない。皆が何とか利用できて、それなりに価値があることを知らしめる適正価格が必要だ。

「同じ一家の二人目からは半額にすればどうでしょう？　いくら上級貴族とはいえ、大人も含めた五人分は大変でしょう、お父様？」

カルステッドが「それは助かるな」としみじみとした口調で言いながら髭《ひげ》を撫でる。今回の参加者で一番多いのはカルステッド一家だ。

「ローゼマイン、魔力を伸ばせるかどうかは貴族にとって重要なことだ。冬の社交界でそれとなく魔力圧縮についての話を流したいので、なるべく早めに試してみたいのだが……」

身を乗り出しているのはジルヴェスターだけではなく、心なしかカルステッドもフェルディナンドもうずうずしているように見える。「さぁ、早く」とジルヴェスターの目が言っているけれど、全員を集めて契約魔術の準備をするとなると、結構時間がかかるのは目に見えている。

「今日はわたくし、シャルロッテとお茶会の約束をいたしました。皆を集めて、契約魔術の準備をするのは時間がかかるでしょう？　また後日にしてくださいませ」

「んなっ⁉　ローゼマイン、其方、養父である私よりシャルロッテを優先するのか⁉」

「シャルロッテの方が可愛いですから」

わたしがキッパリと答えると、ジルヴェスターは「確かに、私はカッコいいが、可愛さではシャルロッテに負けているからな」と頭を抱えて呻《うめ》いた。カッコいいかな？　と頭の中を疑問符が飛び交ったけれど、それに関しては黙っておく。

「それに、わたくしにとっては魔力圧縮を広げるより自分のお薬作りの方が大事ですから、ユレーヴェができてからお教えいたしますね」

せっかく素材を集めたのに「報告が終わってからだ」とフェルディナンドに言われて、まだ作ってもらってないのだ。他人の魔力圧縮よりも自分の健康優先である。

わたしの主張に、フェルディナンドがわずかに目を細めた。

「ローゼマイン、薬を作るのは良いが、薬を使うのは後にしなさい」

「何故ですか？」

「ユレーヴェを使うと、十日から一月《ひとつき》ほど……場合によっては、季節一つ分くらい眠ることになる。シャルロッテの洗礼式に出るならば、今は止めておいた方が良い」

なんと、わたしの魔力の塊《かたまり》はかなり昔にできているので溶かすにも時間がかかるらしい。

「それに冬の洗礼式を君が行うと言ったが、本気で実行するならば覚えなければならないことが大量にある。下町の洗礼式と違って、魔力の登録、祝福、その後のお披露目《ひろめ》の流れまで覚えなくてはならぬ。いくら健康になりたくてもとても薬を使うような余裕はないぞ」

「体力的な余裕が欲しいから健康になる薬を作りたいのに、何ということでしょう」

だが、いきなり約束を破るような姉を信頼してもらえるはずがない。薬を使うのを後回しにしてでも、わたしとしてはシャルロッテの洗礼式に出席したいのだ。

「仕方ありません。薬を使うのはシャルロッテの洗礼式の後にします」

「いや、洗礼式の後はそのまま冬の社交界が始まり、奉納式があるであろう？……他の貴族の目を誤魔化そうと思えば、祈念式を終えてからの方が良いかもしれぬな」

「ちょっと待ってください。わたくしの健康が遠ざかったような気がするのですけれど！」

早く健康になりたいのに、とわたしが主張すると、フェルディナンドは「使う時期は慎重に見極めるべきだ」と言った。自分の負担を少しでも減らしたい、というフェルディナンドの無言の圧力が圧《の》し掛《か》かってきている気がする。シャルロッテのためならばともかく、フェルディナンドのために春まで健康を我慢するつもりはない。

「うぅ……。そのように勝手な都合を押しつけて後回しにされるのでしたら、わたくし、自分が健康になるまでは魔力圧縮の方法を教えませんから！　わたくしは普通の女の子になるのです」

指先でこめかみをトントンと軽く叩きながら難しい顔をしていたフェルディナンドが、ハッとしたようにわたしを見た。

「ローゼマイン、冬の洗礼式は神殿長として出席するのではなく、姉として出席すればどうだ？　そうすれば洗礼式までに覚えなければならないことはほとんどなくなる」

「それではダメです！　わたくし、姉としてシャルロッテの洗礼式で祝福をするのです。覚えることが多いくらい何でもありません。今までだって散々覚えてきたのですもの」

初めての妹のおねだりを叶えるのだ。トゥーリはいつもわたしのおねだりを聞いてくれた。わたしもトゥーリのようないいお姉様を目指すつもりだ。

「ふむ……。なるほど。君は初めてできる妹に、姉として良いところを見せたいのだな？」

軽くこめかみを叩きながらそう言ったフェルディナンドにわたしは大きく頷いた。その通りだ。わたしはシャルロッテに良いところを見せて、尊敬される姉になりたい。

「……ならば、洗礼式で祝福を授けるだけでなく、奉納式や祈念式で領主の養女として領地へ貢献している姿を妹に見せれば、さらに尊敬されるのではないか？　実に、領主一族の姉として相応しい行いだと思わないか?」

「思います!」

わたしがグッと拳を握って同意すると、フェルディナンドは我が意を得たりと言わんばかりのしたり顔で「では、祈念式まで頑張りなさい」と頷いた。

「はい!……ん? あれ?」

わたしが引っ掛かりを覚えて首を傾げると、ジルヴェスターがくいっと扉を指差した。

「ローゼマイン、お茶会の約束は大丈夫なのか? もう行っても良いぞ」

「良いのですか?」

「あぁ、シャルロッテを可愛がってやってくれ」

ジルヴェスターに頼まれたわたしは「もちろんです」と胸を叩いて請け負うと、退室の挨拶をした。ジルヴェスターの執務室を出て、わたしは鼻歌まじりに部屋に戻る。

……シャルロッテとお茶会だよ。うふふん、ふふん。


五の鐘が鳴る前にはお茶会の準備がすっかり整い、エラのお菓子もバッチリ準備できていた。今日は季節の果物をたっぷり使ったパイである。

「お姉様、お招きありがとう存じます」

「いらしてくださって嬉しいわ、シャルロッテ」

家族以外とお茶会をするのが初めて、とシャルロッテは少し緊張した面持ちで椅子に座る。わたしも初めての妹とのお茶会で、実はちょっと緊張している。

「お兄様がいつもお姉様を褒めていらっしゃるから、わたくし、本当にお会いできるのを楽しみにしていたのです」

ヴィルフリートが聖典絵本を読んでくれたことや、何度勝負しても勝てないカルタやトランプのことを話してくれる。その合間合間にわたしへの賞賛が混じるのだ。この感動をどう表現すればいいだろうか。今まで身内には役立たず呼ばわりされることが多かったわたしが、妹の賞賛を受けているのである。嬉しくて恥ずかしくてゴロゴロ転げ回って喜びたい。

……ヴィルフリート兄様に感謝だよ！　おかげで、わたし、可愛い妹から絶賛されてる！

「あの絵本もカルタも、それにお母様の髪飾りもお姉様が作られたのでしょう？　本当のお花のようで、とても綺麗でした」

「考えたのはわたくしですけれど作るのは職人ですわ。シャルロッテにも紹介しましょうか？」

フロレンツィア派には今わたしと同じ髪飾りが流行している。ブリギッテが星結びの儀式で使った宣伝効果が高かったようで、髪飾りだけではなく、ドレスの飾りとしても利用されるようになったのだ。多分、髪飾りを作れるトゥーリや母さんはてんてこ舞いだと思う。

「よろしいのですか？　わたくしの洗礼式に間に合うかしら？」

「……洗礼式は難しいかもしれませんね。わたくしが持っている中で、衣装に合うものがあれば、貸してあげましょう。リヒャルダ、冬の貴色《きしょく》を使った髪飾りを持ってきてください」

「少々お待ちくださいませ、姫様」

リヒャルダが持って来てくれた髪飾りをシャルロッテの髪に当てて、シャルロッテの側仕えも含めてどれが良いか選んでいると、扉の外で護衛をしていたダームエルが入ってきた。

「ローゼマイン様、ヴィルフリート様が入室の許可を求めています。シャルロッテ様に……」

わたしに許可を求めている最中に、ダームエルの後ろからヴィルフリートが入ってきた。許可を得ていないヴィルフリートの側仕えと護衛騎士がドアの前で手を伸ばしてヴィルフリートに戻るように声をかけているが、聞いていないようだ。

「シャルロッテがここにいると聞いたが……」

「ヴィルフリート兄様、返事も待たずに入室してくるのはお行儀が悪いですよ」

わたしが眉を寄せて一度退室するように言うと、ヴィルフリートはキッと眉を吊り上げた。

「黙れ！　シャルロッテ、今すぐこの部屋を出るのだ。ローゼマインに騙《だま》されてはならぬ！」

……はい？

いきなり何を言い出したのか理解できない。一体何を言い出したのか、と皆がぽかーんと目を見張り、口を軽く開ける中、シャルロッテが目を瞬きながら首を傾げた。

「お兄様、突然何をおっしゃるのですか？　いつもお姉様を褒めていらっしゃったではございませんか」

その声にわたしもハッとして、ヴィルフリートを見返した。妹の前でこのような言いがかりを付けられて、甘んじて受けるわけにはいかない。わたしは尊敬されるお姉様になるのだ。

「ヴィルフリート兄様、一体わたくしがどなたを騙したと言うのですか？　言いがかりはお止めくださいまし」

「しらばっくれるな！」

ダダッと駆けだしたヴィルフリートにダームエルが「ヴィルフリート様⁉」と驚きの声を上げる。ランプレヒトが「いけません、ヴィルフリート様」と部屋に入ろうとするのと、わたしの背後で護衛していたアンゲリカがスッと動くのはほぼ同時だった。アンゲリカはヴィルフリートの腕をひっつかんで引き倒し、押さえこむ。ダン！　と大きな音がして、ヴィルフリートが床に押さえられた。

「いたっ！　何をする、アンゲリカ⁉」

「入室の許可も得ず、ローゼマイン様に近付かないでいただきたく存じます」

「其方、誰の許可を得てこのような……放せ！」

「我々はローゼマイン様の護衛騎士ですから、入室許可も得ていない不審人物を捕えるのは当然のことです」

ダームエルが緊迫した表情でそう言って、ヴィルフリートを押さえこんだまま動かないアンゲリカの近くで警戒態勢を取る。ランプレヒトがアンゲリカとヴィルフリートを交互に見て、助けを求めるようにわたしへ視線を向けた。護衛騎士としてアンゲリカの行動は間違っていないけれど、ヴィルフリートを拘束《こうそく》から解放してほしい。そんな声が聞こえる気がした。

わたしが「アンゲリカ、もういいわ」と口を開きかけた時、アンゲリカを睨み上げていたヴィルフリートがじたばたともがきながら大きな声で叫んだ。

「不審人物はローゼマインではないか。私はおばあ様から聞いたのだ。ローゼマインとフェルディナンドに陥《おとしい》れられたのだと！　二人は悪者なのだ！」

……ヴィルフリート兄様のおばあ様って、養父様の母親で前神殿長のお姉さんだよね？

彼女は重大な罪を犯したので、協力者の接触や逃亡を防ぐために領主の許可なく入れない場所に幽閉されているはずだ。ゲオルギーネに別れの挨拶をした時には犯罪者として捕えられていることさえ知らされていなかったヴィルフリートに面会の許可が下りたのだろうか。

「ヴィルフリート兄様、いつ、どこで、おばあ様とお話をする機会がございましたの？」

わたしの言葉に周囲の護衛騎士と側仕えが一斉に顔色を変えた。リヒャルダが「ひいっ」と顔を強張らせて息を呑み、ランプレヒトが駆け込んできて、アンゲリカを突き飛ばすような勢いで、ヴィルフリートに唾《つば》が飛ぶのも構っていられないような形相で問い詰め始める。

「ヴィルフリート様、いつですか⁉　いつヴェローニカ様とお話されたのです⁉」

「どのようにしてヴェローニカ様とお会いしたのです⁉」

側近達の慌てぶりから考えても、ヴィルフリートが幽閉されているヴェローニカとの面会が許可されたものではなく、あり得ないことのようだ。これはここでヴィルフリートを問い詰めて終わりにして良い話ではないだろう。

「リヒャルダ、アウブ・エーレンフェストに報告をお願い。……事を荒立てないように、伴を厳選して、こちらに来ていただく方が良いと思います」

「かしこまりました、姫様」

ヴィルフリートの行い

リヒャルダが早足で部屋を出て行く。その顔色さえ悪い。ヴィルフリートがとんでもないことをしてしまったことがわかった。重い沈黙が部屋に満ち、誰もが眉を寄せて俯きがちになっている。その沈黙を破ったのはアンゲリカに取り押さえられていたヴィルフリートだ。

「ランプレヒト、其方は私の護衛だろう⁉　一体何をしている⁉　助けろ！」

指名を受けたランプレヒトは悔しそうに奥歯を噛みしめ、ゆっくりと首を横に振った。

「ヴィルフリート様、貴方は去年の秋以来、我々の目を盗んで抜け出すこともなく、お勉強や剣のお稽古《けいこ》に真面目に励んでまいりました。次期領主として相応しくあろうと努力するお姿を、私は本当に誇りに思っていたのです。それなのに、何故このような……」

ランプレヒトの言葉はヴィルフリートに仕える者達を代表した言葉だったようだ。誰もがランプレヒトと同じような歯痒《はがゆ》くて、悔しくて、無念で仕方がないような顔をしている。

「一体いつ、そして、何故、そのようなことをしたのですか？　それがわからぬうちは、ヴィルフリート様の拘束を解くことはできません」

「なっ⁉　私がおばあ様と会ったことはそれほどのことなのか、ランプレヒト？」

信じられない言葉を聞いたように、ヴィルフリートは大きく目を見開いた。自由にならない体勢のまま、視線だけを巡らせて自分の側近を見つめる。側近達は沈痛な面持ちで頷いた。

「……はい」

リヒャルダを先頭に、ジルヴェスター、カルステッド、フェルディナンド、エックハルトが揃ってやってきた。どの顔も感情を見せない無表情だ。ジルヴェスターは扉のところでアンゲリカに押さえられているヴィルフリートと、蒼白《そうはく》になっているヴィルフリートの側近達を見比べる。それから、お茶会どころではなくなったわたしとシャルロッテを見て、一度目を伏せた。

「何が起こったのか、報告を。ローゼマイン、悪いが、このまま部屋を使わせてもらうぞ。オズヴァルト、ヴィルフリートの側近を全員呼び出せ。……そして、エックハルト、この場にいるローゼマインとシャルロッテの側仕えをヴィルフリートの部屋へ連れて行き、話し合いが終わるまでそこから出さぬように。あぁ、リヒャルダは残せ」

エックハルトの指示で側仕え達が粛々とした態度で部屋を出ていく。そんな中、わたしの護衛騎士だけは部屋を守るために残された。部屋の外にダームエルとブリギッテが立ち、部屋の内側にはコルネリウスとヴィルフリートを押さえたままのアンゲリカがいる。

ジルヴェスターの顔付きが厳しくて空気が重い上に、側仕えを外に出されたシャルロッテは、一人取り残されてひどく不安そうだ。わたしが手招きをすると、小さく頷いて寄ってくる。

リヒャルダは一人でてきぱきと準備をして、保護者達とわたし達が話し合いをするための席を整えていく。楽しいお茶会の席が真剣な話し合いの場へ作り変えられていくのを見て、わたしはそっと溜息を吐いた。せっかくのお茶会だったのに残念だ。

「失礼いたします」

リヒャルダの準備が整う頃、おそらく別の仕事をしていたらしいフロレンツィアが到着した。アンゲリカに押さえられたヴィルフリートを見た後、ジルヴェスターを見つめている。

「ローゼマイン姫様はこちら、シャルロッテ姫様はこちらへお座りくださいませ」

リヒャルダがわたし達を丸テーブルに誘導する。フェルディナンド、ジルヴェスター、フロレンツィアの順で座っているのだが、わたしはフェルディナンドの隣、シャルロッテはフロレンツィアの隣に座らされた。そして、わたしとシャルロッテから少し距離を置いたところに椅子が一つ。ヴィルフリートの席だと思われるその場所に座る者はまだいない。

「緊急の呼び出しにより参上いたしました」

「オズヴァルトに呼び出されたのですが、こちらで間違いないでしょうか？」

ヴィルフリートの側近が部屋に入ってきた。誰も彼も床に押さえつけられている主の姿にぎょっと目を見開き、領主夫妻の姿にグッと息を呑みながら、テーブルから少し離れたところに跪いていく。一人増える度に空気が深刻さを増して重くなっていくのがわかる。

オズヴァルトの「全員揃いました」という声に、じっとヴィルフリートを見ていたジルヴェスターはわたしの方を向いた。

「ローゼマイン、ヴィルフリートを解放してくれないか？　話をしたい」

わたしがヴィルフリートを解放してくれないか？を命じると、アンゲリカは小さく頷いてすぐに解放し、そのまま扉の前へ移動して護衛任務に就いた。

「ヴィルフリート、そこに座れ」

ジルヴェスターの言葉にゆっくりと起き上がっていたヴィルフリートが小さく頷き、リヒャルダが引いた椅子に不満そうな顔で座る。

ほんの数秒をじりじりとした心境と重い沈黙が支配した。膝の上に置いていた手をグッと握った時、隣に座るフェルディナンドが口を開いた。

「物事にはそれぞれの見方がある。全てを詳《つまび》らかにし、その上で判断せねばならぬ。嘘偽りを述べることは罪だと心得よ」

ジルヴェスターがずらりと並ぶヴィルフリートの側仕えと護衛騎士をゆっくりと見回す。最後に、整列する側近達の先頭に跪いている筆頭側仕えのオズヴァルトに視線を止めた。

「オズヴァルト、私はここしばらくヴィルフリートが抜けだしたという報告を受けていなかったのだが、いつヴィルフリートの姿を見失ったのか、聞こうか？」

「……我々が業務についている状態でヴィルフリート様を見失ったことはございません。この一年、ヴィルフリート様は非常に真面目に真摯《しんし》な態度で課題に取り組んでまいりました。その報告に偽りなどございません」

オズヴァルトが顔を上げ、真っ直ぐにジルヴェスターを見ながらそう答えると、オズヴァルトに賛同するようにヴィルフリートの側仕え達が頷いた。

「むしろ、私が伺いたいです。ヴィルフリート様がどのように我々の目を欺《あざむ》いたのか」

「私は欺いてなどいないぞ、オズヴァルト！」

カッとしたようにヴィルフリートが叫ぶと、少し眉を寄せたジルヴェスターが側仕え達からヴィルフリートへ視線を向けた。

「……欺いてなどいない、悪いことなどしていない、そう思うのならば自分の行いを正直に言えるはずだ。ヴィルフリート、其方はいつ母上に会ったのだ？」

「狩猟大会の時です、父上」

はきはきとヴィルフリートが答えた瞬間、皆の顔色が変わったけれど、わたしには理解できない。何故、皆が顔色を変えたのか。

「あの、狩猟大会とは何でしょう？　わたくしは存じませんけれど……」

わたしが首を傾げると、フェルディナンドが答えてくれた。

「ローゼマインは神殿長として収穫祭で各地を巡るから知らぬであろう。その名の通り、城の森で狩猟を行うのだ。冬の社交界を前に大規模に行われる。獲物は冬の食料にもなり、その狩った獲物の数で褒賞《ほうしょう》が出るので、貴族街にいる騎士が最も張り切る行事だ」

各地の収穫祭の時期に行われ、城の備蓄《びちく》を増やすための冬支度のイベントらしい。騎士達と文官や側仕えの中でも希望者は狩りへ回り、その腕を競いつつ獲物を狩る。騎士以外の女性と子供は応援しながら、外でお茶会を行うという優雅な催《もよお》しだそうだ。青色神官に扮《ふん》していたジルヴェスターが「おべっかばかりでつまらない」と言っていた狩りのことかもしれない。

「狩猟大会ではフロレンツィアと共に居たのではないのか？」

「途中までは一緒にいましたが、冬に知り合った学友に誘われて、一緒に子供向けのゲームをして遊んでいました」

「その時はオズヴァルトが共に居たはずです。わたくしは目を離さぬように言いましたから」

フロレンツィアがオズヴァルトを真っ直ぐに見据えた。オズヴァルトは交代の者が来るまでヴィルフリートと共に学友の面倒を見ていたようだ。

「私が付いていた時は特に変わったことはなく、リンハルトに交代いたしました」

ヴィルフリートと学友達がふざけあって走り回る後を必死に追っていたリンハルトはふざける男の子達に足を引っかけられ、負傷したらしい。手当てする間、学友達の側仕えが交代の時間までヴィルフリートの面倒を見てくれることになったそうだ。

「リンハルトが手当てに行った後、私達はかくれんぼをしました。大人に見つからないように、お茶会の広場を通り抜けるのです。見つからないようにテーブルの下に隠れながら、通り抜けていたのですが、その時に様々な貴族の話を聞いたのです。ローゼマインとフェルディナンドのせいで、おばあ様や大叔父上が捕えられたのだ、と」

「誰が言っていたのだ？」

「その場にいた皆です。男も女も、皆がそんな話をしていました」

ずっと手を動かし、発言を書き留めているフェルディナンドが「旧ヴェローニカ派の集まる場に迷い込んだというよりは、その子供に連れ出されたようだな」と小さく呟いた。子供の後ろには必ず親の存在がある、とリヒャルダに注意されたことを思い出し、わたしは少し目を伏せた。

子供同士の鬼ごっこやかくれんぼで、そのような陰謀を考えなくてはならないなんて信じられない。わたしがヴィルフリートでも特に疑問も持たず、一緒に遊んでいただろう。たまたまその場に集う大人が旧ヴェローニカ派だとは思わず、これだけの人数が言うのだからそうなのだろう、と信じてしまったに違いない。

……わたしがあそこに座っていてもおかしくなかったかも。

神殿にいる時間が長く、城での行事や交遊関係がないので、わたしは今まで失敗をしていないだけだ。真剣に貴族関係を覚えなければ、ヴィルフリートと同じ失敗をするに違いない。

「ヴィルフリート、私は説明したはずだ。他領の貴族を街に入れることを禁じたにもかかわらず、叔父上が母上を唆《そそのか》し、母上が領主の印を勝手に使い、他領の貴族を街に招き入れたのだ、と。領主の印を勝手に使用したことによる公文書偽造と、領主の命に背いた他領貴族の引きいれで、母上は罪に問われたのだ、と。聞いていなかったのか？」

ジルヴェスターは難しい顔になってヴィルフリートを見つめる。父親の言葉ではなく、余所の貴族の言葉を信用したのか、と問われたヴィルフリートはふるふると頭を横に振った。

「私はテーブルの下から飛び出して、父上からそのように聞いた、と言いました。そうしたら……おばあ様が罪を犯したこと自体は父上の言う通りですが、罪を犯すようなことになったのはローゼマインが原因で、裏で糸を引いているのはフェルディナンドだと言われたのです。二人はエーレンフェストを我が物にするつもりなのだ、と……」

何人もの知らない大人から畳み込まれれば、ヴィルフリートが不安になるのはわかる気がした。

ジルヴェスターの言葉が全否定されていれば反抗しただろう。だが、その言葉は肯定した上で、別の情報を付け加えられているのだ。すんなりと相手の話が脳に入ってきたに違いない。

しかも、その付け加えられた情報も完全には間違っていない。ヴェローニカはわたしをビンデバルト伯爵に売り飛ばすために罪を犯したのだから、原因がわたしだと言えなくはないし、フェルディナンドは前神殿長を排除するために証拠集めに奔走《ほんそう》していた。一つ罪を犯しただけのつもりが、本人の記憶にも残っていないような小さな罪まで罪状が明らかにされていれば、陰謀《いんぼう》が張り巡らされていたように見えたと思う。

「そうしたら、その場にいた誰かが、おばあ様に直接伺うことができれば、どちらの言い分が正しいかわかるのではないですか、と言ったのです」

ジルヴェスターがきつく目を閉じた。巧《たく》みな誘導だと思う。ヴィルフリートは祖母によって養育されてきたと聞いている。接する時間が少なかった母親よりも養育してきた祖母の方が、ヴィルフリートにとっては身近で大事な存在なのではないだろうか。無条件に信頼する家族が祖母ならば、その言葉を信用するのは当然だ。

「別の男が、おばあ様が捕えられている場所は白い塔だと言いました。私がその塔がどこにあるのか問いかけたら、せめて、場所だけでも確認してみますか？　と一人の女性が言って、場所を教えてくれました。私達は探検のつもりで塔のところへ行ったのです」

探検だ、本当に塔があるか確認するだけだ、そう言い合いながらヴィルフリートが学友達と教えられた通りに進めば、本当に塔があったらしい。その塔の前には一人の男がいて、「ここの扉は領主か、その子でなければ開けることはできない」と言われたそうだ。

他の者が扉を開けようとしても開けられない姿を見ていたヴィルフリートだったが、「ヴィルフリート様……」と期待を込めた眼差しで促され、興味半分に扉を開けてみたらしい。

「他の者が扉に手をかけても開かなかったのに、私が手をかけると本当に開いたのです」

「そうだろうな。……それで入ってしまったのか？　他の誰が共に入ったのだ？」

ジルヴェスターが力なく問いかける。ただの確認だった。そのままヴィルフリートが入ったことは誰にでもわかる。そうでなければ「おばあ様から聞いた」という言葉が成り立たない。

「他の者では扉が開かなかったのと同じように塔に他の者は入れないと言われたので、私だけです。塔の中には本当におばあ様がいらっしゃって、私に真実を教えてくれました」

そう言って、ヴィルフリートがわたしとフェルディナンドをキッと睨んだ。

「おばあ様があのようなところに閉じ込められて辛い思いをしているのは、全部ローゼマインとフェルディナンドのせいなのです」

ヴェローニカを弁護し、わたしとフェルディナンドを糾弾《きゅうだん》するヴィルフリートの姿に、フロレンツィアが堪《こら》え切れない痛みを感じたような表情を見せてきつく目を瞑《つむ》る。

「父上、お願いします。おばあ様を……」

「言うな！　その先は言ってはならぬ！　私の裁決に異議を唱えるのは、領主への反逆に他ならない」

バン！　と大きな音を立ててテーブルを叩き、ジルヴェスターが言葉を遮《さえぎ》った。突然乱暴に言葉を遮られたことにヴィルフリートは目を丸くした。

「……父上？」

「ヴィルフリート、母上の罪を明らかにし、その罪状に見合った裁決を下したのは私だ。ローゼマインでもフェルディナンドでもない。アウブ・エーレンフェストだ」

わたしとフェルディナンドが悪い、と祖母の言葉を連ねていたヴィルフリートが、驚いたように目を見張った。まるで罪を犯して祖母が捕えられたことを知っていても、裁決を下したのが父親だと理解していなかったような顔だ。もしくは、悪いのがわたしとフェルディナンドだと聞いて、祖母を捕えたのもわたし達だと記憶が塗り替えられたのかもしれない。

「其方は反領主派と呼ばれ、私や母であるフロレンツィアと対立したいのか？」

厳しい表情で問われた言葉にヴィルフリートは慌てた様子でぶるぶると頭を振った。

「私は父上や母上に反抗しようなどと考えてはおりません！」

「だが、母上を擁護《ようご》し、私に異議を申し立てれば、周囲からはそう見られるのだ。迂闊《うかつ》なことを言ってはならぬ。……そう何度も言ったはずだ」

「……迂闊なこと……」

悔しそうにヴィルフリートが歯を食いしばって、わたしとフェルディナンドを睨んだ。

フロレンツィアがカタリと立ち上がり、ヴィルフリートのところへ進むと、悲しげに微笑みながら、そっとヴィルフリートの頬を撫でた。

「ヴィルフリート、貴方はおばあ様であるヴェローニカ様の真実を知りました。けれど、真実は一

つではありません。フェルディナンドが初めに言った通り、人には皆、それぞれの見方や真実があるのです。わたくしが知る真実では、ローゼマインはヴェローニカ様の被害者です。むしろ、陰謀を巡らせ、領地に混乱をもたらしたのがヴェローニカ様なのですよ」

「何を言い出すのですか、母上⁉」

信じられないとヴィルフリートが目を見開いて、母親の言葉を振り払うように何度も首を振る。そんな息子を抱きしめて、フロレンツィアが声を震わせた。

「わたくしは生まれてすぐの貴方をヴェローニカ様に取り上げられました。こうして撫でることも、抱きしめることも許してくださいませんでした。それればかりか、貴方にまでこれほど大きな罪を犯させてしまいました。それがわたくしにとっての真実なのです」

ぴたりとヴィルフリートの動きが止まった。不思議そうに目を瞬きながら、今にも泣きそうな顔をしているフロレンツィアを見上げる。

「……私が、罪を犯したのですか？」

ヴィルフリートの問いに「あぁ、そうだ」と肯定の答えが返った。

「あれは領主一族の中でも深刻な罪を犯した者を幽閉しておくための塔で、アウブである私の許可なく立ち入った者は、領主への反乱や罪人の逃亡幇助《ほうじょ》に問われるのだ」

「なっ⁉　そのようなことは、あの場にいた誰も……」

事の重大さを知ったヴィルフリートが真っ青になっていく。わたしも血の気が引いた。ヴェローニカがそんな御大層なところに幽閉されているとは思わなかった。せいぜい離宮のような場所かと思っていたし、顔を合わして話をするだけでそれほど重罪になると思わなかった。

「これは塔へと連れ出した者達の陰謀なのかもしれません。ですが、罪を犯したのは貴方なのです。噂を吹き込んだり、塔の存在を教えたりした貴族達は罪らしい罪を犯していません」

お茶会で噂話をしていただけ。尋ねられたから答えただけ。一緒に遊んで森を探検しただけ。本当に塔があったので扉を開けることができるかどうか試してみようと声をかけただけだ。開けても入らずに終われば、何も起こらなかった。彼等はヴィルフリートを無理やり引っ張っていったのでもなければ、塔の中に押し込んだわけでもなく、一歩も塔に立ち入っていない。

「あの場にいた者で罪に問えるのはヴィルフリート、ただ一人だけです。領主によって幽閉されていた重罪人の逃亡幇助に問われれば廃嫡《はいちゃく》どころの処罰では収まらないでしょう。……わたくしはまた貴方から引き離されてしまうのですね」

やっと我が手に戻ったと思ったのに、と呟いたフロレンツィアの目から涙が零《こぼ》れる。思わずわたしはジルヴェスターを見た。何とか救う道がないものか、と必死に考えを巡らせているようだが、自白までしているヴィルフリートの罪は明らかで、庇《かば》うのは難しいという顔だ。

「まったく……。面倒なことになったな。だから、廃嫡にしておけと言ったではないか」

淡々と廃嫡を口にするフェルディナンドに、ヴィルフリートがびくりと震える。

「そんな、だって……ローゼマインが陰謀を……」

フェルディナンドは何やらガシガシと書き続けていた手を止めて顔を上げた。

「真実は人の数だけ存在する。ローゼマイン、君の真実をヴィルフリートに教えてやれ。ヴィルフリートの祖母のために失ったものがあるだろう?」

フェルディナンドの声にハッとしたように、ヴィルフリートはわたしを見る。

「ローゼマインの、真実?……違う。ローゼマインは陰謀を……」

「それはわたくしの真実ではありません、ヴィルフリート兄様」

フェルディナンドが何を考えているのかわからないまま、わたしは設定として準備されている話をする。神殿で隠されて育てられていたこと。前神殿長が平民と勘違いして、貴族にそれを流布《るふ》したこと。前神殿長が自分の姉であるヴェローニカに頼んで他領の貴族を引きいれたことで売られかけたこと。わたしを守ろうとした護衛や側仕えが負傷したこと。魔力を目当てにやってくる他領の貴族から守るために領主が養女にしてくれたこと。

祖母が罪を犯したことを知っていても、それがわたしとどのような関わりがあるのか知らなかったらしいヴィルフリートは愕然とした顔になった。

「そ、それで、ローゼマインは一体何を失ったのだ?」

家族、と心の中で答えながら、わたしはそっと目を伏せた。

「……わたくしが失ったのは自由です、ヴィルフリート兄様。それまでわたくしは下町の者と本作りをしていました。けれど、下町に降りることも、下町の者と親しく接することも禁止されました。そして、領主の養女として恥ずかしくないように厳しい教育を受けることになりました。わたくしが洗礼式を終えた直後に神殿長の職に就いたのは、魔力的な穴を埋めるためです。それがどれだけ大変な仕事なのか、ヴィルフリート兄様はご存知でしょう?」

「そんな……おばあ様の言っていたことと違う……」

ヴィルフリートが唇を噛んで俯く。素直なのだ、本当に。わたしの陰謀だ、と口では言っているくせに、わたしの言葉を素直に聞き入れている。そんな様子を寂しそうに見ながら、フロレンツィアはヴィルフリートの髪を優しく手で梳《す》いて語り掛ける。

「ヴィルフリート、ヴェローニカ様が罪を犯したことで、ローゼマインは大変な目に遭《あ》いました。それでも、ヴェローニカ様のせいだとは言わなかったでしょう？　貴方が廃嫡の危機に陥った時には精一杯助力してくれたでしょう？　それは貴方の真実にはなりませんか？」

ハッとしたようにヴィルフリートがわたしを見た。見る見るうちに顔が赤くなっていく。

「すまぬ、ローゼマイン。私は、その、恩知らずだ。其方に色々と尽くしてもらったのに……」

「よろしいのですよ。わたくしにとって、ヴェローニカ様は前神殿長の望むままに罪を犯した困った方です。お顔も知りませんし、お名前さえ、つい最近知った方ですけれど、ヴィルフリート兄様にとっては大事な家族ですもの。わたくしより信用するのは当然です」

わたしもヴィルフリートとトゥーリならば、間違いなくトゥーリを信用する。多分、何を言われても頑なに家族を擁護すると思う。ヴィルフリートのように素直に相手の言葉を聞き入れることなんてできないだろう。その素直さはすごいと思う。

「だが、其方はその話を信じてローゼマインを侮辱《ぶじょく》し、禁じられている塔に入った。処分を受ける覚悟はあるのだろうな？」

突き放すようなフェルディナンドの言葉にヴィルフリートが「処分……」と呟く。

「廃嫡にして神殿に入れるか、祖母と同じく塔に幽閉するのが妥当であろう」

フロレンツィアも似た内容を口にしたけれど、息子の先を案じて出た言葉と違って、フェルディナンドの感情を排した声はひどく冷たく聞こえた。

「養父様、ヴィルフリート兄様は罪に問われるのですか？　明らかに誘導された結果ですし、塔には踏み込んだものの、まだ何もしていませんけれど……」

ジルヴェスターは口を開かずに、フェルディナンドの方をちらりと見た。できることならば罪に問いたくはないが、指摘されれば問わずにおけるはずがない。フェルディナンドを説得できなければどうしようもないという顔だ。わたしはフェルディナンドに向き直る。

「ヴィルフリート兄様は唆されただけです！　それに、わたしもヴィルフリート兄様の立場ならば同じことをしたかもしれません。だって、ヴィルフリート兄様にとってヴェローニカ様は大事なおばあ様……家族なのですから」

言葉の最後が段々と小さくなっていった。同じことをしそうだから、という理由で庇うことが馬鹿なことだとはわかっている。でも、どうにも責める気分になれないのだ。自覚があるが、わたしは家族への思いを出されると弱い。

フェルディナンドは眉間に皺をくっきりと刻んでものすごく嫌そうに顔をしかめ、「本当に君は甘いな」と呟きながら、ヴィルフリートへ視線を向けた。

「ヴィルフリート、其方は今、三つの真実を知ったことになる。祖母にあたる先代領主夫人に教えられた真実と、父親であるアウブ・エーレンフェストから聞かされた真実と、ローゼマインから見た真実だ。全てを聞いた其方が何を思い、何を考えたのか、聞きたい」

フェルディナンドの視線を受けたヴィルフリートは自分の考えをまとめようと、やや俯いて顎に手を当てる。しばらく考え込んでいたヴィルフリートがゆっくりと顔を上げ、真っ直ぐにフェルディナンドを見た。

ヴィルフリートの処分

「……私は、おばあ様の真実だけが他の者の真実と合わないことを不思議に思った。皆が本当のことを言っているならば、おばあ様の言葉が一番おかしいではないか。私はおばあ様が好きだが、正しいか、間違っているかで考えるとおばあ様が間違っていると思う」

堂々とそう言い切ったヴィルフリートを静かに見ながら、フェルディナンドは先を促す。

「ふむ。……それで？」

「……其方に謝らねばならぬ。色々言ってすまなかった、フェルディナンド」

素直に謝るヴィルフリートに、わずかにフェルディナンドが目を見張った。その後、眉間に力を入れてヴィルフリートを検分するようにじっくりと見つめる。

「あ、謝ったのに、そのように怒らなくても良いだろう……」

更に厳しい目で見られるようになったヴィルフリートが顔を引きつらせ、泣きそうになった。

「大丈夫です、ヴィルフリート兄様」

「何が大丈夫なのだ⁉」

凍りつくような視線に晒されているヴィルフリートが悲鳴のような声を上げたので、わたしは胸を張って説明してあげる。わかりにくいけれど、別に怒っているわけではない。

「謝罪した後の方が、フェルディナンド様のお顔が険しくなっているように見えますけれど、これはフェルディナンド様が身を入れて話を聞く気になったからです。ヴィルフリート兄様のお言葉はきちんと届いておりますから、このまま頑張ってくださいませ」

「……そ、そうなのか？」

ヴィルフリートはわたし、フェルディナンド、自分の隣で手を握って支えようとしているフロレンツィアを心配そうに交互に見やる。

「ローゼマイン、余計なことを言うな」

「余計なことではございません。必要なことです。フェルディナンド様も謝罪を受けたのですから、怖い顔をする前に、許す、と一言おっしゃれば良いのですよ」

フンと鼻を鳴らしたフェルディナンドが「まだ許すつもりがないから何も言わなかっただけだ」などと可愛げのないことを言いながら、ヴィルフリートに視線を向けた。

「お茶会にいた貴族達をどのように思ったのか聞かせてもらおうか」

「あの貴族達は……親切そうに私に教えてくれたが、犯罪を勧めたのだから、親切でも何でもなかった。オズヴァルトが言っていた、笑顔で近付く者が自分の味方だとは限らない、というのはこういうことか、とわかった」

言われただけでは理解できなかったことが実体験を通して、身に染みて理解できたのだろう。オズヴァルトが悔しそうに顔を歪めた。もう少し早く理解していれば、そんな言葉が聞こえる気がする。フェルディナンドはヴィルフリートの大事な気付きに、一つ頷いた。

「だからこそ、知らぬ貴族とは口をきくなと教えられるし、迂闊なことを言うなと叩き込まれる。危険を少しでも排除するために、其方等に面会できる貴族は筆頭側仕えが選別するのだ」

「禁止されることには意味があるのか……」

領主の子は「あれをするな」「これをしてはいけない」と禁止事項が山のようにある。それを教えられ、何度も言い聞かされたとしても、意味を理解していなければ守れるはずがない。

「何の意味もなく禁止されるわけではない。教育として叩き込まれることにも意味がある」

「……それは文字や計算やフェシュピールの練習で知っている」

「そうか。他に思ったこと、考えたことはあるか？」

「おばあ様が犯した罪も、見る者が変われば全く違う。様々な意見を聞くのは大事だと思う」

ヴィルフリートの意見を聞いたフェルディナンドが、眉間に深い皺を刻み込んで考え込む。

わたしはグッと拳を握った。何とか救う方向へ持って行きたい。確かに驚くほど迂闊なことをしてしまったし、罪を犯してしまったわけだが、ヴィルフリートはきちんと成長している。今まで教育が全く足りていなかっただけで、できない子ではないのだ。今回もきちんと大事なことに気付いた。わたしも色々な意味で勉強になった。

「今回は廃嫡にして神殿に入れるか、祖母と同じく塔に幽閉するのが本来の処分だろう。……だが、少し難しい」

「どう、難しいのだ？」

ジルヴェスターもフェルディナンドと同じように眉を寄せる。

「敵の狙いがわからぬ。真実が人によって違うのと同様に、一つのことに複数の者が加担している場合、それぞれの狙いが同じだとは限らぬが、今回は多くの人間が関わりすぎている」

フェルディナンドが自分の書いた手元の紙を見ながら苦い声を出した。

「あの塔は扉さえ開けば、他の者も入れるのだ。扉を開けられる者が誰なのか知っていて、塔の場所を知っている者ならば、扉さえ開けば中に入ることができることもわかっているはずだ。それなのに、先代領主夫人を助け出すでもなかった」

「誰でも入れるのか⁉」

我々には入れない、と言われて納得していたらしいヴィルフリートが驚きの声を上げた。

「其方がいたのだ。入れる。罪を犯したくないから入らなかったというのが一番考えられる理由だが、情報提供した者が先代領主夫人を助け出すつもりなどなかったから、他の者は入れないと塔の情報として教えたということも考えられる」

貴族の考えることが複雑怪奇で、わたしには理解できない。

「そ、そうなのですか……。えーと、では、扉を開けられるのはどなたでしょう？」

とりあえず情報を整理したいと思ったわたしに答えてくれたのはジルヴェスターだった。

「あの塔の扉を開くことができるのは、礎《いしずえ》の魔術に関わることができる者のみ。つまり、フロレンツィアとボニファティウスとフェルディナンドと私。それに、ヴィルフリートとローゼマインだけだ」

「問題は、どうやってあの塔のことを知り得たのかということだ。扉には結界があるため番人など置いておらぬし、周囲の木々に隠れがちな塔の存在やその使い方を知る者は限られている」

「それなのに、お茶会で話題に出せた人物がいるということですか。じゃあ、その線から罠《わな》にはめた人物を特定できますよね？　塔の前にいた男はおじい様ですか？」

フェルディナンドの言葉にわたしが首を傾げていると、ヴィルフリートがむっとしたように眉を吊り上げた。

「ボニファティウス様ならば私にもわかる。見知った顔ならば名指しで報告したぞ」

「だいたい、ボニファティウスは、若い者には負けぬと私に張り合って狩猟大会で大暴れしていた。塔の前でおとなしく子供の相手をしていたら、誰もが不審に思うはずだ」

……おじい様が養父様に張り合って狩猟大会で大暴れ？

あまり接点のないボニファティウスについて考えている間に、フェルディナンドがトントンとこめかみを叩きながら自分の意見を口にする。

「旧ヴェローニカ派はヴィルフリートを派閥の旗頭にしたいのだろうと私は考えていた。それならば、可愛がってくれていた祖母の現状を吹き込んで、両親やローゼマインとの間にひびを入れることは心理戦としては有効な手段だ。実際、半分ほどはうまくいっていた」

フロレンツィア派の中心人物であるわたしとヴィルフリートの間に溝《みぞ》を作ることで、実子と養女のどちらに付くか、どのように動くかを迫れば親子の溝も作れただろう。

「だが、このままでは旗頭どころか廃嫡か処刑だ。領主派と反領主派を作りたいのかもしれないが、廃嫡や処刑をされれば派閥などできるはずもない。そう考えると、塔に入れるのは明らかにいきすぎで、旗頭というよりはヴィルフリートの排除が目的にも思える」

「それはおかしいだろう。ヴィルフリートの排除が目的ならば、連れ出した時点で消すのが一番ではないか」

ジルヴェスターが眉を吊り上げて指摘し、自分の身に迫っていた危険を突きつけられたヴィルフリートが体を震わせた。目的が派閥作りからヴィルフリートの排除という危険度の大きいものになってぞっとする。フェルディナンドはジルヴェスターの意見に同意して頷く。

「そうだ。確実を期するならば、あの時が最大の機会だった。それを逃している」

「つまり、ヴィルフリート兄様の排除が目的というわけでもないということですよね？」

「むしろ、どうなっても良いように見える。……他には、ヴィルフリートの教育の遅さを知らなかった貴族がヴィルフリートの性格や行動を読み違えたということも考えられる。だが、そのような不確実なことを計画に入れることが、まず間違っている」

あれだけの人数を動員しているのだから、それほど不確実な計画を立てるはずがないそうだ。難しい顔でフェルディナンドがコンコンとテーブルの上の紙をペン先で叩く。

「……正直な話、ヴィルフリートが目的ではないのかもしれぬ。ヴィルフリートを陥れることは前座で、その後に本命の計画が動き出すのではないかと深読みすれば、誰がどのように狙われているのか、更にわからなくなる」

「うーむ……。一体狙いは何なのだ？」

考え込むジルヴェスターを見た後、一瞬だけこちらを見たフェルディナンドの視線に、「狙われているのは君かもしれない」と言われた気がした。わたしは何とも言えない悪意に満ちたあれこれを聞いて、ハァと大きく溜息を吐く。

「……完全に嫌がらせですよね」

「嫌がらせ？」

「そうです。ヴィルフリート兄様にはおばあ様の現状を見せて家族関係にひびを入れ、両親である領主夫妻には罪を犯した息子への処遇で悩ませる。どのように処分しても貴族の不満は出てくるでしょう？　それに、関わった貴族を一斉に処分できるほどの魔力的な余裕はないし、かと言って、処分せずに残しておくのも危険。どう転んでもエーレンフェストのためにはならない、外部からの嫌がらせとしか思えません」

わたしの言葉に、ジルヴェスターが目を丸くした。

「……貴族の対立ばかりを考えていたから、外部からの嫌がらせは考えていなかったぞ。なるほど。ローゼマイン、其方、意外と賢いな」

「意外と、とは何ですか、養父様⁉」

わたしが噛みつくように怒鳴ると、ジルヴェスターは「では、賢いローゼマインに質問だ」と言いながら、存外に真面目な顔つきでわたしを見た。

「外部からの嫌がらせと仮定しよう。その外部は私に強い憎悪《ぞうお》を抱いているとして、何をすれば彼等が一番嫌がると思う？」

「それは現状維持でしょう。引っ掻き回したいのに、引っ掻き回せずに終わるのが一番嫌ではないのですか？」

嫌がらせしたはずが、雨降って地固まるをされると一番嫌なのではないだろうか。わたしの答えに、ジルヴェスターは顔をしかめた。

「現状維持か……。だが、ヴィルフリートが明らかに罪を犯した状態で現状維持などできぬぞ」

「……でも、これだけ本人が犯罪事実をハッキリと認め、それを証拠としているのだから処分はいつでもできるではありませんか。処分より唆した相手やその目的に関する情報を集めるのが先ですよ。問題の先送り、いえ、情報が出揃うまでは現状を維持すればいかがですか？」

ジルヴェスターは心が動いたようだが、フェルディナンドはスパッと却下《きゃっか》する。

「駄目だ。そのような対応では領主の権威に傷がつく。相手の狙い通りだ」

「領主の権威に傷をつけることが目的ならば、どのように処分しても、処分しなくても落ちますよ。相手の狙いがエーレンフェストの魔力を削《そ》ぐことならば、ヴィルフリート兄様を排除したり、今回のことに関わった貴族を処分したりすることで相手を喜ばせる結果になりますよね？　まずは現状維持で情報収集して、処分した方が良いのかどうかはそれから考えましょう」

わたしがそう提案したけれど、フェルディナンドは頑なに首を横に振る。

「全く何の咎めも無いわけにはいかぬ。ヴィルフリートへの処分は絶対に必要だ」

「では、処罰するように見せかけて、実際は現状維持するとか……」

「お姉様には妙案があるのですか？　お兄様を助けてくださるのですか？」

それまで泣きそうな顔でじっと座って大人のやり取りを聞いていたシャルロッテが期待に輝く目でわたしを見た。ヴィルフリートを助けてほしい、と祈っているのがわかる。

……どうしよう？　シャルロッテに良いところを見せたい。いいカッコしたいけど、妙案なんてないよ！　おおぅ、おおぅ！

心の中でのたうち回りながら、わたしは必死に頭を回転させた。考えなしと言われる脳みそをフル回転させて、犯罪人の扱いをわたしが知る限り思い出す。

「相手の特定と狙いがどこにあるのかを知るのが先なら、記憶を覗く魔術具を使いましょう」

人数が多くて、全ての顔を覚えていない。噂を聞くために自分から近付いて行ったため相手が名乗っておらず、名前がわからない。そうヴィルフリートは言っていたが、記憶を覗けば、相手を確定することは容易いはずだ。

「唆されたとはいえ、今のヴィルフリート兄様は重大な犯罪者ですよね？　重大な犯罪者に対して使う魔術具を、敵を特定するために使うのです。そうすれば、ヴィルフリート兄様に処罰を下した印象を回りに与えることができますし、ヴィルフリート兄様を唆した相手を特定できます。その上で現状維持しておけば、こちらに考えがあって、敢えて泳がせているように見せることができるのではないでしょうか？」

精一杯の提案をフェルディナンドはこめかみを指先で軽く叩きながら吟味《ぎんみ》していく。フェルディナンドの厳しい視線とシャルロッテの期待に満ちた視線を受けながら。わたしは続けた。

「恥ずかしい記憶まで全て見られるのですから、ヴィルフリート兄様への罰になりますし、養父様が覗けば今までの生活の何がいけなかったのか認識できると思います」

「確かにあれを使えば、少なくとも領地内の危険な貴族が完全に特定できる。ヴィルフリートの記憶を元に、特定された貴族に処罰を与え、ヴィルフリートを次期領主から外す。これでどうだ？　ジルヴェスター」

ヴィルフリートを次期領主と決めてしまうから狙われるのだ、とフェルディナンドがフンと鼻を鳴らす。ジルヴェスターは安堵の笑みを唇に乗せながらヴィルフリートを見た。

「ヴィルフリート、其方を重大な罪を犯した者として扱い、魔術具を使い、記憶を探る。同時に、次期領主の内定を取り消す。これを今回の処分とする。以後、迂闊な行動は取らないように。特に、側仕えや護衛騎士を側から決して離すな」

「はい」

神妙な顔でヴィルフリートが頷き、重すぎない処分が決まったことで、部屋の空気が緩まった。

「よかった……」とシャルロッテが胸元を押さえ、フロレンツィアが「本当に……」と目元の涙をそっと拭《ぬぐ》ってヴィルフリートを抱きしめる。

「貴方がまだわたくしの手元に残ってくれるだけで、わたくしは本当に嬉しいのです。ローゼマイン、ありがとう存じます」

わたしがニコリと笑ってフロレンツィアに答えると、フロレンツィアの腕の中でヴィルフリートが少し恥ずかしそうに身動《みじろ》ぎし、「ローゼマイン」とわたしを呼んだ。

「わたしはおばあ様が好きだが、おばあ様が間違っていたと、今はよくわかった。……其方を疑って悪かった。すまぬ」

「もういいのですよ、ヴィルフリート兄様」

シャルロッテが椅子から飛び降りて、わたしのところへと駆け寄ってきた。

「お姉様、すごいです！　わたくし、お姉様を尊敬いたします！」

「シャルロッテの一言で全てが報《むく》われた気がいたします」

……わたし、やったよ！　尊敬されるお姉様になれたよ！

わたしとシャルロッテが手を取り合って喜んでいると、ジルヴェスターとカルステッドが「よくやった」と今回の提案を褒めてくれた。

フロレンツィアの腕の中から抜け出したヴィルフリートが自分の側仕え達に「これからも頼む」と声をかけているのが見える。ランプレヒトが大きく頷いていた。

その様子を見ていたフェルディナンドが立ち上がり、ヴィルフリートの方へと数歩歩を進める。何を言われるのか、とわずかに身構えるヴィルフリートに声をかけた。

「ヴィルフリート、其方には領主の子として消しがたい汚点《おてん》が残ったことになる。だが、腐らずにこのまま努力することができれば伸びるだろう。其方の素直さは得難い美点だ」

最初、何を言われたのか理解できないように、ポカンと口を開けてフェルディナンドを見上げていたヴィルフリートの顔が、だんだんと嬉しいような、困ったような顔に変わっていく。

「……努力、します」

そう言ってヴィルフリートがその場に跪いた。

「私に与えられた機会を無駄にしないよう、努力します。……フェルディ、いえ、叔父上」

ヴィルフリートに対して何を言うでもなくそのまま退室していったフェルディナンドだが、いつもよりちょっとだけ早足だったことが、わたしにはわかった。

ユレーヴェ作りと魔力圧縮

ヴィルフリートの話し合いが終わって数日後、神殿に戻っていたわたしはフェルディナンドに「ユストクスからの情報がもたらされた」と呼び出された。ルッツ達と一緒に新しい髪飾りを持ってきてくれたトゥーリと久し振りに会って、家族の手紙をもらって浮かれていたわたしは、隠し部屋に入って早々に「何の情報ですか？」と尋ねて叱られた。

「我々が集めている情報が何だったのか覚えていないのか？　たった数日前のことだぞ」

「たった数日前のことでも、終わったことをいつまでも考えていられませんよ」

試験が終われば特に興味もない試験範囲のことなんて数日間で急速に薄れていく。麗乃時代はそうだった。短期記憶というやつだ。だいたい、わたしには新しい紙の使い方とか、新しいインクとか、トゥーリの手紙とか、次のカミルのおもちゃとか、他に考えることがたくさんあるのだ。いつまでも終わったことに構っていられない。

「終わったことではない。あれは様子見のようなもので、むしろ、これから始まることだ」

思いも寄らなかった言葉に「えぇっ⁉」とわたしはのけぞった。あれが様子見ならば、次は一体何が来るのだろうか。貴族達の思考や行動は全く予想がつかない。

「方々の情報を統合して考えた結果、様子を探られているのではないか、という結論に達した」

「だから、様子見ですか？」

「あぁ、そうだ。ヴィルフリートが誰の意見を最も聞き入れるのか、罪を犯した我が子をジルヴェスターがいかに扱うのか、その際の周囲の反応がどうなるのか、エーレンフェスト内の貴族達がどのように動くのか……試されていると思われる」

ヴィルフリートのような子供を使った嫌がらせで様子見。ずいぶんと性格の悪い計画だ。

「そのまどろっこしいことをする相手は、特定できたのですか？」

「幽閉された場所を知っていて、開け方を知っている者。先代領主夫人を助け出すことを目的とするわけではなく、標的がヴィルフリートだったこと。廃嫡、処刑、不和、どれがエーレンフェストに起こっても構わないような計画の立て方。……派閥の名を冠する者しかおらぬ」

どうやらフェルディナンドの中で敵は確定してしまったらしい。薄い金色の目が真剣な光を帯びて、わたしを見る。

「なるべく早くエーレンフェストの守りを固めたい。ローゼマイン、できる限り早めに魔力の圧縮方法を教えてほしいのだが、良いか？」

「以前にも言ったように、お薬を作ってからです。皆が戦力を整えても、わたくしが虚弱《きょじゃく》なままならば、わたくしだけが危険ではありませんか。魔力圧縮よりわたくしの健康が先です」

わたしが同じように見返すと、フェルディナンドは仕方がなさそうに立ち上がった。

「わかった。明日の午前の執務時間を調合に当てよう」

……明日って、ずいぶん急なんだけど？


次の日の三の鐘から四の鐘までの間、お薬作りをすることになった。普段ならば三日くらい余裕を見て予定を立ててるフェルディナンドが、翌日の午前中に執務時間を潰して薬作りだ。それだけ危険が迫っているということだろうか。隠し部屋に通されたわたしは、材料を取り出したり、機材の確認をしたりして何やらごそごそとしている背中に問いかけた。

「神官長、もしかして魔力の圧縮はかなり急がなければならないのですか？」

わたしの質問に、フェルディナンドは驚いたように振り返って「今頃何を言っている？」と苦虫を噛み潰したような顔になった。

「……ローゼマイン、君の魔力圧縮で効果が出るまでにどのくらいかかる？」

「知りません。わたしは生きるために無意識で圧縮してきましたから。……ダームエルには春の終わりに教えましたけど、元々ちょっと魔力が伸びていたみたいです。完全に成長が止まった大人に使うのは初めてなので、本当に効果があるのかどうかさえ全くわかりません」

わたしの答えにフェルディナンドは「さもありなん」と呟いた。

「我々が試してみて魔力が増えれば、同じ派閥の者にも挑戦させる。それから、魔力目当てに派閥に入る者にも教えていくことになるが、エーレンフェストの魔力の底上げをする、と考えれば一体どれだけの年月がかかる？　できることならばゲオルギーネが訪れる来年の夏までに、せめて、我々だけでも魔力を増幅させておきたいのだ」

少しずつ魔力が伸びていたダームエルは半年ほどかかって周囲にもわかる程度に魔力が伸びた。成長が止まっている大人でも魔力が伸びるか、どのくらいの期間がかかるのか、ゲオルギーネが再びやってくる来年の夏までに実験して結果を得たいとなれば本当に時間がない。

「……急務ですね」

再びゲオルギーネがやってくるまで、と言われれば、わたしもフェルディナンドの焦りがわかるような気がした。様子見であれだけ騒動の種をまいてくれる人だ。本腰を入れられたらどうなるかわからない。

「そのため、できることならばユレーヴェ作りは後回しにしたい」

フェルディナンドにそう言われ、わたしは慌ててブルブルと頭を振った。ここで譲ると、どんどん後回しにされてしまうのが目に見えている。わたしは早く健康になりたい。

「嫌ですっ！　ダメですっ！　それって、つまり、ユレーヴェ作りがゲオルギーネ様の後に回るってことですよね？　最初は素材を集めたらって言っていたのに、シャルロッテの洗礼式の後、いや、奉納式や祈念式が終わってからって言われて、今度はゲオルギーネ様の後だなんて、どこまで後回しにするつもりですか。急いで薬作りを終わらせて、それから魔力圧縮です」

「強情な……」

我儘《わがまま》はお互い様だ。どれほど我儘だと思われようとも、これは譲れない。

「何か起こる前に神官長が魔力を圧縮したいのと同じように、わたくしも健康を手に入れたいです。今のままでは何かあっても走ることさえできないではありませんか！」

他人の魔力増幅より自分の健康だ。「誰が狙われるのかわからない」と言ったのはフェルディナンドである。底上げというならば、わたしの体力が最優先に決まっている。

「……なるほど。確かにそうだな」

必死の主張が通じたようで、フェルディナンドは一つ頷くと木箱を抱えて隠し部屋を出る。

「薬を調合する場所が必要なので、まずは君の神殿長室に隠し部屋を作る」

「え？　ここで良いではありませんか」

わたしが素材と機材の溢《あふ》れる部屋を見回すと、フェルディナンドも同じように見回した。

「……作業するには狭すぎるではないか」

実験道具のような機材と素材がたくさん、その上、資料や自分でまとめた実験結果などの大量の紙と木札。ここは物が多すぎる。おまけに、ここは孤児院長室の隠し部屋と違って一定の魔力がなければ入れないので、掃除をする側仕えが入れない。実験が大詰めの時や新素材が見つかってフェルディナンドがあれこれ考えている時は、部屋の状態がひどいことになるのだ。

「君が薬を飲んで眠る場所が必要になるので、どうせ隠し部屋は作らねばならぬ。ついでに、調合ができるように大きな部屋にするくらい大した手間ではないのだから、さっさとしなさい」

ユレーヴェを使えば昏睡《こんすい》状態に陥ることがわかっているので、危険を避けるためにも入室できる者を制限した隠し部屋が必要になるらしい。

「どのくらいの広さが必要ですか？」

「神殿長室くらいの大きさがあれば十分だ。魔力の登録は君と私でする。君が眠っている間、誰も入れないようでは困るからな」

フェルディナンドに言われるまま、神殿長室に隠し部屋を作ることになった。孤児院長室や小神殿でも作ったことがあるので、それほどの緊張はない。神殿長室にある隠し部屋へ続く扉の魔石に、魔術具の指輪をはめている左手を当てて魔力を流し込んでいく。

わたしの魔力を得て、扉に青白い光を放つ魔法陣が浮かび上がった。魔力登録のために自分の魔力を流し込むと、青白い魔法陣の上を赤い光が走り始める。同時に、扉の魔石を押さえた自分の手首の辺りに赤い光が走り、複雑な模様と文字を描いていく。

……このファンタジーっぽいの、何回見てもいいなぁ。ドキドキする。

高揚《こうよう》した気分で魔法陣を走る魔力を見つめていると、フェルディナンドがわたしの手に自分の手を重ねて魔力を流し込み始める。そういえば一緒に魔力を登録すると言っていた。流れる魔力が多くなったせいか、魔法陣を走る赤の光が強くなっていく。

……そういえば、一緒に登録ってどうするんだろう？

わたしが首を傾げていると、わたしの背後にいるフェルディナンドがシュタープを右手に握り、「スティロ」と唱えた。ペンに変化したシュタープで魔法陣に触れると、赤い光で書かれた文字がに消えたり増えたりしながら踊るようにして動き始める。魔法陣から飛び出した文字が弾けるように消え、シュタープの先で書かれた文字や図形と入れ替わって、魔法陣がどんどんと書き換えられていく。シュタープで文字を自在に操り、魔法陣を書き換えていく光景は、不思議で、綺麗で、自分でもやってみたくなる魅力にあふれていた。

「神官長、この文字がふよふよくるくるってするの、すごくカッコいいです。わたくしにも魔法陣の書き方を教えてください」

「それは君がシュタープを手に入れてからの話だ」

「あぅ」

わたしがカッコよく魔法陣を書けるようになるのは、まだまだ先のことらしい。ガックリと肩を落とすのと、隠し部屋が完成するのはほぼ同時だった。

「これで良かろう」

隠し部屋ができると、フェルディナンドは魔石が付いているブローチを側仕えに付けさせた。神殿長室の隠し部屋に入る許可を得ていることを示す識別の魔術具だそうだ。その側仕え達を動員して、自分の隠し部屋から素材の詰まった木箱をどんどんと運び込ませていく。

「その箱はそちらの隅に並べていってくれ」

フェルディナンドは側仕えに指示を出しつつ、大きな布を部屋の真ん中に広げ始めた。一見すると、収穫祭の時に徴税官が使う転移用の魔法陣に見える。

「神官長、これは転移用の魔法陣ですか？　徴税の時の物に似ていますけれど」

「あぁ、似たようなものだ。少し下がっていなさい」

フェルディナンドはわたしを下がらせて、魔力を流し始めた。徴税用の魔法陣は大量の物を置いてそれを一気に城へ運ぶための転移陣だったが、これは逆に別の場所にある物を取り出すための魔法陣だったらしい。魔法陣に手を突っ込むようにして色々と物を取り出し始める。

……うはぁ、イギリスのお話の某乳母みたい。

魔法陣から白い石造りの風呂になりそうなくらいの大きな箱やわたしが入れそうな大きな鍋、櫂《かい》のような長い金属っぽい棒、大きなテーブル、木箱がいくつも取り出されていく。ちなみに、取り出された物を運ぶのは側仕え達だ。

「……わたくしの隠し部屋なのに、何だか神官長の第二の工房のようになってきましたね」

「私の工房ではなく、むしろ、君の工房だ。どうせ貴族院に入れば必要になるのだから、今から持っていても特に問題なかろう」

わたしの工房と言われただけでテンションが上がった。本棚を置いて資料をたくさん置けるようにしようか、それともいっそ集密書庫のようにしてみようか、と夢が広がっていく。

「ローゼマイン、ぼんやりしていないで調合鍋に君が集めた季節の素材を入れていきなさい」

わたしが夢の工房を思い描いていると、大きな鍋を指差してフェルディナンドが指示を出す。鍋に素材を入れて魔力で練り合わせていくのだそうだ。

「大きい鍋ですね。わたくしが入れそうです」

「なんだ、煮込んでほしいのか？」

フェルディナンドの目が本気に見える。わたしは慌てて首を横に振った。

「わたくしは煮ても焼いても食べられません！」

「腹を壊しそうなので食べる気は毛頭ない。……良い魔力が取れそうだと思っただけだ」

「余計に怖いですよっ！」

フェルディナンドを警戒しながら、わたしは帯の上から付けられている飾り紐《ひも》を外した。袖が邪魔にならないようにたすき掛けにして、高さを調節するための木箱の上に立つ。目の前には大きな鍋、手には舟をこぐ櫂のようなへら。三角巾があれば、完璧に給食のおばちゃんだ。

「君が採集した魔石を一つずつ、春の素材から季節順に入れていくのだ。一つ目が溶けだしたら、次を入れていくように」

わたしはフェルディナンドに言われた通り、ライレーネの蜜《みつ》を変化させた緑の魔石を鍋に入れて、長くて大きな櫂でぐるぐる混《ま》ぜていく。櫂に魔力が吸い取られていくのがわかった。

「神官長、お薬の調合って、もしかして結構魔力が必要になりませんか？」

「品質にこだわれば、必要になる。後は量にもよる」

フェルディナンドはテーブルの上で天秤を使って、魔石以外の素材の分量を量りながら簡潔に答えた。その横顔が邪魔をするな、と言っているのがわかる。素材を量る真剣な目は珍しく生き生きとしている。実験が楽しくて仕方がないらしい。完全に趣味の世界に入っている顔だ。

逆に、わたしはすぐに調合に飽きてきた。箱の上に立ってぐるぐる混ぜるだけだ。つまらない。魔石が鍋の中でカランコロンカチャンと音を立てているが、全く何の変化もない。

……これ、いつまで続けるんだろう？

そう思っていたら突然魔石がどろりとしてきた。鍋の底にくっつくように、でろんと形を変えていく。

「うわわっ！　神官長、魔石がどろりとしてきました！」

「次を入れて、そのまま混ぜ続けなさい」

わたしはリーズファルケの卵を変化させた青い魔石を鍋に入れ、混ぜ続ける。溶けた緑の魔石があるため、青の魔石を混ぜても音が鳴らない。その代わり、櫂を動かすのが重くなった。

ぐるぐるぐるぐる……。ぐるぐるぐるぐる……。

緑の魔石が溶けているためだろうか、青の魔石は溶け始めるのが早かった。形が崩れ始めたのを見て、リュエルの実を入れて混ぜ、最後にシュネティルムの魔石を入れる。

ぐるぐるぐるぐる……。ぐるぐるぐるぐる……。

「神官長、腕がだるいです」

「少しでも早く、と急ぎでユレーヴェ作製を望んだのは君だ。我慢しなさい」

わたしの訴えをあっさりと流しながら調合鍋の中を覗き込み、フェルディナンドは次々と見たことがない素材を入れていく。混ざりやすいように小さく切られた素材を鍋に入れるところは、何となく料理に似ている。几帳面《きちょうめん》にきっちりと刻まれた素材の数々を見ていると、フェルディナンドはもしかしたら料理人に向いているのではないだろうか。

ぐるぐるぐるぐる……。ぐるぐるぐるぐる……。

「神官長、ちょっと休憩したいです」

フェルディナンドが「必要ない」とすげなく却下し、木箱から小さな壺《つぼ》を取り出した。その壺から黒い液体がたらりと鍋に垂らされていく。四色のマーブルに黒い物を入れられたことにわたしはぎょっとしたけれど、鍋の中の色は全く変わらない。どうして変わらないんだろう、と覗き込んでいると、今度は鍋の中の分量が一気に増え始めた。

「うひゃあっ⁉ 零れる⁉」

「零れるような量を入れるわけがなかろう。いちいち驚かないように」

「鍋の底に少しだった薬が、瞬く間に鍋の八分目を超えれば誰だって驚きますよ！ わたくし、こんなに飲めません！」

少し余った分は常備薬として置いておこうと思っていたが、こんなにいらない。わたしが調合鍋を指差して言うと、フェルディナンドが軽く肩を竦めた。

「杯の半分ほどは飲むが、どちらかというとユレーヴェは飲むのではない。浸《つ》かるのだ」

そう言いながらフェルディナンドは白い石でできた四角い箱を指差した。できたユレーヴェをあの箱に入れて、わたしはあの中で眠ることになるらしい。予想外だ。今までの薬は全部飲んでいたし、常備薬としてフェルディナンドは腰に下げているらしいし、飲む物だとばかり思っていた。

「……溺《おぼ》れませんか？」

「ユレーヴェで溺死《できし》したという話は聞いたことがない。案ずるな。それよりも手が止まっている。最後の仕上げだ。きちんと混ぜろ」

わたしがぐるぐる混ぜる鍋の中に、フェルディナンドが何かの薬をほんの一滴。ポトンと落とした。その瞬間、薬の表面がカッと眩《まぶ》しく光って薄い青の薬になった。

「完成だ。これで、いつでも使える」

フェルディナンドはそう言いながら調合鍋に蓋《ふた》をして、その蓋の上から魔法陣の付いた布を被《かぶ》せた。品質が落ちたり傷んだりするのを防ぐための物らしい。フェルディナンドの不思議道具には便利用品がたくさんありそうだ。今度一覧表を見せてほしいものである。

「神官長、これを使ったらどのくらいで目覚めるのですか？」

「一月《ひとつき》から季節一つ分といったところか。正直なところ、見当が付かない。だが、少々長引いても問題ないようにやるべきことは予め片付けておけばよかろう」

「やるべきこと……家族に手紙を書いたり側仕えに指示を出しておいたり……ですか？」

「あぁ、そうだ。君が眠っている間、印刷業に関する業務は後見人である私が受け持つことになる。なるべく面倒事は持ち込まないように、とベンノに連絡しておきなさい」

季節一つ分も眠ってしまうことになればウチの家族が驚くに違いない。ユレーヴェを使うことになった時のためにルッツに渡してもらう手紙を準備しておかなくてはならない。

孤児院はヴィルマに任せておけば大丈夫だし、側仕えの業務もフランとザームがいれば平気だと思う。工房が一番心配だけれど、わたしがいなければ業務が拡大することはないと思うので、印刷するためのお話だけ準備しておけばギルとフリッツが回してくれるはずだ。ユレーヴェを使う予定の春までに根回ししておくことを指折り数えて確認していると、フェルディナンドから苛立たしそうに睨まれた。

「約束通りユレーヴェも作製したので、これ以上の我儘は聞かぬ。明日は城へ行くぞ」

「契約書の準備はできているのですか？」

「行き当たりばったりの君と同じに考えるのではない」


フェルディナンドに急かされて、次の日の午後に魔力圧縮の方法を教えることになった。関係者以外は人払いされた領主の執務室には、わたしがお願いしてあった通り、木箱と数枚のマントと革袋とアイロンが準備されている。部屋にいるのは、わたし、フェルディナンド、領主夫妻、カルステッド一家、最後に契約魔術にサインしなければならないダームエルの十人だ。

「では、こちらの契約書にサインをお願いします」

わたしの敵に回らないこと、魔力圧縮の方法は他の誰にも教えないことなどの条件が書かれた契約魔術の書類に皆が順番にサインをして、わたしはお金を回収していく。

上級貴族は大金貨二枚で、同じ家族の二人目からは半額だ。この先、中級貴族は小金貨八枚、下級貴族は小金貨二枚を払ってもらう予定になっている。その半額を契約魔術のためのお金として、エーレンフェストに納めることにしたらジルヴェスターには泣いて喜ばれた。今回お金は免除されているダームエルにも他の皆と同じように他言できないように書類にサインしてもらい、契約魔術が終わってから説明を始める。

「では、ダームエルに助手をしていただきましょう」

わたしは、ダームエルに教えた時と同じように魔力圧縮のやり方を見せた。木箱にバサッと広げたマントを突っ込み、それをぎゅうぎゅうと押し込むのが貴族院での圧縮方法だと言い、なるべく魔力を多く詰めるためにはマントを丁寧に畳むように魔力を圧縮すると良いと教えながら、ダームエルと一緒にマントを畳んで木箱に入れていく。

「なるほど。確かに目で見るとずいぶんとわかりやすいし、魔力が圧縮しやすいな」

目を閉じたジルヴェスターが自分の中の魔力を動かしていく。

「養父様、成長期を過ぎた大人でも魔力が増やせそうですか？」

ジルヴェスターは「できそうだ」と楽しそうに言った。ジルヴェスターは自分でマントを畳んだことなどない人なので、目で見て、畳むという行為をイメージできるようになると、予想以上に余裕ができたらしい。カルステッドもエルヴィーラも目を閉じて集中しているのがわかった。

「急に圧縮すると、魔力に酔って気分が悪くなるようです。無理はしないでくださいね」

少し圧縮して魔力を増やし、増えた分をまた圧縮していく。その積み重ねで魔力を増やしていくのだが、いきなり体内の魔力濃度を上げるると魔力酔いするとダームエルが言っていた。わたしは常に気持ちが悪くて倒れていたので、どれが魔力酔いかわからないけれど、魔力を圧縮することはあまり体に良いことではないようだ。夏までに増やしたいダームエルは結構無理をしているようだけれど、少しずつ魔力濃度を上げ、体を慣らすことが大事らしい。

「これならば私でもまだ増やせそうだな」

「すごい、すごい。結構余裕があったみたいだ」

「これでどんどん増やして、ランプレヒト兄上やエックハルト兄上より強くなるんだ」

エックハルト、ランプレヒト、コルネリウスが驚きの声を上げながら魔力を扱っている。皆、側仕えが付いている上級貴族のおぼっちゃまなので、マントを畳むこともあまりないのだろう。ぎゅうぎゅうに押し込むイメージしかしていなかったならば、結構余裕ができるはずだ。

皆が新しい魔力圧縮に驚きの声を上げる中、フェルディナンドだけは難しい顔で「残念ながら、私はあまり効果がなさそうだ」と首を横に振った。すでに同じようなイメージで圧縮していたらしい。さすが几帳面で真面目なフェルディナンドである。どのようにすれば少しでも魔力が増えるのか、貴族院時代に色々と挑戦していたそうだ。

「では、フェルディナンド様はもう一段階先に進みましょう」

その先があるとは思っていなかったらしいフェルディナンドにニコリと笑い、わたしは畳まれたマントを数枚、革袋に入れた。その上に乗って体重をかけ、ぎゅぎゅぎゅっと革袋を押し潰す。最初に比べて体積が半分以下になった革袋を見て、フェルディナンドが目を丸くした。

「どうですか、フェルディナンド様？　これがローゼマイン式圧縮方法です」

「ふむ。やってみよう」

フェルディナンドは目を閉じると魔力圧縮に取り組み始めた。

しばらくの間、眉間に皺を寄せて脂汗が浮くほどに集中していたが、突然腰に下げている薬入れを取ってぐっと呷《あお》る。薬を飲み終わると、また目を閉じて集中し始めた。

「フェルディナンド様、何を飲んだのですか？」

「魔力を回復させる薬だ。増やさねば圧縮できぬであろう？」

当たり前のことのように言われて、わたしはひくっと頬を引きつらせた。

「それってものすごく体に悪いですよね⁉　わたくし、先程いきなり魔力を圧縮しすぎると体に負担がかかると言いましたよね？　危険なことは止めてください！　危険を減らすために色々と条件を付けて契約魔術まで結んでいるのに何をしているんですか⁉」

自然に増えるのを待っていたダームエルでも魔力酔いを起こしたと言っていたのに、薬で魔力を増やすとは何事だ。わたしが怒っているのに、フェルディナンドは「危険だと思えば止める。大丈夫だ」とパタパタ手を振って流した。そして、また集中し始める。

皆が魔力圧縮に夢中であまりにも暇なので、わたしは革袋で圧縮してくしゃくしゃになったマントにアイロンをかけ始めた。三枚目をかけ終わる頃に、フェルディナンドが目を開けた。ゆっくりと息を吐いて何とも複雑な顔でわたしを見る。

「……ローゼマイン、君はかなり頑丈《がんじょう》だな。精神的に」

「どういう意味ですか？」

「君ほど圧縮するのは、なかなか骨が折れる」

そう言いながら億劫《おっくう》そうに髪を掻き上げたが、その顔色があまり良くないように見える。むむっと眉を寄せるわたしの前で、フェルディナンドはこめかみをトントンと軽く叩いた。

「これは私個人の考察になるが、どれだけ圧縮できるかは精神力に大きく左右される。これは今まで通りだ。新しい圧縮法を知っても精神力がなければ意味がない。それから、体内の魔力の濃度が一気に変わるため、少しずつ濃度を上げるのが良いと思う。ローゼマイン式でいきなり倍以上の濃度にするとかなり気分が悪いぞ。慣れるまでに非常に時間がかかりそうだ」

真面目な顔でそう言ったフェルディナンドに、思わずわたしは眉を吊り上げた。

「ほとんどわたしが先に言ったことじゃないですか！　人の話を聞いていないのですか⁉　フェルディナンド様、貴方、実は馬鹿ですか⁉」

……誰か、ハリセン、プリーズ！

明確な結果が出るのは先の話になるだろうが、こうして首脳陣による魔力圧縮が始まった。

シャルロッテの洗礼式

わたしはでろんでろんに疲れていた。例年通りの孤児院と自分の部屋の冬支度、冬の手仕事と印刷の手配があるのに、それに加えて、フェルディナンドから冬の社交界での対応を叩き込まれ、ヴィルフリートを除く領主一族の護衛騎士達と騎士団の一部に魔力圧縮の方法を教え、シャルロッテのおねだりに応えるべく、日夜お勉強に励んでいるからだ。魔力を登録するためのメダルの管理と神話を語る部分はフェルディナンドにお願いすることになったが、下町の洗礼式よりもやることがたくさんある。しかも、全ての貴族が集まる冬の社交界の洗礼式だ。失敗してはならないという緊張感が毎日高まっていく。

……でも、わたしがしなきゃいけないことは概《おおむ》ね覚えたよ。わたし、ものすごく頑張った。

もう頭がぐらんぐらんしているけれど、シャルロッテにこの努力を見せるつもりはない。

……だって、さらっとこなしたように見せて「お姉様、すごい！」って言われたいんだもん。


半分死にかけのような有様で秋の終わりを迎え、冬が訪れる。雪がちらつく中、下町の冬の洗礼式が行われた。そこで、この世界には本当に神様がいるのかもしれない、とわたしは真剣に思った。神様はわたしにものすごく頑張ったご褒美をくださったのである。なんと、この寒い季節に扉のところまで家族が来てくれたのだ。心配そうに家族が顔を覗かせる中、もこもこに着込んだカミルがちょこちょこよたよたと危なっかしく走っている。

……ちょ、ちょっと、皆、見て！　ウチの弟、マジ可愛い。誘拐《ゆうかい》を本気で心配するレベルで可愛い。だって、わたし、さらってしまいたい。なに、あのお尻！　神に感謝を！

一目で疲れが吹き飛んだ。しかも、カミルがわたしに向かって手を振ってくれた。トゥーリが言ったからだけど、そんなことは関係ない。わたしにバイバイと手を振ってくれたのだ。

……あぁ、もう！　どうしよう⁉　興奮しすぎて、わたし、礼拝室から部屋まで自力で戻れないかもしれない！

わたしが壇上で興奮と感動に打ち震えているうちに、無情にも灰色神官によって扉は閉められてしまった。でも、目を閉じればカミルの愛らしい姿が焼き付いている。

「ローゼマイン、ぼんやりしていないで、部屋に戻りなさい」

「……あ、神官長。ちょっと興奮しすぎて頭がくらくらしているので休憩させてください」

聖典を置くための祭壇に寄り掛かると、白い石造りの祭壇がひやりと冷たくて気持ち良い。ひんやりした祭壇で頭を冷やしながら目を閉じて、わたしはカミルの可愛い姿を反芻《はんすう》する。

「興奮しすぎて動けない？　君は本当に馬鹿なのか？」

魔力の圧縮をしすぎて二日酔いのような顔をしているフェルディナンドに言われたくないけれど、動けないものは動けない。

「休むならば部屋で薬を飲んで休みなさい。シャルロッテの洗礼式までに回復できぬぞ」

「それは困りますね」

わたしが目を開けると、そこには怖い顔のフェルディナンドがいた。驚きに仰《の》け反《ぞ》ろうとしたわたしを無言で抱き上げて壇を下りると、下で心配そうに待っていたフランに渡す。

「フラン、これを城へ向かうまでに回復させておけ」

「かしこまりました」

真面目な顔で頷いたフランがわたしを抱き上げたまま歩きだした。部屋に戻るとすぐに薬を飲まされ、洗礼式の注意事項を書いた木札と一緒にベッドに放り込まれる。

「読み物もございますので、城に向かうまでは寝台でごゆるりとお過ごしください」

「……はひ」

ひんやりとした笑顔のフランには逆らえない。わたしは寝台で木札を握った。

洗礼式の練習と冬の間の指示を出す以外、何もさせてもらえないまま、城への移動日がやってきた。今年は移動した次の日が洗礼式である。フランによると、城にいるよりも神殿にいる方がゆっくりできるだろうというフェルディナンドの配慮《はいりょ》らしい。おかげで万全の体調でシャルロッテの洗礼式に臨めそうだ。

わたしは朝早くからリヒャルダとオティーリエによって、神殿長の儀式服に着替えさせられた。トゥーリの新作の髪飾りを付けたら部屋を出る。

洗礼式のシャルロッテより早く大広間に入場するので、わたしは去年よりも早い時間に待合室へ連れていかれた。護衛騎士は貴族院のマントとブローチを付けたコルネリウスである。

待合室の窓からは本館の正面玄関が見え、次々と馬車が到着しているのが目に映った。家族連れの貴族が降りてきて、次の馬車からはその側仕えらしい人達が降りてくる。楽師らしく楽器を持った者の姿もあった。

「……すごい人数ですね」

「始まりの日と終わりの日はエーレンフェストの貴族が全て集まりますから混雑も当然です」

同じように窓の外を見ていたコルネリウスが小さく笑った。その間にも空からは騎獣が次々と到着していて、正面玄関はかなり混み合っている。大広間も大人数が集っているだろう。

「もう来ていたのか、ローゼマイン」

儀式用の衣装を着たフェルディナンドが入室してきた。しばらくすると文官の一人がわたし達を呼びに来た。大広間に入場する時間だそうだ。

わたしはフェルディナンドと一緒に入場した。中の配置は去年と同じだ。舞台の中央には祭壇があり、舞台に向かって左側には領主夫妻とその側近達がいる。右側にはフェシュピールを持った楽師達や、洗礼式を受ける子供の家族が魔術具の指輪を持って立っていた。

わたしが三、四歩くらい歩くとフェルディナンドが一歩足を動かす感じで大広間の中央を進んでいく。舞台に上がって、準備されていた椅子に座ると「遅い」と小声で文句を言われたが、今更そんなことを言われても困る。

わたし達の到着と共に、領主であるジルヴェスターが舞台へ上がってきた。

「今年もまた土の女神ゲドゥルリーヒは命の神エーヴィリーベに隠された。皆が共に春の訪れを祈らねばならぬ」

領主による社交界の開催が告げられると、貴族達はシュタープを光らせて上げ、春の女神の少しでも早い回復を祈る。

その後は、秋の狩猟大会で起こった事件のあらましとその処分について述べられた。ヴィルフリートが次期領主の内定から外され、記憶を探られたことが告げられ、同時に、その記憶から探り出した貴族にも処分が与えられた。元々グレーゾーンのことしかしていないので、それほどの罰が与えられるわけではない。ちょっとした左遷《させん》であったり、減俸《げんぽう》や罰金であったりと処分自体は軽微《けいび》なものだったが、この先、重用されることはないことが社交界で大々的に知らされたことになる。それが彼等にとって最大の処罰だ。

細々とした連絡事項が終わると、いよいよ洗礼式とお披露目の始まりだ。領主が舞台から下りていき、神殿長であるわたしは入れ替わるように舞台の中央に準備されている踏み台の上に、裾《すそ》を踏まないように気を付けて上がる。フェルディナンドがわたしの隣に立って口を開いた。

「新たなるエーレンフェストの子を迎えよ」

大広間に響いた声に楽師が一斉に音楽を奏で始め、扉がゆっくりと開かれていく。扉の前に整列させられていた子供達が足を動かし始めた。領主の娘であるシャルロッテは先頭だ。たくさんの人に出迎えられた大広間の中央を、緊張した面持ちで歩いてくるのがよく見えた。

シャルロッテの衣装は洗礼式らしく、白のふわふわもこもことした温かそうな衣装に冬の貴色である赤の飾りや刺繍《ししゅう》が彩りを添えている。毛糸で編まれた赤い襟《えり》が付けられていて、それがくるくるとした銀に近い金髪を引き立てていた。わたしが貸した赤い花の髪飾りが淡い色合いの髪によく映えている。不安そうに揺れていた藍色の瞳がわたしを見て、小さく笑った。

……頑張れ、シャルロッテ。わたしも頑張るからね。

子供達が舞台の前で一度足を止めると、わたしはシャルロッテと目を合わせたまま「舞台に上がってくるように」と手を動かして指示する。子供達は舞台に上がって、横一列に並んだ。

今年洗礼式を迎えた子供は十一人、そのうち五人の洗礼式が始まった。洗礼式の流れは去年とほぼ同じだ。わたしが神殿長として儀式を行う方の立場にいること以外、大きな違いはない。フェルディナンドが良く響く声で神話を語った後、わたしはそれぞれ子供の名前を呼ぶ。下級貴族の子から始めて、最後がシャルロッテだ。

「シャルロッテ」

わたしの声に呼ばれたシャルロッテが嬉しそうな笑顔で近付いてきた。わたしは魔力を通さない薄い革で包むようにして、魔力検査の魔術具を差し出した。

シャルロッテは魔術具の棒を手に取って光らせる。拍手が沸《わ》き起こり、わたしはメダルを取り出して、魔術具を印鑑のように押させると、シャルロッテの魔力をメダルに登録した。

「光、水、火、風、土の五神の御加護《ごかご》がございます。神々の御加護に相応しい行いを心掛けることで、より多くの祝福が受けられるでしょう」

メダルへの魔力登録を終えると、すぐさまフェルディナンドが管理するための箱に入れる。

それと同時に、魔術具の指輪を持ったジルヴェスターが舞台へ上がってきた。シャルロッテの手に魔力を放出するための指輪を贈り、愛《いと》しい娘の成長を前に優しく微笑む。

「我が娘として神と皆に認められたシャルロッテに指輪を贈ろう。おめでとう、シャルロッテ」

「ありがとう存じます、お父様」

嬉しそうにシャルロッテが自分の左手の中指にはまった赤い魔石の指輪を撫でる。ジルヴェスターが顔を上げた。先に進めるように、という視線に頷いて、わたしは祝福を贈る。

「シャルロッテに土の女神ゲドゥルリーヒの祝福を」

わたしの祝福で赤い光がシャルロッテに飛んでいく。実は洗礼式の練習の中で、この祝福の練習が一番苦労した。程良い量の調節がわたしにはひどく難しい。フェルディナンドによると、わたしの祝福は感情によってかなり左右されるそうだ。無意識に行うと、知らない他の貴族とシャルロッテで祝福が大きく変わってしまうらしい。洗礼式で祝福を与える神殿長がそんな贔屓をするわけにもいかないので、祝福の制御をかなり練習させられたのだ。

練習の甲斐あって、他とそれほど変わらぬ祝福を与えることができた。わたしが内心ホッとしていると、祝福を受けたシャルロッテが今度は指輪に魔力を込めていく。

ぽわんとした赤い光が「恐れ入ります」という声と共にわたしのところに飛んできた。その祝福返しで貴族達からは拍手が起こり、シャルロッテの洗礼式は終わりだ。

「では、神に祈りを捧げ、音楽の奉納《ほうのう》をいたしましょう」

全員分の洗礼式が終わった後はお披露目になる。今年一年で洗礼式を迎えた貴族の子が貴族としての仲間入りをしたことを喜び、これから先の神の加護を願って、フェシュピールを弾き、歌い、音楽を奉納するのだ。舞台の中央に椅子が設置され、去年と同じように下級貴族の子から順番に音楽の奉納が始まった。

わたしが子供の名を呼べば、その子が緊張した面持ちで中央の椅子に座る。楽師がフェシュピールを持って上がってきて、小さな励ましの言葉と共に渡していた。

演奏が終わったら「よく頑張りましたね。神々もお喜びでしょう」と声をかけ、次の子供を指名しなければならない。名前と順番を間違えないように冷や冷やしながら進めていく。

「シャルロッテ」

領主の娘であるシャルロッテは最後だ。名を呼ばれたシャルロッテが舞台中央の椅子に座ると、楽師から手渡されたフェシュピールを構えた。

……おぉ、上手、上手。さすがわたしの妹！

練習をさぼっていて付け焼刃《やきば》だったヴィルフリートと違って、シャルロッテは領主の子として真面目に練習してきたようだ。とても上手に弾いている。わたしも姉として負けないように練習しなくてはならないだろう。

「とても上手に弾けましたね。神々もお喜びでしょう」

「恐れ入ります」

シャルロッテが舞台から下りたことでお披露目は終了だ。フェルディナンドが締めの言葉を述べて、わたしはフェルディナンドと一緒に大広間を退出する。


「授与式の間に着替えねばなりませんよ、姫様、フェルディナンド坊ちゃま」

わたし達は神殿長や神官長の職務を終えたら、今度は貴族として社交場に顔を出さなければならない。授与式の間に大急ぎで着替えだ。授与式は領主が貴族院に向かう新入生にマントやブローチを渡す式なので、わたし達には関係がない。授与式の後に貴族院への出発予定などが述べられるので、今わたしに付いている護衛はダームエルとブリギッテだ。

「皆、急いでくださいまし！」

前を早足で進むリヒャルダに叱責《しっせき》され、ダームエルとブリギッテが小走りになる。皆に置いていかれないようにわたしはレッサーバスのスピードを上げた。

部屋に戻ると、オティーリエがすでに着替えを準備していた。リヒャルダと二人がかりで神殿長の衣装が剥ぎ取られていき、冬の貴色である赤を基調とした衣装に着替えさせられる。

「さぁさぁ、姫様。お急ぎになって」

髪の乱れが直され、髪飾りが挿し直されると同時に、リヒャルダに追い立てられるようにして、わたしは部屋を飛び出した。騎獣に乗って昼食の準備がされている食堂へ向かう。

「ご立派に神殿長としてのお役目を務められましたよ。シャルロッテ姫様も大層お喜びでしょう」

そんなリヒャルダの言葉に、へにゃっと頬を緩めながら食堂に入ると、授与式はすでに終わっていたようで、皆がわたしの到着を待っていた。

「お待たせいたしました」

「よろしいのですよ、ローゼマイン。今日の洗礼式ではローゼマインの祝福が欲しい、とシャルロッテが我儘を言ったそうですね。大変だったでしょう?」

わたしが席に着くと、フロレンツィアが優しい笑みと共に労ってくれる。

「いいえ、養母様。可愛い妹の頼みですもの」

ニコリと笑って首を横に振るが、確かに大変だった。半分死にかけたくらい大変だった。それでも頑張ったのは、可愛い妹の尊敬と褒め言葉を勝ち取るためだ。

「お姉様の神殿長姿はご立派で、とても素敵でした。わたくしもお姉様のようになりたいです」

シャルロッテがキラキラと尊敬に輝く藍色の瞳でわたしを見る。

……そう、これが欲しかった。わたしの努力は報われたよ！

昼食を終えると、大広間に戻って社交だ。大人達と挨拶を交わすことになる。去年はわたしがお披露目で大規模な祝福騒動を起こしたため、授与式と昼食の順番が入れ替わったり、貴族達の挨拶を受ける前にささっと退場したりして社交を逃れたが、今年は違う。領主の子として三人一緒に行動して貴族達に挨拶し、ヴィルフリートが起こした騒動でも関係性に溝など生まれなかったことを貴族達にアピールしなければならないのだ。

大広間で談笑する貴族達を見回しながら、わたしはそっと胃を押さえる。別にお昼を食べすぎたわけではない。これからのやりとりを考えると、胃がしくしくするだけだ。

……この中の一体どれだけが敵なんだろう？　お母様のリストに載っていた名前だけで全員というわけではないだろうし、隠れている敵が一番怖いよね。

エルヴィーラから届いたリストの貴族の名前は全員覚えたけれど、顔と一致しない。一応ヴィルフリートとシャルロッテにも旧ヴェローニカ派で、気を付けた方が良い人物リストとして回しておいたが、時間が短かったので覚えられたかどうかわからない。

「ローゼマイン様、ヴィルフリート様、シャルロッテ様。ごきげんよう」

最初はフロレンツィア派の方々と挨拶したり、談笑したりしていたので、それほど胃が痛いことはなかった。これから女性の世界に入っていかなければならないシャルロッテを姉としてちゃんと紹介しなければ、と張り切っていたせいもある。

しかし、フロレンツィア派との挨拶を終え、狩猟大会でヴィルフリートが起こした不祥事《ふしょうじ》について探りを入れてくる貴族との会話になると、どうしても胃が痛くなってしまう。

貴族がにこやかに笑いながらヴィルフリートに近付いて来た。わたしは割って入るようにしてヴィルフリートとシャルロッテを背後に庇い、正式な挨拶を交わす。ブラックリスト入りしていた貴族だと理解しながら、にこやかな笑顔は絶やさない。

貴族から「白い塔へと柔らかな布が流れたのではないか、と案じておりましたが……」と言われれば、フェルディナンドに叩き込まれた通り「風の女神シュツェーリアが獅子《しし》の下から飛び出さぬようお守りくださいました。ねぇ、ヴィルフリート兄様」と笑って答える。「おやおや、そうでしたか」と去っていくが、こんなやりとりがずっと続くのかと思うと、ぞっとする。

「ローゼマイン、さっきの貴族は何を言っていたのだ？」

笑って同意していたヴィルフリートが、わたしにこっそりと小声で問いかけてきた。護衛騎士に周囲を囲まれているのを確認しながら、わたしも小声で答える。

「白い塔のヴェローニカ様とお会いしたことで、旧ヴェローニカ派にヴィルフリート兄様が入ったと思っていたのですが、と言われたのですよ」

「お姉様は何と答えたのですか？」

「アウブ・エーレンフェストから離れるわけがないでしょう、と」

理解不能と言わんばかりにヴィルフリートが首を傾げた。

「……難しいな。何故ローゼマインはそのような言い回しを知っている？」

「今日のためにフェルディナンド様から叩き込まれました」

フェルディナンドに矢面《やおもて》に立て、と言われた。いまいち意味がわかっていないヴィルフリートと洗礼式を終えたばかりで貴族とまだ接したことがないシャルロッテに対応を任せるな、と言われ、今回のことで使われそうな貴族の嫌味や皮肉の表現を叩き込まれたのである。

「私が不甲斐ないためにすまぬ」

「あの、お姉様。わたくしのお願いのせいで本当に大変だったのではございませんか？」

「神殿長としていずれは覚えなければならないことですから、シャルロッテが気にすることではありませんよ」

側仕えや護衛騎士に周りを固められているとはいえ、胃がキリキリする時間を終え、大広間に並ぶ料理の数々に舌鼓《したつづみ》を打っていたが、七の鐘が鳴った。

「この後は大人の時間です。わたくし達はそろそろお暇《いとま》いたしましょう」

「うむ、そうだな。父上、母上。お先に失礼します」

「今日はよくやった。其方等へシュラートラウムの祝福と共に良き眠りが訪れるように」

領主夫妻と就寝の挨拶を交わし、その近くにいた者達にも同じように挨拶をしながら大広間の扉を目指す。わたしはちょうど姿を現したボニファティウスに声をかけた。

「ボニファティウス様、ごきげんよう」

「あぁ、シュラートラウムの祝福と共に良き眠りが訪れるように」

「恐れ入ります」

わたし達三人は見知った者に挨拶をしながら、それぞれ側仕えを一人と護衛騎士を四人連れて大広間を出た。貴族達の視線がなくなっただけで心も体も軽くなったような気がする。

「無事に終わって良かったですね。これでしばらくは大人と会う機会は減りますし……」

「うむ。明日は子供部屋でカルタだな。一年の練習の成果を見せてやろう」

「わたくしも練習しましたし、他の皆も練習していましてよ、お兄様」

子供部屋でどのようなことをするのかをシャルロッテに話しながら本館の表から裏へ回る。北の離れまでもう少しというところで、わずかに窓が動いた気がした。

「あら？」

「どうかなさいましたか、ローゼマイン様？」

「あそこの窓が少し動いた気がしたのです。ダームエル、見てきてもらえるかしら？」

「かしこまりました」

わたしはシャルロッテに「気のせいです、きっと」と言って進み続けたが、ダームエルは確認のためにわたしが指差した窓を確認に向かう。

ダームエルの「鍵が……」という呟きと共に窓が大きく開けられて、全身を黒の布で覆《おお》ったような黒ずくめが十人くらい武器を手に飛び込んできた。

「きゃっ！」

「何奴《なにやつ》っ⁉」

主を守るためにザッと動いた護衛騎士達が一斉にシュタープを変化させて構えながら、飛び込んできた襲撃者達を封じ込めて取り囲むような陣形を取る。襲撃者と護衛騎士が睨み合うことで、わたしとシャルロッテは北の離れ側、ヴィルフリートは本館側に分断された。

「ここは我々にお任せを……半数は主につけ！」

ヴィルフリートの護衛騎士が二人、シャルロッテの護衛騎士が二人、そして、わたしの護衛騎士であるダームエルとブリギッテが武器を手に襲撃者達に切りかかり、混戦が始まった。

「ヴィルフリート兄様！　本館へ戻って助けを呼んでください。ランプレヒト、急いで！」

わたしが叫ぶと、オズヴァルトがヴィルフリートを抱えて、本館に向かって走り始めた。二人を守るためにランプレヒトともう一人の護衛騎士が武器を手に駆けていく。

「お姉様、わたくし達は北の離れに急ぎましょう。あそこは結界がございます！」

慌てて振り返ると、護衛騎士二人を連れたシャルロッテの姿が北の離れに向かって走り出していた。おそらく危険時の対応として「北の離れに逃げ込むように」と教えられているのだと思う。けれど、今は他に襲撃があっても対応できる騎士の数が少ない。手が空いている騎士がいない現状に冷たい汗が伝う。わたしはシートベルトを外し、騎獣から身を乗り出して叫んだ。

「シャルロッテ、待って！　危ないですっ！」

北の離れに繋がる回廊へシャルロッテが差し掛かる寸前、三人の黒ずくめが窓から飛び込んできた。シャルロッテに付いていた二人の護衛騎士が咄嗟に対応する。けれど、黒ずくめの一人が立ち竦むシャルロッテを抱えて、窓から飛び出した。

「シャルロッテ！」

「きゃあああぁぁ！」

その途端、バサリと空を叩く大きな羽の音が響き、冬の暗い夜空に天馬の姿が浮かび上がる。思わず息を呑んだ。まさかここで騎獣が出てくると思わなかった。敵は貴族だ。

シャルロッテを抱えた黒ずくめが操る騎獣は、大きく翼を広げて空を駆け始めた。

囚われた姫君

大きく開かれた窓の向こうの夜空に、羽ばたく天馬とシャルロッテの白い衣装が浮かび上がっている。段々と小さくなっていくその姿にわたしは大きく目を見開いた。一瞬で全身が怒りに染まり、魔力が全身に漲《みなぎ》っていく。体が沸騰《ふっとう》するほど熱いのに、頭の芯が冷え切っているようなこの感覚には覚えがあった。

「わたくしの可愛い妹を……。許しません！」

威圧《いあつ》ができれば簡単だったけれど、敵が遠すぎるし、視線が合わないため効かない。わたしは怒りに身を任せたまま、すぐさまシャルロッテを取り戻すべく、座席に座り直して、ハンドルをきつくつかんだ。そのまま叩きつけるような勢いでハンドルに魔力をどっと流し込む。

……許すまじ！　誰が許してもわたしが許さない！

「待て、主《あるじ》の主！」

「ローゼマイン様、わたくしもお伴いたします！　失礼します！」

魔剣シュティンルークから響いたフェルディナンドの声に思わずビクッとなった次の瞬間、アンゲリカの声と共に天井の上に衝撃があり、一人乗りのレッサーバスがぐらんと揺れた。直後、にゅっと出てきた手が両方の窓の辺りをつかんだことで、アンゲリカがレッサーバスの上に飛び乗ったことがわかった。予想外のアンゲリカの行動にわたしは思わず目を丸くする。

「アンゲリカ、危ないですよ⁉」

「騎獣を出す魔力が惜しいので、このまま行きます！　お早く！」

「早くしろ！　逃げられるぞ！」

アンゲリカに鋭い声で促され、シュティンルークから出てくるフェルディナンドの声に追い立てられたわたしは、反射的にアクセルを最大限まで踏み込んだ。レッサーバスが勢いよく走り出し、窓を目がけて猛ダッシュする。

「無茶をするな、二人とも！」

わたし達を追いかけて駆けてくるコルネリウスの叫びが背後から聞こえたが、もう遅い。怒りに駆られたわたしの魔力を大量に叩きこまれているレッサーバスは、シャルロッテを救うため、小さくなっていく白い騎獣を目がけて夜空へ飛び出した。

冬の澄《す》み切った夜空の中を、レッサーバスは天井にアンゲリカを貼り付けた状態で直走《ひたはし》る。明るく光る月のおかげで、目標である騎獣とシャルロッテが白く浮かび上がっていた。

「シャルロッテを返しなさい！」

「お姉様⁉」

黒ずくめの腕の中、わたしのレッサーバスを視認したシャルロッテがわたしに向かって精一杯に手を伸ばした。シャルロッテの顔が恐怖に強張り、藍色の目は涙に濡れて赤くなっている。

……可愛いシャルロッテを泣かせるなんて絶対に許さない。

伸ばされているあの手を取るのだ。妹は絶対に救い出す。わたしはキッと誘拐犯を睨みながら、どんどんと魔力を流していく。

シャルロッテをさらった黒ずくめの誘拐犯は、助けを求めるシャルロッテを馬鹿にするように目を細めた状態で後ろを振り返り、ぎょっとしたように目を見開いた。

「そ、空を飛べるだと⁉　翼もないグリュンもどきが、何故⁉」

驚愕しているとわかる慌てた声は男のものだった。目の部分しか見えないが、余裕と嘲笑《ちょうしょう》があった誘拐時と違って、今は驚きと焦りが見えている。どうやらこの男は、わたしのレッサーバスが普通の騎獣と同じように空を飛べることを知らなかったらしい。城で移動用に使われているところしか見たことがないか、城の文官から話を聞いただけなのかわからないけれど、北の離れに付いている領主一族の側近達とはあまり繋がりがないようだ。

「絶対に許しませんからねっ！」

仰天《ぎょうてん》した声を上げている男のところへ、わたしは怒りの感情に任せてレッサーバスで突っ込んでいく。少しでも速く逃げようと騎獣のスピードを上げる男を追って、わたしも更にレッサーバスのスピードを上げた。見る見るうちに距離が縮まっていく。

「お姉様、助けてっ！」

振り返ってはわたしの位置を確認する男の目が、焦燥感と狼狽《ろうばい》と恐怖に満ちているのが確認できるようになってきた。何度も何度も振り返っては、追いかけるわたしとわたしに助けを求めるシャルロッテを見比べる。

男は舌打ちして一度シャルロッテを抱き直すと、勢いよく空中へ投げ出した。そのままシャルロッテとは反対方向へ勢いよく逃げていく。

何もない空中へ投げ出された白い衣装がふわりと揺れて、シャルロッテの藍色の瞳が驚きに大きく見開かれた。何度か空中に投げ出されたことがあるわたしは、あの浮遊《ふゆう》感と頼りなさと恐怖を知っている。わたしは即座に投げ出されたシャルロッテへとハンドルを切った。

「シャルロッテ！」

救出が最優先だ。黒ずくめには逃げられるかもしれないが、それはどうでも良い。捕まえるのは騎士の仕事だ。シャルロッテに向かって全力で駆けだした途端、魔剣シュティンルークの指摘が上から響いてきた。

「ならぬ、主の主！　このままでは姫にぶつかるぞ！」

「へわっ⁉」

シャルロッテをはねてしまう、と指摘されて、わたしは慌てて急ブレーキをかけた。ダン！　と力一杯にブレーキを踏めば、レッサーパスは毛を逆立てるようにして足を止める。ガクンという衝撃と共にレッサーパスが前のめりになった。次の瞬間、レッサーパスの天井にいたアンゲリカが、ぴゅーん、と勢いよく吹っ飛んでいく。

「わぁっ!?　アンゲリカ!?」

「身体強化中につき、心配無用です！」

アンゲリカは空中でくるりと体勢を変えながら、勢いよくシャルロッテへと突っ込んでいき、空中でシャルロッテを抱き留める。シャルロッテの手がアンゲリカの背中に回され、必死につかまったのがわかった。アンゲリカの声が心なしか誇らしげに夜空に響く。

「姫を救出！」

騎獣でシャルロッテをはねずに済んだ安堵、無事にシャルロッテを助け出せた喜び、アンゲリカの見事な動きに対する感動など、色々なものが混ざってわたしの胸から湧《わ》き出してきた。

「アンゲリカ！　素晴らしいです！」

わたしが両手を上げて称賛する前で、アンゲリカはシャルロッテを抱きしめたまま、放物線を描きながら二人で共に落ちていく。

「このままでは姫と共に落ちる。どうする、主？」

「困る！」

シュティンルークの声とアンゲリカの声が響いた。先程の喜びと感動はどこへやら。わたしは一瞬で真っ青になった。

「無策ですか、アンゲリカ!?」

落下中のアンゲリカから「はい！」というはきはきとした返事が来た。アンゲリカはシャルロッテの身柄を助け出すということしか考えていなかったらしい。

「え？　ちょっ……誰かっ！」

わたしが窓から身を乗り出すようにして落下先を確認し、アンゲリカとシャルロッテが落ちていく方へ騎獣を動かそうとした時、わたしの下方を勢いよく狼《おおかみ》っぽい騎獣がとてつもない速さで駆け抜けていくのが見えた。

「間に合わせます！」

騎獣を出してわたし達を追いかけてきていたらしいコルネリウスが、そんな声を残して、落ちていくアンゲリカとシャルロッテに向かって突っ込んでいく。

「コルネリウス兄様！　頑張って！」

わたしが手に汗を握りながら見つめる先で、全速力を出したコルネリウスの騎獣は、すぐに落ちていく二人に追いついた。落下する二人に並走するように近付き、アンゲリカのマントをつかんで引っ張る。そのまま二人を自分の後ろに座らせるように誘導して確保した。

「きゃー！　コルネリウス兄様、カッコいい！」

急激な方向転換をすると体に負担がかかるためだろう、コルネリウスは二人を捕まえた後も下に向かって駆けながら、次第に横方向へと方向を変えていく。大きな曲線を描きながら少し上に向かって駆けだし、こちらへと向かってくる。騎獣の安定感のある動きと三人が騎獣にいる様子を確認して、わたしはやっと皆の無事に確信が持てた。

「すごい、すごい！　やったー！」

手を叩いて大喜びしていると、くんっとレッサーバスが勝手に動いた。ハンドルも握っていないし、アクセルも踏んでいない状態なのに、突然レッサーバスが傾いて体が斜めになる。

「へ？」

レッサーバスがまるで何かに引っ張られ始めた。何が起こったのかわからないまま、わたしはドスンと尻餅《しりもち》をつくような形で座席に座った。目を白黒させながらも、何とかレッサーバスの体勢を整えようとハンドルをつかんでアクセルを踏み込む。

「あれ？　あれれ？　何これ⁉」

アクセルを踏み込めば、最初はレッサーバスの足がわちゃわちゃと動いていたけれど、まるで何かが絡まったようにすぐに足が動かなくなった。その場で静止していることもできず、斜め下へと引きずられていく。

「わわわっ⁉　落ちる！　ひゃあああぁぁぁぁっ！」

「ローゼマイン！」

こちらへ向かっていたコルネリウスが落下していくレッサーバスに目を見開いて叫んだ。コルネリウスの騎獣に同乗していたシャルロッテやアンゲリカの悲鳴のような声も聞こえる中、城の周囲にある森へ向かってレッサーバスが落ちていく。

悲鳴を上げながらハンドルをつかんでいたわたしは、森に突っ込む寸前、月の光でレッサーバスが細い光の網に絡めとられているのを見つけた。レッサーバスの故障や不調ではなく、悪意の網に囚われていることを知った途端、ザッと全身に鳥肌が立つ。狼狽《うろた》えながらババッと周囲を見回すと、魔力でできた網を木々の陰で引いている存在があることに気付いた。誘拐犯達の仲間だ。黒ずくめで姿は見えないけれど、かすかな光の網をつかむ黒い手だけが見えている。

逃げなきゃ、と思った時には今まで以上に強い力でグンと引かれて、わたしはレッサーバスごと地面に落ちていた。ガンガンと周囲の木々にぶつかりながら落下していき、ドン！　という大きな音と共に地面に叩きつけられる。

「いたぁ……」

衝撃は予想以上に小さかったけれど、車内で体が浮いてあちらこちらを打った。やっぱりシートベルトは必須だ。エアバッグの導入も検討した方がいいかもしれない。痛みから目を逸らすためにそんなことを考えながら、わたしは横転した一人用のレッサーバスの中で「よっこらしょっ」と掛け声を付けて起き上がった。自動的に窓から上半身が出る。

「ひゃっ⁉」

立ち上がった瞬間、光の帯がわたしにぐるぐると巻きついてきた。光の帯が飛び出してきた先には、目の部分だけが出ている黒ずくめがシュタープを握っている。フェルディナンドのシュタープから出た光の帯で前神殿長がぐるぐる巻きにされた場面とシュネティルムとの戦いの時に一本釣りされた思い出が頭を過《よぎ》った。次の瞬間、わたしは黒ずくめに一本釣りされてしまった。ぐんと強く引かれて、黒ずくめに向かって勢いよく、空中を飛んでいく。他人の魔力でできた光の帯で巻かれたせいか、わたしの集中力が切れて魔力供給が途切れたのか、レッサーバスが魔石へ戻るのが視界の隅に映った。

「あぅっ！」

わたしを一本釣りした黒ずくめは、フェルディナンドと違って受け止めてくれるはずもなく、わたしの体は地面に叩きつけられた。そのままザザッと滑る。

「やっと捕まえたぞ。青色巫女見習いが領主の養女になるとは、本当に手こずらせてくれたな。だが、其方がいれば、あの方もきっとお喜びになる」

シュタープを握った黒ずくめが地面に転がるわたしを見て、酷薄《こくはく》な灰色の目をうっそりと細めた。目の部分しか見えないけれど、それでもわかる。この男はわたしをモノのようにしか見ていないし、わたしの意思など全く認めていない。完全に平民を見る貴族の目だった。

見慣れていたけれど、ここ一年ほどは全く見なかった視線だ。わたしは今までに経験してきた貴族関係の数々の危険な場面を思い出す。前神殿長、シキコーザ、ビンデバルト伯爵……こういう視線には碌《ろく》な思い出がない。ぞっとして身震いしながらわたしは指輪に魔力を込めた。

「風の女神シュツェーリアよ　側に仕え……けふっ⁉」

詠唱を唱え始めた途端にぐっとお腹を踏みつけられ、詠唱を中断させられる。わたしはお腹の痛みと重みに何とか身を捩《よじ》って逃れようとするが、男はさらに体重をかけてくる。

「あぁ、そういえば、エーレンフェストの聖女は祝福が使えるのでしたか？」

嘲笑うようにそう言いながら、男は懐へ手を入れて薬入れを取り出した。カチンと音を立てて薬入れの蓋が開く。どこからどう見ても有害な薬が入っているとしか思えない。

「祝福よりもこれを飲め」

わたしは必死にもがいてみるが、大人の男に押さえつけられた状態では芋虫《いもむし》ほども動けない。ガッとわたしの顎をつかんだ男がわたしの口に薬を流し込んだ。苦い液体がわたしの口の中に広がっていこうとする。舌で流れ込むのを防ぎ、何とか飲み込まずに薬を吐き出そうと奮闘するが、わたしの小さな抵抗に気付いた男に鼻をきつく摘《つ》ままれた。

息苦しくなって体が酸素を求めた瞬間、喉の奥に薬は流れ込んでいった。酸素を求めたにもかかわらず、流れ込んできたのが薬だったせいか、気管に液体が入った。

「げほっ！　ごほっ！……」

男は短く「黙れ」と言いながら、激しくむせるわたしの口を押さえて周囲の様子を探るように視線を巡らせた。押さえこまれている間に、液体が流れたところからだんだんと感覚がなくなっていく。まるで歯医者で麻酔《ますい》をかけられた時のように唇や舌が動かなくなり、感覚がぼんやりしていくのがわかる。わたしは恐怖に駆られながら、足や手の動かせる部分を必死に動かした。

「ローゼマイン！　ローゼマイン！」

わたしを探して森へと駆け下りてきたらしいコルネリウスの声が少し遠くで響く。「コルネリウス兄様、助けて」と叫ぼうとしたけれど、わたしはいつの間にか口を動かすことも声を出すこともできなくなっていた。先程の薬のせいだろう。口が自由に動かなくなって、ひゅーひゅーという呼吸音以外の声が出せない。助けを呼ぶことも、祈りを捧げて風の盾を使うこともできなくなった恐怖に血の気が引いていく。先程までは自由に動いていた手足さえどんどん重くなっていって、自分の意思に反するように動かなくなってきた。

「薬が効いてきたな」

ニヤリと目を細めた男に光の帯が解かれても、もうわたしの体は全身が痺《しび》れていて動かない。この近距離に男の顔があるのだから、せめて、威圧だけでも発動できればよかったが、怒りよりも恐怖が先に立っているせいか、うまく体の中の魔力が動かない。

……怖い。

黒ずくめの男は少し離れたところで馬と共に待っていた二人に「その馬で馬車に運んでおけ」と命じると、闇にまぎれるように木々の間へ姿を消した。

命じられた二人はどこかの下働きのような格好の男達だ。黒ずくめではない男達の登場にわたしは二人の特徴を少しでも覚えようと必死に視線を動かす。けれど、二人の男によってわたしは荷物のように全身を布で包まれていき、わたしの視界は生成《きな》りの布だけになった。

……怖い。

グイッと持ち上げられた浮遊感の直後、どこかに固定されるような感触がした。多分馬に乗せられたのだろう。次の瞬間、馬が嘶《いなな》きと共に走り出した。ガクンガクンと全身が揺れ、お腹の辺りに衝撃がドコンドコンとやってくる。けれど、先程の薬で感覚が鈍くなっているのか、わたしのお腹に伝わってくるのは痛みではなく、妙な違和感だけだ。自分の感覚がおかしいことに恐怖だけはやおら増していく。

……怖い。

「ローゼマイン！」

馬の嘶きや足音に気付いたのか、コルネリウスの声がこちらへ向いたのがわかった。けれど、この木々の多い場所では羽を大きく広げる騎獣は使いにくいだろう。焦りを含んだコルネリウスの声が段々遠くなる。

……助けて！　護衛騎士の皆、神官長、お父様、養父様、父さん、ルッツ……。

次々と顔が浮かんでは消えていく。わたしは声にならない声で必死に助けを呼んだ。

……誰か助けて！

救出

馬が走って移動していた。ガックガックと揺れるたびに、わたしのお腹に鈍い衝撃がくる。わたしは布に包まれたままなので、周囲の様子が全く見えない。ただ揺られて、どこかに運ばれていくのがわかるだけだ。

……あれ？　瞼《まぶた》が動かなくなってる？

目が開いたり閉じたりするのが揺れの衝撃によるもので、自力では瞬きさえできなくなってきたことに気付いた。自分で動かせる部分がもう残っていないことに首筋がひやりとする。全ての感覚がなくなり、このまま死ぬのではないだろうか、という考えがふっと浮かんだ。今の状況ではその可能性が高い気がして、わたしはその恐ろしい考えを必死で振り払う。

……いやいや、あの黒ずくめは「馬車に運べ」とか「あの方が喜ぶ」とか言っていたから、わたしが死ぬような薬を飲ませたわけじゃないよね？

敵の言葉に縋るのも変だが、こうしてゆっくりと死に近付いているような感覚の中では、溺れる者が藁をもつかむように敵の言葉さえ拠《よ》り所にしたくなる。わたしが抵抗できないようにしただけで殺すつもりはないはずだ。わたしを物扱いするような冷たい目だったが、殺意を持っている目ではなかった。殺すつもりならば、あの場で殺すのが一番確実だった。大丈夫、大丈夫、と自分に言い聞かせて、ほんの少しの安寧を得ていたところに、もう一つ、嫌な予感が浮かんでくる。

……他の人にはセーフだけど、わたしには致死量ってことはないよね？

わたしは「ありそう」という答えが浮かんできた最悪の予想を必死に振り払う。まだお城の敷地内だ。ヴィルフリート達が襲撃を報告していれば、そろそろ救援が来るに決まっている。

……襲撃があった北の離れの方へ行って、シャルロッテの誘拐騒ぎについて話を聞いて、それから、こっち……。

わたしは救援の動きを予測して冷や汗が吹き出すのを感じた。果たして、救援がわたしのところまでくるだろうか。森のように木々が生い茂った中を走る馬に気付いてくれるだろうか。息が止まるくらい薬が回るまでに間に合うだろうか。

……神官長なら間に合うかも。

たとえ毒薬を飲まされていても、薬に詳しいマッドサイエンティストなフェルディナンドならば何とかしてくれるはずだ。わたしはフェルディナンドの万能さを信じている。

……神官長、助けて！

突然爆音が響いた。

今まで規則正しい足音を立てて走っていた馬が近くで起こった爆音に驚き、悲鳴のような嘶きを上げながら、勢いよく後ろ足で立ち上がる。荷物のように縛りつけられていたわたしは少し体が跳ねて傾いただけだったが、騎乗していた男は、爆音にも突然棹立《さおだ》ちになった馬にも驚いたようで、

「うわあぁっ！」と悲鳴を上げた。

その声で更に恐怖に駆られたのだろうか、馬が暴れてめちゃくちゃに走り出した。隣を走っていたもう一頭の馬も暴走したようで、駆けていく足音が別方向へ離れていく。

「落ち着けっ！　止まれっ！」

爆発音により驚いた馬が暴れて走るせいで揺れがひどくなり、馬が御せなくなった男の上ずった声が聞こえるけれど、わたしの目に映る景色は生成りの布のままで変わりはない。ただ、それまでは馬の足音しかしないくらい静かだった夜の森が、にわかに騒がしくなった。周囲の鳥や獣が驚きの鳴き声を上げて逃げ惑う音が聞こえてくる。

「私の唯一の孫娘をさらった愚か者は、お前かあぁぁぁっ！」

布にぐるぐる巻きにされているにもかかわらず、体中が震えるほどの大音声《だいおんじょう》が響いてきた。耳に飛び込んでくる空気がビリビリ震えているようで、全ての感覚がおかしいはずのわたしの心臓が縮み上がる。同時に、その大音声と内容で、わたしは救援に来てくれた人の正体を知った。

……お、おじい様⁉

深い怒りを感じさせる、先程の爆発音よりも大きなボニファティウスの怒鳴り声に、馬が再び棹立ちになって、そのまま動かなくなった。

……え？　馬が立ったまま止まった？

その後、馬がゆっくりと倒れていく。横転という倒れ方を感じて、わたしは真っ青になった。倒れ方によっては縛り付けられているわたしが馬の下敷きになってしまう。

……え？　ちょっ……待って！

ひぃぃぃぃっ！　と悲鳴にならない悲鳴を上げていると、わたしを馬に縛り付けてあった縛《いまし》めがブツッと切られて、素早く誰かに持ち上げられる感触がした。

「ローゼマイン、入っているか？」

わたしが包まれている布を持ち上げて無造作に振りながら、安否確認の声をかけてくれるのは間違いなくボニファティウスだ。だが、全身が動かなくなっているわたしには返事もできないし、文句を言うこともできない。

……おじい様、上下逆！　感覚はないけど、頭に血が上っちゃう！　やめて！　振らないで！

「振っても返事がない！　まさか、死んでいるのではないか⁉　ローゼマイン、今すぐ出してやるからな！」

そんな声がしたかと思うと、上下逆に振られていた体の位置が横向きになった。だが、ホッとしたのも束《つか》の間のことだった。ボニファティウスが布の端を持って、「ふん！」と気合いの入った声を上げる。バサッと振って布を剥がそうとする動きを感じて、わたしは心の中で必死にストップをかけた。おじい様の全力で布をブンと振られれば、わたしなど飛んで行ってしまうに違いない。

……待って、待って、止めて！　誰か、おじい様を止めて！　わたし、死んじゃう！

声にならないストップが届くはずもなく、わたしを手っ取り早く布から出すことを考えたボニファティウスがグッと布をつかんでバッと振った。

直後、布の動きに合わせてぐるぐるぐるん！　と高速で体が回って布から飛び出し、予想していた通り、勢いよく空中に投げ出された。高速で横回転しながら、わたしは飛んでいく。

……ひゃあああああぁぁぁぁ！

「うわあぁぁっ！　ローゼマインが飛んでいったぁ⁉」

慌てふためくボニファティウスの叫ぶ声が聞こえ、別の誰かがガシッとわたしを捕まえてくれた。

「ボニファティウス様！　ローゼマインが死にかねないので近付くな、とカルステッドに言われていたのではありませんか？……まったく。心配なのはわかりますが、あれでは元気な者でも死にかねません。大丈夫か、ローゼマイン？」

……神官長はわたしの命の恩人です。

フェルディナンドは軽くわたしの頬を叩いて意識の有無を確認しているが、ボニファティウスの後では、その扱いでもこの上なく優しくて丁寧に思える。ボニファティウスを遠ざけていたというカルステッドにも感謝したい気持ちでいっぱいだ。

「……フェルディナンド、死んでおらぬよな？」

怒鳴られて、少ししょぼんとしたようなボニファティウスの声が聞こえた。

「全く反応がないので、無事とは言い切れませんが、脈はあります」

フェルディナンドはてきぱきとわたしの容体を調べていく。体温や脈を測った後、フェルディナンドがかなり顔を近付けてきたようで、口元に吐息を感じた。

「薬の臭いがする。……まずい」

その呟きで、周囲に緊張が走ったのがわかった。ガサガサと音がして、紙片のような物がわたしの口に突っ込まれる。その後、フェルディナンドが「よりにもよって、あれを使ったか」と怒りをにじませた低い声で呟いた。

「どうした、フェルディナンド？」

「至急解毒《げどく》しなければ、このままではローゼマインが死ぬ」

「なっ⁉」

ボニファティウスとわたしの心の叫びがぴったり合った。もしかしたらこのままでは死ぬのではないかと思っていたが、フェルディナンドに断言されると、確実な未来としか思えない。

カチャカチャと金属音が響いた直後、薬の臭いが鼻に飛び込んでくる。フェルディナンドが腰に下げてある薬入れの一つを取り出したのかなと見当をつけていると、いきなりガッと口をこじ開けられて、薬を染み込ませた布を突っ込まれた。正確には人差し指に薬を染み込ませた布を巻いて、わたしの口の中に突っ込んだようだ。まるで歯磨きでもさせるように、口の中に薬を塗りたくる。

……あがががが！

わたしの口に布を突っ込んだまま、フェルディナンドは自分の指だけを抜いた。

「これは薬の効果を弱めて抑えるための薬で、ただの時間稼ぎです。工房に行かねば解毒薬はありません。今すぐに神殿へ戻って工房で治療と療養を行います」

「なっ⁉　神殿だと⁉　そのようなところでローゼマインの治療など……」

貴族にとって神殿は好んで足を向けるようなところではない。だからこそ、ボニファティウスも神殿での治療に難色を示すのだろう。しかし、わたしにとっては、城よりも気を許せる側仕え達がいて、フェルディナンドの工房も、作ったユレーヴェもある安心できる場所だ。

「ローゼマインの虚弱さと投薬できる適量を一番知っているのは私です。何より余計な貴族が寄ってこないという点だけでも城より優れています。こうしている時間が惜しいので失礼します」

フェルディナンドはそう言いながら、再びわたしの体を布で包んだ。顔に空気が当たっているので、物のように包まれたわけではないらしい。そして、わたしの体を抱き上げる。フェルディナンドが頭の位置を整えてくれたことで少し呼吸が楽になってホッとした。

「フェルディナンド、待て！　ローゼマインは我が家で面倒を見る」

「今ローゼマインを救えるのは私だけだ！　邪魔をするな！」

丁寧な態度をかなぐり捨てて、フェルディナンドがボニファティウスに怒鳴った。そこに含まれる怒りにわたしは肝《きも》を冷やす。ここで二人の言い争いが始まってしまったら、わたしは確実に死ぬだろう。わたしを抱き上げているフェルディナンドの腕に力が籠った。

「おじい様、ローゼマインはフェルディナンド様に任せてくださいい。フェルディナンド様、これを！　ローゼマインの魔石です」

コルネリウスの声だ。どうやら騎獣用の魔石をコルネリウスが拾ってくれたらしい。腰の金具に片付けてくれるのがわかる。お礼を言おうとしたけれど、やはり口は動かない。

「ローゼマイン、守れなくてすまない」

コルネリウスがわたしの頬を撫でた。シャルロッテとアンゲリカを助けてくれただけで十分だが、その声は暗い。「気にしないでください」と言いたくても声が出ないことがもどかしい。

「コルネリウス、すまないと思うのならば、ローゼマインを害した者を捕まえろ。相手は貴族だったはずだ。そこでボニファティウス様に潰されたのはただの下働きで貴族ではない」

フェルディナンドの声がひやりとしていてものすごく怒っていることがひしひしと伝わってくる。わたしはビクリとしたが、やるべき事を示されたコルネリウスがハッと息を呑んだ。

「……おじい様、私が耳にした馬の足音は二頭分でした。もう一人、森のどこかにいます」

「ボニファティウス様、ローゼマインをこのような目に遭わせた犯人を情報が取れる状態で捕えてください。くれぐれもそこの男のように頭を潰してしまわぬようにお願いします。記憶を探ることさえできなくなりますから」

フェルディナンドの言葉に、わたしは今自分が目を開けられる状態でなくて良かった、と心から思った。ボニファティウスによって頭を潰された男なんて見たくない。

「わかった。フェルディナンド、私の孫娘を頼む。行くぞ、コルネリウス！」

「はい、おじい様」

ボニファティウスは即座に「犯人を捕えてくる」と駆け出して行く。「祖父の暴走は孫が止めろ」とフェルディナンドに言われたコルネリウスも急いで後を追っていく。

「君は私が絶対に助ける。だから、最後まで薬に抗《あらが》え」

抱き直されたかな、と感じた直後、羽がバサリと動いた音がした。フェルディナンドの騎獣が動き出した音だ。口に突っ込まれたままの布の動きから、恐ろしいほどのスピードで神殿に向かって駆けているのがわかる。おそらく他の誰も付いていくことができないようなスピードで、フェルディナンドは神殿へ戻った。


カツンと足音が響いた。フェルディナンドが大股の早足で歩き始め、ふわりと全体的に漂っている香の匂いに、わたしは神殿へ戻ってきたことを実感する。すでに七の鐘が鳴り終わっている時間だ。神殿の中には人の気配がほとんどなく、しーんと静まりかえっている。その中をフェルディナンドの足音だけがカツカツと響いていた。

「通せ」

フェルディナンドの声に誰かがヒッと息を呑む声がした。慌てたように扉が開いていく音がする。

「フラン」とフェルディナンドが呼びかけたことで神殿長室に着いたことがわかった。

「神官長、一体どうされ……ローゼマイン様⁉」

フランが不寝番《ふしんばん》として部屋にいたようで、驚いたような声が上がった。フェルディナンドはフランにわたしの身柄を預けながら襲撃について簡単に説明する。

「毒を受けたため、今から解毒を行う。工房から薬を取ってくるので服を白の物に着替えさせておけ。口に入れてあるハンカチは取らぬように。毒の進行を抑える薬を含ませている」

「かしこまりました」

フランはわたしを抱き上げたまま、片手で側仕えを呼ぶためのベルを鳴らした。すぐにバタバタと複数の足音がして側仕えが集まってくる。

「ニコラ、モニカ。すぐにローゼマイン様を白の服に着替えさせてください。ザーム、フリッツ、ギル。部屋の明かりや温度を整えてください」

「はい！」

全身に全く力の入らないわたしを着替えさせるのは、ニコラとモニカだけでは不可能で、フランがわたしを支えたまま、背中のボタンが外されていき、髪飾りが外されていく。

「ローゼマイン様、しっかりしてください」

「フラン、ローゼマイン様は大丈夫ですか？」

わたしが全く反応を示さないことが不安なようで、ニコラとモニカがフランに問いかける。

「神官長がいらっしゃいます」

そう答えるフランの声も硬く、わたしを支える手が微《かす》かに震えているのがわかった。

「入るぞ」

そう宣言して、側仕えが返事を返すよりも早くフェルディナンドが入ってくる。コンコンとテーブルに何やら物を置いていく音がした。意識がないとはいえ、部屋の主が着替え中であるのに、フェルディナンドが全く頓着《とんちゃく》していない。その性急さが命の危険性を示しているようで、恐怖に鼓動が速くなった気がした。

「あぁ、もうその肌着のままで良い。寒くないように布で包んでおけ。時間が惜しい。どうせ解毒を終えたらユレーヴェを使うからな」

フェルディナンドの言葉通り、寒くないように布で包まれたかと思うと、「こちらに貸せ、フラン」という声が聞こえてきた。

椅子に座るフェルディナンドに渡されたようで、口のハンカチを引っ張り出され、代わりに細長い棒を突っ込まれた。スポイトのようなものだろうか。少しずつ薬が口の中に入ってくる。でも、何の味もしない。

……薬に味がないのか、わたしに味覚がないのか、どっちだろう？

薬を流し込み終わったフェルディナンドがわたしの脈を取って、ふぅと軽く息を吐いた。

「おそらく間に合ったと思う。……フラン、薬が効いてくるまで、この体勢を崩さないように抱いて支えていろ。舌の位置によっては呼吸ができなくなるので注意するように」

「わかりました」

再びフランがわたしの体を受け取り、頭の位置や体の位置に気を付けながら支えてくれる。

「私はユレーヴェの支度をしてくる」

そんな声と共にフェルディナンドの足音が遠ざかっていくのがわかる。でろん、とわたしがフランにもたれかかっていると、何人もの気配が近付いてきた。

「フラン、ローゼマイン様は大丈夫ですか？」

「大丈夫に決まっています。神官長は間に合った、とおっしゃいました」

フェルディナンドを信頼しているフランの声は幾分柔らかい。そして、フランが確信を持っているように請け負ったことで、周囲の雰囲気からも悲愴《ひそう》さが少し薄れていく。

「本を読んであげます。だから、元気になってください、ローゼマイン様」

そう言ってギルが絵本の音読を始めた。心が温かくなって和《なご》んでいるうちにフェルディナンドの薬が効いてきたようだ。わたしの唇が少しだけ動いたらしい。

「あ！　ローゼマイン様が笑ってますよ、ギル。聞こえていらっしゃるみたい」

ニコラの嬉しそうな声に、ギルの音読が少し大きくなった。安心したような吐息が聞こえた後、ニコラとモニカが髪飾りや衣装の片付けを始める音がする。

一冊の絵本をギルが読み終わる頃には口元が少し動き、瞼に少し力が入るようになってきた。何度か力を入れて、やっと目が開けられる。

「ローゼマイン様！」

よかった、とわたしを取り囲んで喜ぶ側仕え達の顔が見えた。唇がなかなか動かなかったけれど、わたしは何とか声を出そうとしてみる。

「……しんぱい、かけ……」

「無理をせずに薬が効くまでおとなしくしていてください」

寄って集《たか》って心配してくれる側仕え達の存在が嬉しい。殺伐としていた環境が遠ざかったことを実感してホッとするうちに、少しずつ動く箇所が増えてくる。

「……少し、声が出るようになってきました」

「まだ体は動かないようですから、もうしばらくこのままでいてください」

わたしはフランにもたれかかったまま、「はい」と返事をする。下手に頷いたら、頭がガクンと落ちて自力で顔が上げられない危険性があるのだ。

「ねぇ、フラン。わたくし、これからユレーヴェを使うのでしょう？」

「神官長がそうおっしゃいましたから、そうなるでしょう」

ユレーヴェを使うと、しばらく意識を失うことになる、とフェルディナンドに聞かされている。ならば、ユレーヴェを使う前に指示だけは出しておいた方が良いだろう。

「では、準備している手紙を下町の皆に届けてください。それから、城に置いてきたわたしの専属達も神殿に戻してもらえるように神官長に頼んでください。……神殿に関しては、わたくしが城へ向かった時の長期不在と同じです。わたくしの側仕えは優秀ですから、ユレーヴェを使っている間も滞りないと思いますけれど、よろしくお願いしますね」

「お任せくださいませ」

いくつかの注意事項と共に後のことを頼むと、わたしは隠し部屋へ向かうことにする。

「フラン、隠し部屋へ参ります。悪いけれど、運んでもらって良いかしら？　わたくしと一緒ならば、入れるはずです」

フランに抱き上げてもらって、わたしはまだ自分の自由にはならない震える手を伸ばし、隠し部屋の扉の魔石に触れる。少しずつ魔力が流れていくのがわかるけれど、いつもの状態ではない。解毒薬で体は少しずつ動くようになってきているのに、体内の魔力があまり動かないのだ。勝手な自己判断かもしれないが、良い状態だとは思えない。

「神官長、ローゼマイン様がお目覚めになりました」

何とか隠し扉を開くと、フェルディナンドは白い水差しでお風呂だか棺桶だかわからないような白い箱の中をユレーヴェで満たしていた。

「神官長、体が動くのに魔力があまり動きません。固まってきているみたいです」

「すぐにユレーヴェを飲みなさい」

顔色を変えたフェルディナンドが杯にユレーヴェを注ぎ、フランに渡した。わたしはまだ完全に自由にならない手でそっと杯に手を添えながら、フランに支えてもらってユレーヴェを飲んでいく。少し甘いと感じることで味覚が戻ってきていることがわかった。

わたしがユレーヴェを飲んでいる間にも、フェルディナンドはずっと白い水差しからユレーヴェを注ぎ続けている。それほど大きくはない水差しからずっとユレーヴェが出てきていて、代わりに鍋には触れてもないのに鍋の中身が減っているように感じた。

「まるで繋がっているみたいですね」

「まるで、ではなく、繋がっている。……これくらいか」

そう言ったフェルディナンドが水差しをコトリと置いた。そして、わたしを抱き上げてユレーヴェで満たされた白い箱の中へ座らせる。白い箱の中には魔法陣が敷かれていて、わたしが座った瞬間、わたしの体には魔力の線が赤く浮かび上がった。

「魔法陣には問題なさそうだな。……ただ、君の魔力は……」

低く呟きながら、フェルディナンドはわたしの腕や首筋の流れを注視する。いくつか検査しているうちにどんどんと瞼が重くなってくる。

「……何だか眠いです、神官長」

「あぁ、薬が効いてきたのだろう。このままここで眠ると良い。おやすみ、ローゼマイン」

「おやすみなさい、神官長。後のことはお願いします」

「あぁ、君の眠りを妨《さまた》げる者は、私が排除する。安心して眠りなさい」

フェルディナンドの大きな手がわたしの目元を覆う。視界が暗くなると、意識がすぅっと落ちていった。ゆっくりと自分の体がユレーヴェに浸けられていく。ゆらゆらと揺れる液体に全身が浸かる感覚は何故かひどく懐かしくて、ひどく安心できるものだった。

そして、その後

ふわりふわりとした柔らかな桃色の世界にわたしはいた。足元がふよんとする柔らかい世界なのに、どこかに行こうとすると何故か硬い山がたくさんあって、通りたいのに通れない道ばかりだ。

……どうするよ、これ？

むーん、と考え込んでいると、パッと手に白いじょうろが出てきた。じょうろを傾けると、ちょろちょろと液体が出てくる。よくよく見てみると、じょうろの液体で硬い山が少し崩れている。わたしはちょろちょろと水をかけて氷砂糖を少しずつ溶かしていくように、じょうろを片手にせっせと硬い山を溶かし始めた。本当に硬いところはカチンカチンで全く溶けないけれど、気長に水をかけていると、だんだん溶けてくる。ついでに、足でゲシゲシと蹴ってみると割れて砕けた。

……ん。通れるようになったね。

ちょっと溶けてない部分はあるけれど、通れるから、まぁ、いいか、と考えて、わたしは次の山に取り掛かる。そんな感じで、わたしは硬い山を次々と崩していった。

時々、じょうろの液体が出なくなることもあるけれど、すぐに補充される。わたしは山を崩すことだけを考えて、ひたすらじょうろから液体を流し続けた。

……じょうろ一つで、わたし、マジ頑張った。誰か褒めて。

ものすごく頑張った達成感を胸に、わたしはゆっくりと瞼を上げる。揺らぐ視界の中に人影が見えた。すると、その後、大きな手のひらがザボッと勢いよく入ってくる。わたしの頭はその手に持ち上げられ、半ば無理やり上半身を起こされた。

「うぇほっ！　げほ、げほ、ごほっ！」

座った状態まで体を起こされた途端、鼻からも口からも空気が入ってきた。予想外の事態にわたしは驚きに目を白黒させながら咳《せ》きこむ。

……空気に溺れる！

わたしが口をはくはくさせていると、背中を一度バンと強く叩かれた。「げふっ！」と胸の奥に詰まっていたような液体が口から飛び出し、呼吸は楽になったけれど、背中がジンジンしている。わたしは涙目で背中を叩いた人物を睨み上げた。

「……痛いです、神官長」

一番に視界に映った人影は、フェルディナンドだったようだ。神殿長室の隠し部屋の中で、わたしはユレーヴェで満たされた白い箱の中に座り込んでいる。目の前には眉間に皺を刻んだフェルディナンド。寝る前とほとんど変わらない光景だった。

「やっと目覚めたか。いくら何でも眠りすぎだ」

そう言ったフェルディナンドが額に触れたり、首筋の脈を測ったり、いくつかのチェックをした後、「特に問題はなさそうだな」とゆっくりと息を吐いた。わたしは何度か目を瞬きながら、にぎにぎと指を動かしてみる。上手く力が入らない。

「わたくし、本当に健康になったんでしょうか？」

眠りにつく前と違って、魔力は思うままに動くようになっているけれど、体はあまり健康になっている気がしない。眠りについていたせいで筋力が落ちているのだろうか。わたしがユレーヴェに浸かったままの手をもそもそと動かしていると、フェルディナンドは実に言いにくそうな顔で口を開いた。

「あ〜、ローゼマイン。非常に残念な知らせがある」

「何ですか？」

「君の魔力のことだが……完全には溶けていない」

わたしの時間がピタリと止まった気がした。一年以上かけて素材を集め、ユレーヴェを作ったあれこれの苦労が思い浮かび、わたしは信じられない思いでフェルディナンドを見上げる。

「えええええぇぇぇ!? ちょっと待ってください。なんでですか? どうして溶けてないんですか!? もしかして、ちょっとくらいはいいかなって、じょうろを使う時に、手を抜いたのが悪かったんですか!?」

「私は手など抜いていない」

むっとしたようにフェルディナンドに言われて、わたしは慌てて首を振ろうとしたが、それができなくて、頭が前に傾いていく。フェルディナンドが手を伸ばして、額を押さえてくれなかったら、またユレーヴェにボチャンと沈むところだった。

「神官長じゃなくて、わたくしの夢の話です。……うぁ、頭がくらくらする」

フェルディナンドはこめかみを押さえて、深い深い溜息を吐いた。「君は起きれば起きたで頭が痛いな」と呟きながら睨まれて、うっ、とわたしは言葉に詰まる。

「……まぁ、夢の話は置いておいて。どうして魔力が溶けていないんですか?」

「端的に言うならば、固まりすぎた。君が毒を受けて固まった魔力を溶かすことにもユレーヴェが必要で、元々の魔力を完全に溶かすには足りなかった」

フェルディナンドはトントンとこめかみを叩きながら説明を加えてくれる。

「元々君の中で固まっていた魔力を十としよう。私は余裕を見て十五を溶かせる品質のユレーヴェを作った。だが、君の魔力の固まりは直前になって二十になってしまった。十五を溶かせるユレーヴェでは品質が足りなかった。……そういうことだ」

「最初よりはマシになっているんですか？」

わたしは自分の腕の上に浮かぶ魔力の線を見下ろす。赤い線に変化があったのかどうかさえ、わたしにはわからない。フェルディナンドはわたしを見下ろしながら、一つ頷いた。

「そうだな。完全に溶けてはいないが、かなり良くはなっている」

「少しでも良くなっているなら、まぁ、いいや。死にかけていたわけだし……」

ひとまず一歩前進と考えたわたしは、ゆっくりと首を動かして辺りを見回す。自分が入っている白い箱のすぐ近くに木箱が置かれていて、その上に本が五冊積まれているのが目に入った。ローゼマイン工房で作るタイプの和綴《わと》じ本だが、全く見覚えがない物だ。

「神官長、これは何ですか？」

「ギルといったか？　君の側仕えが持ってきた本だ。本を積み上げておけば君が早く起きるのではないか、と言って、新しい物ができる度に献上してきたので積み上げておいた」

なんと、印刷された本をギルに頼み込まれて積み重ねていたらしい。

「わぁい、新しい本だ」

喜び勇んで手を伸ばそうとした瞬間、自分の手がユレーヴェの薬液まみれであることに気が付いた。この馬鹿者、と言いたげにフェルディナンドがわたしを睨む。

「その手で触れたら、汚れるぞ」

「……ですよね？」

「目覚めの兆候が見えたので、風呂の準備はさせている。もう少し待ちなさい」

「はぁい。……って、あれ？」

見たことがない本が五冊できるほど、わたしは眠っていたようだ。そのことに気付いて、何度か目を瞬いた。

「ところで、神官長。……わたくし、どのくらい眠っていたのですか？」

「約二年だ」

「……はい？」

聞き捨てならない言葉にわたしは目を剥いた。

「記録更新だな。まぁ、貴族院の入学に間に合ってよかった」

「ち、ちょっと待ってください。わたくし、今、何歳ですか？」

「十歳の秋、収穫祭が終わったところだ。冬には貴族院に入ることになる」

フェルディナンドの言葉に、わたしは軽くパニックに陥る。わたしがユレーヴェに浸かったのは八歳の冬だったが、今は十歳の秋だと言う。どうやら、わたし、九歳をまるまるスキップしてしまったらしい。

「そ、そんな！　わたくしの九歳は一体どこへ⁉」

のおぉぉ、と頭を抱えると、フェルディナンドは軽く肩を竦めた。

「君の場合は七歳を二回経験したのだから、釣り合いは取れているだろう？」

七歳を留年したのも予想外だったが、九歳を飛び級する予定なんて全くなかった。

「全然取れてないですよっ！……それに、十歳と言われても、全く変わっていないような気がするのですけれど」

わたしの目に映る自分の手の大きさには何の変化もない気がする。これで二年の歳月が経ったなんてとても信じられない。

「ユレーヴェに浸かっている間は魔力を溶かす以外の生命活動が著しく低下する。半分ほど死んでいたようなものだ。……残念ながら成長しない」

そっと視線を逸らしながら、フェルディナンドがそう言った。

「えええぇっ⁉　健康になるって言ったのに！　神官長の嘘つきっ！」

……前よりちょっとだけ健康にはなったけど、どうやらわたし、九歳をなくした上に、成長していないままで貴族院に行くことになったようです。

エピローグ

　ここ数日の間、ローゼマインはユレーヴェの青い薬液に沈んだまま、時折瞼が開いては、焦点の合わぬ目がすぐに閉じてしまうという状態を繰り返していた。観察していたフェルディナンドには目覚めが近いとわかったが、ユレーヴェに沈んだままの彼女の体はまだ浮かび上がってこない。

　収穫祭の間もフェルディナンドは夜中に騎獣を駆って何度も戻ってきたのだが、腹立たしいほどに進展が遅かった。そんなローゼマインだったが、やっと緩慢《かんまん》な瞬きの後で目の焦点が合い、これ以上の治療は無理だというように体がゆっくりと浮かび上がってきたのだ。

　フェルディナンドは安堵の息と共にユレーヴェに手を入れて、ローゼマインを助け起こし、上手く呼吸できていない彼女の背中を叩いてやる。口や気管に入っていたユレーヴェが飛び出したことで呼吸が楽になったようだ。ローゼマインはゲホゲホと咳き込んでいるが、呼吸時の異音はなくなった。

「痛いです、神官長」

　じとっと恨みがましい目でローゼマインに睨まれて文句を言われたが、フェルディナンドにはそのような目で見られなければならない理由がわからない。目覚めてから文句ばかり言っているローゼマインはこちらの苦労も知らず、あまりにも恩知らずではなかろうかと思う。

「風呂が終わったら呼びなさい。君が眠っていた期間のことについて話をする。質問があれば、その時にしなさい」

ローゼマインを彼女の側仕え達に任せてフェルディナンドが神官長室へ戻ると、フェルディナンドの側仕えが嬉しそうに表情を綻ばせた。

「神殿長はお目覚めになったのですね。こちらの小さな手形は神殿長の物でしょう？」

指摘された場所にはべったりと小さな手形が付いている。ローゼマインがつかんだ部分だ。ユレーヴェに手を入れてローゼマインを起こしたり、抱き上げて運んだりしたので、フェルディナンドの神官服はひどい有様になっていた。

「神官長、お召替えをいたしましょう」

「あぁ、頼む」

「いつ神殿長が目覚めるのか、と皆が気を揉《も》んでいたので安心いたしました」

着替えを持ってきた側仕えもまた表情を緩めて珍しく軽口を叩いている。皆がローゼマインの目覚めを待っていたのだ。

……ローゼマインが目覚めたら、アレに煩《わずら》わされることもないからな。

フェルディナンドは溜息混じりに執務机の一角にいくつも溜まっている黄色の魔石へ視線を向けた。「ローゼマインはいつ目覚めるのだ、フェルディナンド!?」とボニファティウスの声で叫ぶだけのオルドナンツが、この半年は本当に多くて神官長室の者は心底うんざりしていたのである。

……まったく……。なかなか溶けぬローゼマインの魔力に苛立っていたのは、私とて同じだ。いつ目覚めるのか尋ねたいのはこちらだ、と何度怒鳴りたくなったことか。

「神官長、神殿長がようやく目覚められたのです。今日はゆっくりと過ごせそうですね」

「いや、まだだ。ローゼマインが身支度を終えたら、この二年間の説明をするために神殿長室に向かうことになっている。あちらの側仕えが来たら通せ」

「かしこまりました」

着替えを終えたフェルディナンドは執務机へ向かい、机の一角に溜まっている黄色い魔石を次々とシュタープで軽く叩いて魔力を注ぎこんでいった。一斉に二十近くの魔石全てをオルドナンツに変化させると、周囲は白い鳥だらけになった。それに向かって彼は告げる。

「ローゼマインが目覚めた。体調に問題がなければ三日後の三の鐘の頃に城へ連れて行く。まだ本調子ではないため、先走って神殿には来ないように」

フェルディナンドがシュタープを振れば、オルドナンツが一斉に飛び立って行った。ちなみに、二十羽ほどいたオルドナンツの半分以上がボニファティウスへの返信だ。一羽のオルドナンツが三度同じ伝言を繰り返すのだから、同じ伝言を三十～四十回も聞かされる彼の姿を思い浮かべて、フェルディナンドは少しばかり溜飲《りゅういん》を下げた。ここ数カ月の間、毎日のようにローゼマインが目覚めたか尋ねるオルドナンツを飛ばしてきたことに対する、ちょっとした報復だ。

だが、フェルディナンドの溜飲が下がっていたのは、ほんの少しのことだった。ローゼマインが貴族院に向かうまでに覚えておかなければならない項目をまとめた資料を取り出していると、すぐに喜色に満ちた雄叫びを携えたオルドナンツが戻ってきたのである。

「うおおおおおぉぉぉ！　ローゼマイン！　目覚めたか！」

神殿中に響きそうな声を三回も聞かされたフェルディナンドはこめかみを押さえるしかなかった。ローゼマインが寝ていても、起きていてもボニファティウスは面倒くさい。もうこれ以上相手にする気にもなれなかったフェルディナンドは、黄色の魔石に戻ったオルドナンツを放置して資料の確認を続けた。

……本当に大丈夫だろうか。

ローゼマインが無事に目覚めてよかったという大きな安堵と共に、不安もフェルディナンドにはある。ユレーヴェに浸かっていた以上、当たり前のことだが、ローゼマインには全く変化がない。意識や記憶はもちろん、姿も二年前で止まっている。

先程、ユレーヴェから取り出したローゼマインをフランに渡そうとした時のことをフェルディナンドは思い出す。風呂の準備を整えて主の目覚めを今や遅しと待ちわびていた側仕え達が駆け寄ってきたのだが、ローゼマインは成長している自分の側仕えに驚いて目を見開いていた。成人していたフランはそれほど変化が大きくないが、見習いだった側仕え達が全員成人しているのだ。ローゼマインは、喜びに駆け寄ってきた側仕え達の姿に、表情を強張らせてフェルディナンドを見上げ、ひどく不安そうな顔で彼の袖口をつかんでいた。ローゼマインが周囲の進歩と自分の在り様に折り合いをつけていかなければならないのは、これからだ。

……だが、何にせよ、冬の社交界が始まる前にローゼマインが目覚めてよかった。

貴族院に間に合うかと懸念していたが、何とかなりそうだ。一年、入学を遅らせることもできないわけではないが、貴族社会における周囲の視線や余計な噂は相当な負担になる。

……ただでさえ、ローゼマインには他領の貴族の噂になりそうな弱みが多いからな。

ローゼマインが貴族院へ入るために必要な教育項目を整理しているフェルディナンドに、側仕えが声をかけてきた。

「神官長、神殿長の準備が整ったそうです」

ローゼマインが不在の二年間

洗礼式の日のおじい様

私は今、猛烈に感動している。孫娘のローゼマインが優秀で可愛すぎるのだ。大勢の貴族が見つめる中、あのちっこい虚弱な体で神殿長として洗礼式とお披露目をやり遂げた。今はジルヴェスターの子供を背に庇うようにして立派に対応している。

……素晴らしいぞ、ローゼマイン！　さすが私の孫娘！　それにしても、腹立たしい。私のローゼマインにヴィルフリートへの文句など言うでない！

カルステッドとエルヴィーラから「父上がローゼマインに触れると死にそうなので近付かないでください」とか「ローゼマインはシャルロッテ様の良いお姉様になろうと努力しているので手出しは厳禁ですよ」と釘を刺されていなければ、あのような嫌みな中級貴族など、祖父として私が一喝《いっかつ》し、黙らせて蹴散らしてやったのに。

そういえば、いつだったかエルヴィーラが「ボニファティウス様のように力任せに相手を黙らせればよい、とローゼマインが覚えてしまっては大変です。あの子にはそれだけの魔力があるのですから」と言っていた。力があるならば使えば良いのに面倒なことだ。ちなみに、「父上はそのような考え方ですから、領主から外されたのでしょう」とカルステッドに言われたが、私は領主という面倒な立場を回避しただけだ。決して実力不足ではない。

……それにしても、雪玉をいくつか当てられただけで卒倒するくらい体力も腕力もないのに、魔力だけは余裕でエーレンフェストを支えられるくらいにあるとは……。

去年の冬、私を含めた大勢の騎士達によって危険がないように見守られている中、子供達が雪玉を投げ合っているのは微笑ましい情景だった。だが、それはせせこと雪玉を作るローゼマインが狙われるまでの話だ。ポスポスと雪玉を当てられたローゼマインが突然意識を失った時には、雪玉を投げていたヴィルフリートとその学友達はもちろん、周囲で見守っていた騎士団一同が真っ青になった。あのひ弱さを見て以来、怖くて私はローゼマインに触れていない。

……あのような小さな雪玉で倒れるのだぞ？　私が触ったらカルステッドの言う通り、死んでしまうかもしれぬではないか。

七の鐘と共に、領主夫妻や近しい者に挨拶をしながら大広間を去っていく。それを機に、私も子供達が通る辺りへ場所を移した。

……何のために？　もちろん、ローゼマインと挨拶するために決まっている。

「ボニファティウス様、ごきげんよう」

「あぁ、シュラートラウムの祝福と共に良き眠りが訪れるように」

……うむ。やはり私の孫娘が一番愛らしい。公の場では「おじい様」と呼んでもらえないのが非常に面白くないが、な。

私がローゼマインに「おじい様」と呼んでもらえたのは、洗礼式で初めて会った時と春の領主会議中に魔力供給を手伝っている間だけだった。魔力供給後、ヴィルフリートは礼を言う元気も残っていなかったが、ローゼマインは「おじい様、いつもありがとう存じます」といつも笑顔で礼の言葉を欠かさなかったのだ。あれは他の者に邪魔をされない貴重なローゼマインとの触れ合いだったと、今になって実感する。

……あぁ、早く次の領主会議になれ。ついでに、ちょっと会議が長引けばよいのだが。

私がそんな思い出に浸っていると、先程退出していったはずのヴィルフリートが側仕えに抱えられて大広間に駆けこんできた。私の孫で、ヴィルフリートの護衛騎士に就いているランプレヒトも一緒だ。その慌ただしさに危険なものを感じて、私は身体強化で視力を強化しながら即座に周囲を見回した。その反応を見る限りでは、何が起こっているのか知っているような者は見当たらない。

「北の離れに程近い場所で襲撃を受けました！　ただいま護衛騎士が交戦中。その内一人はシュタープを所持。シャルロッテ様とローゼマイン様は北の離れ側に分断されています。至急救援を！」

「騎士団一～四班は救援に！　残りは大広間を閉鎖せよ！　ここにおらぬ貴族には疑いがかかると思え！」

騎士団長であるカルステッドが命じると、騎士が一気に大広間を封鎖するために動き始めた。

「カルステッド、私はローゼマインの救援に行くからなっ！」

私は先々代の領主の子で、騎士団に所属していた。そのため、引退した今でも領主を補佐する仕事が回ってくることがある。今まではなるべく回避したいと思っていたが、ここ最近は補佐も進んで引き受けている。それもこれも、ローゼマインの危機に動くためだ。

……「おじい様、ありがとう。大好き」と言ってもらう立場は誰にも譲らぬ。

カルステッドの焦った「父上っ⁉」という制止に、ジルヴェスターの叫ぶ声が重なる。

「フェルディナンド、行け！　ボニファティウスのやりすぎを止めろ！」

「また無茶を……」

背後のやりとりを無視した私は、騎士により閉じられつつある大広間の扉をすり抜けると、北の離れに向かって直走った。魔力による身体強化で足を強化して、駆けつけようとしている騎士達を次々と追い抜いていく。

……六十歳といえど、若者にはまだまだ負けぬ！　一番乗りは私だぁ！

本館の大広間から北の離れまでは結構距離がある。ローゼマインのような騎獣があれば速いのだが、と思いながら、私は身体強化を使った全力で駆け抜けた。

「ローゼマイン！　どこだ⁉」

数回角を曲がったところで、黒ずくめの敵と騎士達が交戦しているのが見えた。私はグッと視力を強化する。だが、周辺にはローゼマインもシャルロッテの姿も見えない。残りの護衛騎士が北の離れに誘導したのだろうが、無事を確認するまで戻るつもりはない。

「ローゼマインは無事かあぁっ⁉」

私はそう叫びながら黒ずくめに背後から飛びかかり、身体強化した腕を振り上げて一人を叩き潰す。次の瞬間、地に落ちた黒ずくめがボンと鈍い音を立てて爆発した。

「うわっ⁉　なんだ⁉　勝手に自爆しおった」

黒ずくめの血や体液や内臓が切れ切れになった黒い布と共に辺りに飛び散り、応戦していた騎士達が黒ずくめを中心に起こった爆風に飛ばされた。突然濃い血の臭いに晒され、飛び散った肉片を顔で受けた騎士がえずく。視界の端にそれが見え、私は即座に叱咤《しった》した。

「気を抜くな！　馬鹿者が！」

私の怒声でぴりっとした緊張感が戻り、騎士達は体勢を立て直したが、その後は連鎖的に、そして、順番に交戦していた黒ずくめが爆発し始める。これまで敵を叩き潰したり、武器で切り捨てたりしたことは私にも経験がある。だが、自分が何もしていないにもかかわらず、敵が勝手に自爆していく様子は見たことがない。

「何が起こっている？……よくわからぬが、敵が勝手に消える分には問題なかろう。そこの者、ローゼマインは無事か？」

「……わかりません。シャルロッテ様がさらわれ、ローゼマイン様が騎獣で追いかけていったところまでは確認しております」

「この役立たずが！」

その場にいた護衛騎士達を一喝して、私は大きく開かれた窓へ駆けだした。敵が勝手に死滅したならば、この場に長居は不要だ。私の役目は敵の掃討や犯人を定めるための証拠集めではない。ローゼマインの救助なのだ。

私が窓へ駆け寄るのと、真っ青になったシャルロッテを抱えたローゼマインの護衛騎士アンゲリカが戻ってくるのは同時だった。

「おぉ、無事でしたか、シャルロッテ姫。……ローゼマインはどちらに？」

「お姉様は何者かにさらわれました。わたくしを助けようと、ご自分の護衛騎士を使って……」

涙ながらのシャルロッテの言葉に私はカッと目を見開いて、護衛騎士であるアンゲリカを見た。アンゲリカはすぐに自分が知っている状況の説明を始める。

「今、コルネリウスが追っています。わたくしも姫をここに届けたら、追いかけるつもりなのです。ボニファティウス様、姫をよろしくお願いいたします」

そう言ってアンゲリカはシャルロッテを渡そうとしたが、私はそれを無視した。強化した私の目にはかなり遠い場所だが、コルネリウスが森へ降りていくのが見えている。

「ローゼマインは私の孫娘だ。私が行く！」

アンゲリカとシャルロッテを押し退《の》けるようにして窓から冬の夜空へ飛び出し、私は騎獣を出現させて飛び乗った。翼を動かすと大きな羽音を立てるので、あまり動かさぬように滑空《かっくう》しながら周囲の音を探る。私がじっと集中して音を拾っていると、コルネリウスが降りていく場所よりも更に先、下働きの者が働く場所を隠すように広がっている森の中を、正面玄関側に向かって走る馬の足音が聞こえてきた。

……あれか！

私がカッと目を見開くと同時に、騎獣がバサリと羽音を立てて空を叩く。魔力を大量に注ぎ込んだ騎獣の全速力で、目的の場所へ冷たい夜空を駆けだした。騎獣で突っ込みながら、これ以上誘拐犯を逃がさぬように怒りに満ちた魔力をシュタープに注ぎ込む。すぐさまシュタープの先にはバチバチと白い火花が散る魔力が集まり始めた。

魔力の集まりが自分の顔よりも大きくなった時には、強化などしなくても馬の走っていく様子が見えるところまで近付いていた。私はシュタープをブンと大きく振り下ろし、魔力の集まりを馬の進路方向に向かって力一杯打ち込んだ。

魔力の集まりがシュンと白い光の長い尾を引きながら森の中へ飛び込んでいく。直後、大きな爆発音が起こった。木々が消し飛び、鳥や小動物の悲鳴のような鳴き声と逃げ出す物音で森が騒然となる。突然の爆音に驚き、恐怖に駆られたのであろう。馬が大暴れして暴走を始めた。

「私の唯一の孫娘をさらった愚か者は、お前かぁぁぁぁっ！」

めちゃくちゃに走る馬に向かって、私は馬を張り倒すような勢いで魔力を放出しながら騎獣から飛び降りる。正面から私の威圧を受けた馬が棹立ちになって、泡を吹いて止まった。同時に、手綱《たづな》を握っていた男が馬から放り出される。

私は怒りに任せて男を叩き潰すと、すぐさまローゼマインを探した。棹立ちになった馬に括《くく》りつけられた布の塊が見える。すぐさま紐を切って布の塊を救出すると、こちらに向かって倒れてくる馬を身体強化した足で反対側に蹴り飛ばした。

「ローゼマイン、入っているか？」

布の包みは本当に子供が入っているのかと疑うほどに軽い。私がちょっと振ってみたら、布の形がぐにゃりと崩れて人の形になった。

「振っても返事がない！　まさか、死んでいるのではないか⁉　ローゼマイン、今すぐ出してやるからな！」

いくら耳を澄ませてもローゼマインからは何の返事もない。血の気が引いた私は、急いで布からローゼマインを取り出そうと布の端をつかみ、「ふん！」と気合いを入れて力一杯引っ張って振った。重みがある方がぐるぐると回り、布が大きく広がっていく。

あ、と私が思った時にはもう遅かった。布が剥がれ、空中へ飛び出したローゼマインが高速で横回転しながら、思わぬ方向に飛んでいく。私が咄嗟に手を伸ばしても届かない。

「うわあぁぁっ！　ローゼマインが飛んでいったあぁぁっ⁉」

直後、私を追ってきていたフェルディナンドが、木々にぶつかる寸前にローゼマインを捕まえたので事なきを得たが、私は本当に口から心臓が飛び出すかと思った。


その後、ローゼマインが妙な薬を飲まされていることと、彼女にとっては致死毒であることを確認したフェルディナンドが治療のために神殿へさらって行った。正直に言えば、私は神殿になど可愛い孫娘を預けたくはない。付け加えるならば、後見人とはいえ余所の男に孫娘を預けること自体が不愉快《ふゆかい》だ。

しかし、私が自分の屋敷に連れ帰ったところでローゼマインに与える薬の量もわからないし、慌ただしい城ですぐさま治療が始められるかどうかもわからない。おまけに、息子であるカルステッドの忠告通り、不用意に私がローゼマインに触れば死んでしまうかもしれない。

……さっきも危なかったからな。

飛んでいったローゼマインの姿を思い出して、私は額の汗を拭う。それならば、コルネリウスと共にもう一頭の馬を追跡し、犯人を突き止める方がローゼマインのためになるはずだ。

「行くぞ、コルネリウス」
「はい、おじい様」

もう一頭の馬も興奮して暴れていたため、発見は容易ですぐに犯人を捕獲《ほかく》できた。だが、ここでも手綱を握っていたのは下働きの男で、シュタープを使う貴族ではない。魔力の網にローゼマインが捕えられたところをコルネリウスが見ている以上、犯人には貴族がいるはずだ。

「お前に命令をしたのは誰だ？」
「存じません。黒の装束《しょうぞく》に身を包んでいらっしゃる貴族の方でした。ただ言われた通りのことをすればよい、と命じられただけでございます」

他に人の気配はないか、周囲の気配を探ってみたが、特にはいないように思える。とりあえず、この男を連れて行くしかない。

男を縛っていると、救援要請の赤い光が森の中に立ち上った。私はコルネリウスと顔を見合わせ、すぐさま捕えた下働きの男を抱えると、救援要請のロートが上がる森の奥へ急いで騎獣で駆けつける。赤い光の先では、アンゲリカが一人の黒ずくめの貴族を捕獲していた。

「ボニファティウス様、わたくしでは運べないので手伝っていただけませんか？」
「任せておけ。でかしたぞ、アンゲリカ。……さて、私の孫娘に手を出した愚か者はどこのどいつだ？」

　私は誘拐犯の顔を覆う黒の布を力任せに引きちぎった。どこかの肉も一緒につかんでしまったようで、「痛っ！」と軟弱《なんじゃく》な悲鳴が上がる。布をむしられたそこには、眉を情けなく下げて、私を見上げている見知った顔があった。

「ジョイソタータ子爵、其方……」

「ボニファティウス様、私はっ！」

「黙れ！」

　ジョイソターク子爵はカルステッドの第三夫人だったローゼマリーの親族だ。端の端とはいえ、我が一族に連なる者の縁者の顔が出てきたことに、一瞬で血が頭に上っていく。怒りと勢いで殴り殺してしまわぬようにシュタープを握りしめて突きつけると、ギリッときつく奥歯を噛んで、ガクガクと震えている男を見下ろした。

「申し開きはアウブ・エーレンフェストの御前でせよ。……私は今すぐにでも其方を捻《ひね》り潰したくて仕方がないのを必死に堪えているのだ。余計な口を開くな」

　シュタープで捕縛《ほばく》し、下働きの男とひとまとめで引きずるようにして、私はジョイソターク子爵を連れて城に戻った。

「コルネリウス、アウブ・エーレンフェストに報告を。私はこの愚か者を逃がさぬようにしておく。アンゲリカはこちらに同行せよ。さすがに私が一人で行動するわけにはいかぬからな」

「かしこまりました」

私は罪を犯した貴族を捕えるための牢《ろう》にジョイソターク子爵を放り込んだ。そして、シュタープを封じるための犯罪者につける手枷《てかせ》をはめ、一通りの申し開きを聞いた後、猿轡《さるぐつわ》を噛ませ、逃げられぬように処理をしていく。

「アンゲリカ、このままアウブ・エーレンフェストの呼び出しがあるまで待機だ」

私がドカッと椅子に座ると、アンゲリカが捕えた男達と自分の手を見比べて肩を落とした。

「ボニファティウス様はお強いですね。わたくしは身体強化を使って尚《なお》、目の前でローゼマイン様をさらわれてしまいました」

「……其方はシャルロッテ姫を助けておったのだろう？　話を聞く限りではコルネリウスの制止を聞かずに飛び出したローゼマインが一番悪い。自分の身も守れぬ者が無茶をしすぎだ。其方の身体強化がなければシャルロッテ姫が死んでいた可能性は高い。其方はよくやった方だ」

アンゲリカは中級貴族の割になかなか強く、身体強化の魔術を比較的良く使いこなしている。まだ全身に魔力を行き渡らせなければ強化できないので魔力の無駄は多い。だが、その年齢にしては良くできている方だ。私が褒めるとアンゲリカは表情を曇らせる。

「本当にそうでしょうか？　わたくしは身体強化に魔力を注ぎ込む分、他への魔力が残らないのです。それに、少し残っていても同時に複数のことができません。今回もわたくしが身体強化を使いながら騎獣を出すことができていれば、一人でシャルロッテ様を助け出すことができました。そうしたらコルネリウスはローゼマイン様を守ることができたと思います」

アンゲリカは悔しそうに青い目を伏せて唇を一度引き結んだ。

「できるはずのことができなかったならば、反省は必要だ。だが、最初からできないことに関して嘆いても仕方がなかろう。どう考えたところで、できるはずがないのだからな」

私は領主一族なので他の者より魔力が豊富だ。また、身体強化を長年使っているので部分的な強化もお手の物だし、呼吸をするように強化したい部分だけを強化することもできる。だが、身体強化は難しい。慣れれば少ない魔力量で効率良く強化できるが、慣れるまでは魔力を大量に必要とする。使いこなせるようになるまでが大変なので、中級貴族はもちろん、上級貴族でも身体強化をしようとする者はなかなかいない。

「できぬことはできるように努力すれば良い。身体強化の上達のためには、魔力の量を増やすのが一番の近道になるのだが、こればかりは難しいな……」

アンゲリカは中級貴族の割に魔力は多い方だが、これ以上増やすのは難しいはずだ。うむ、と私が唸ると、アンゲリカはゆっくりと首を横に振った。

「今、わたくしはローゼマイン式圧縮方法で魔力を増やしている最中なのです。……まだ全然足りていないのですけれど、もっと増やします」

「ローゼマイン式圧縮方法だと!?　何だ、それは!?」

私が目を剥くと、アンゲリカが説明してくれた。ローゼマインが考えた魔力の圧縮方法で、冬の社交界が始まる少し前にヴィルフリートを除く領主一族の護衛騎士と騎士団の一部に教えられたらしい。ヴィルフリートの護衛騎士は一連の騒動から日が経っておらず、まだ要観察だと判断されたそうだ。

「私はそのような圧縮方法があるなど聞いていないぞ」

「……ボニファティウス様はこれ以上増やす必要などないと思いますけれど？」

「やかましい。ローゼマインが考えたことは他人が知る前に、祖父である私が知っておかねばならぬ。その圧縮方法はどのようなものだ？」

私が尋ねると、アンゲリカは頬に手を当ててコテリと首を傾げた。

「教えられないように契約魔術で縛られているので、領主夫妻に申請を出して、ローゼマイン様に直接教えてもらうしかありません。教えられるのはローゼマイン様だけなのです」

ローゼマインと会う理由ができたことに歓喜した私は、髭を撫でながら自分の脳内の予定表に「ローゼマインに魔力の圧縮方法を教えてもらう」と刻み込む。

「よし、アンゲリカ。其方の魔力が増えるのであれば、私が其方を鍛えてやろう。ローゼマインの護衛騎士として十分な働きができるよう、協力を惜しまぬ」

「嬉しいです、ボニファティウス様。ぜひ、よろしくお願いいたします」

やる気に満ちたアンゲリカの青い瞳が期待で輝いた。二人でガシッと固い握手を交わす。こうして、私はアンゲリカという新しい弟子を得たのである。

「アンゲリカは全身の強化ができるのだから、今度から部分強化の訓練をしてみればどうだ？　一部に魔力を集中し、魔力の無駄遣いを削ることが大事だ」

「ふむ。主が魔力を節約できれば私も助かるが、何かコツがあるのか？」

私がアンゲリカに身体強化について教え始めると、何故かアンゲリカではなく魔剣がフェルディナンドの声で返事をした。私は思わずまじまじと魔剣を見つめる。

「何だ、これは？」

「シュティンルークです。ローゼマイン様に魔力をいただいた結果、喋るようになりました」

なんとアンゲリカはローゼマインから魔力を与えられた喋る魔剣を所持しているらしい。しかも、周囲の声を拾って記憶しておいてくれるそうだ。

「アンゲリカ、その魔剣を私に……」

「差し上げることはできません。シュティンルークはローゼマイン様がわたくしのために魔力を注いでくださった大事な魔剣です。主であるローゼマイン様からいただいたものを他人に渡せると、ボニファティウス様はお思いですか？」

「……そうだな。すまぬ」

ローゼマインからもらった物を他人に渡すなどできるはずがない。その気持ちはよくわかる。

……だが、私もローゼマインからの贈り物が欲しい。せっかくなので、私も魔剣を育てて、ローゼマインに魔力を注いでもらうというのはどうだろうか。フェルディナンドではなく、ローゼマインの声で喋ってほしいものだが……。

私が魔剣作りに関して真剣に考えていると、「おじい様、尋問の場が整ったようです」とコルネリウスが呼びに来た。

「先に報告を。あちらの状況はどうなっている？」

「はっ！　犯人捕獲の連絡が伝わったため、アウブの命により大広間で現場不在証明がされた貴族達は帰宅しました。不審な動きをする者がいないかどうかを騎士団に見張られながら馬車に乗り、速やかに帰ったそうです。大広間にいなかった貴族——ほとんどが領主一族に仕える側仕えだったようですが、彼等に対する尋問が行われました。領主夫妻の寝室を整えている側仕えや領主の子の面倒を見ている側仕えばかりなので、すぐに現場不在証明ができたようです。先程、神殿からフェルディナンド様もお戻りになられました」

コルネリウスの報告を聞き、私は立ち上がった。

「アンゲリカ、なるべく腕の部分だけに身体強化を使ってこれを持て。では、行くぞ」

きつく縛り上げている下働きの男の綱を手渡すと、アンゲリカは「はい、お師匠様！」と大きく頷いて綱を受け取った。アンゲリカは腕の部分だけを強化しようとしているが、まだまだ全体に魔力が流れている。それでも心持ち腕の部分だけが魔力を多く帯びているので、多少は部分強化に成功しているようだと私は判断する。

「……お師匠様、とは？」

コルネリウスが私達を見比べると、グッと綱を握ったアンゲリカは誇らしそうに胸を張った。

「わたくし、ボニファティウス様の弟子として鍛えていただけることになったのです」

「なんて物好きな……。信じられない。正気か、アンゲリカ？」

恐れおののいているコルネリウスを私は一喝する。

「私が鍛えてやろうとしたら、すぐに逃げ出そうとする軟弱者が何を言うか！」

一瞬怯《ひる》んだコルネリウスが黒い目でじっと私を見返した。

「お言葉ですが、私は逃げ出したことなどありません。だいたい、おじい様が逃がしてくださったことがありますか？」

「ふん！　逃がすわけがなかろう。……そうだ、コルネリウス。其方も鍛えてやろう。ローゼマインを守るに相応しい力がない護衛騎士など必要ないからな」

私としては自分でローゼマインを守ってやりたいが、私は一応先々代領主の子で領主一族である。残念ながらローゼマインの護衛騎士になることはできない。ローゼマインを守るためには、護衛騎士を鍛えるくらいしか私にできることはないのだ。

「おじい様、ローゼマインの護衛騎士ということはダームエルやブリギッテも同様ですか？」

「うむ、同様だ。強い護衛騎士が増える分には問題なかろう」

私は少し考えてみたが、今回のようにシャルロッテがさらわれて、ローゼマインの護衛騎士が救いに行くようなことになっては、やはりローゼマインの警護が手薄になってしまう。それでは意味がない。

……いっそのこと、領主一族の護衛騎士は全員鍛え直すか？

どのようにして護衛騎士を鍛えるか考えながら、私は領主の執務室へ向かう。階段を上がっていると、私が引きずっている犯罪者がゴゴンと段差にぶつかるたびに呻き声を上げた。うるさいが、無視だ。私は護衛騎士を鍛える計画を立てねばならぬ。

……ローゼマイン、私は領主一族の護衛騎士を強くするために精一杯頑張るからな。

「ボニファティウス様がいらっしゃいました」

扉を守る騎士達が声を上げながらゆっくりと扉を開けていく。コルネリウスを先頭に、私がジョイソターク子爵を、アンゲリカが下働きの男を引っ張って入室した。

領主の執務室に並ぶのはエーレンフェストの首脳陣だ。領主夫妻、フェルディナンド、ローゼマインの両親である騎士団長夫妻が正面の壁を背にするように並んでいる。右側には騎士団の役付きが五名と、領主一族の護衛騎士から代表が一名ずつ。左側には城の側仕えを統率するノルベルト、リヒャルダといった領主一族の筆頭側仕えや領主夫妻の文官達が揃っている。

私は居並ぶ者を見回し、皆の視線が引きずってこられたジョイソターク子爵に向いていることを認めながら、ジルヴェスターに一つ頷いた。

「アウブ・エーレンフェストのお召に従い、参上いたしました」

「ボニファティウス、ご苦労だった」

ジルヴェスターの労いを耳にしながら、私はフェルディナンドへ視線を向ける。

「これを尋問する前に聞かせていただきたい。……フェルディナンド、ローゼマインは？」

「命に別状はありません。ですが、詳しいお話は人払いをしてからが良いかと……犯罪者に余計な情報を与える必要もありません」

ジョイソタークのことを言っているように聞こえるが、フェルディナンドの視線はこの場にいる者の中に今回の事件と通じている者がいる可能性があると言っている。それを察した私はローゼマインの容体を尋ねることを後回しにするしかなかった。

「では、ボニファティウス。其方が大広間を飛び出してからの話を聞こうか」

アウブ・エーレンフェストの言葉で尋問は開始される。私は大広間を出てから先の出来事を語った。身体強化によって一番乗りで交戦している現場に到着したこと、殴ったら敵が爆散したこと、ローゼマインを救い出したこと、下働きの男を捕えたこと、ロートを発見した先でアンゲリカがジョイソターク子爵を捕えていたことを述べていく。

「下働きの男は、黒ずくめの貴族の男に命令されただけのようです。馬で荷物を運び、最も下働き達の仕事場に近い位置にある紋章のない馬車に乗せるように言われただけだそうです」

「アウブ、ボニファティウス様のおっしゃる通り、確かにその位置に馬車がございました」

貴族達を帰宅させるために見張っていた騎士団からの情報によると、下働きの男が指示された位置に紋章のない馬車があったと言う。紋章のない馬車は、側仕えや下働きを乗せるための馬車だ。紋章は付いていなくても、下働きの者達の間では自分達の馬車がわかるように印が入れられている。ただ、その印は主でもない貴族では見てもわからない。

「大広間にいた全ての貴族が帰った後も、ジョイソターク子爵の紋章が付いた馬車と紋章なしの馬車が三台残っておりました。おそらく従者や側仕えと共に黒ずくめを連れ込んだのだと思われます。ジョイソターク子爵の馬車で間違いないでしょう」

「……ですが、ジョイソタークの紋章が付いた馬車から一台だけ、ずいぶんと離れていました。仮にローゼマイン様をさらうことに成功しても、周囲には奇異に映ったでしょう」

役職付きの騎士達がそれぞれの意見を述べ始める。どの意見もジョイソターク子爵が犯人であることを前提とした証言ばかりだ。大広間にいた貴族で不在だったのがジョイソターク子爵なので無理もない。だが、猿轡を噛まされたままのジョイソターク子爵は涙さえ浮かべて必死にブルブルと首を横に振って彼等の意見を否定している。誘拐犯には違いないだろうが、その必死さが私には少し気になった。ちらりとジルヴェスターに視線を送ると、彼も同じような不可解さを感じているようで、手を振って騎士達の言葉を止める。

「待て。ジョイソターク子爵の意見も聞きたい」

猿轡を取られるや否や、ジョイソターク子爵が悲鳴のような声を上げた。

「アウブ・エーレンフェスト、私の馬車は紋章付きが一台と紋章なしが二台でございます。その離れた場所にあったという一台は存じません。それに、私はローゼマイン様をさらってなどいません。私がさらったのはシャルロッテ様ではございませんか」

ローゼマインの誘拐には全く関与していない、とジョイソターク子爵が言い募《つの》った。その分、自分のしでかしたことに関してはべらべらと喋っている。

「アンゲリカ、どうだ？」

「はい、確かにジョイソターク子爵がさらったのはシャルロッテ様でございます。シャルロッテ様を放り出して逃げ出した先は東。ローゼマイン様が助け出された南からは距離がありました。両方の犯人と考えるには少し無理があると思われます」

アンゲリカの言葉に周囲がざわめき、ジルヴェスターはすっと表情を厳しくする。

「では、他にも貴族の中に犯人がいるということか？」

「……落下するシャルロッテ様をお助けする間に、東の森に飛び込んでから南に向かって急旋回《せんかい》し、ローゼマイン様の騎獣を魔力の網で捕えて、薬を飲ませた後、下働きの男に渡し、すぐにまた東の遠く離れた管理小屋に逃げ出すことができれば、一人だけでも可能かもしれません」

アンゲリカは真面目な顔で言っているが、それが普通の人間には無理だということは誰もがわかることだ。私もジョイソタ一ク子爵の捕獲現場を思い返す。確かにコルネリウスが騎獣で降りていった場所から離れていた。森の中では羽を広げる騎獣を使うのが難しい以上、馬を準備していてもジョイソタ一ク子爵には両方の誘拐を成功させることは不可能だ。

私ならば身体強化を使って全力で走ればギリギリ間に合うかもしれない。だが、ジョイソターク子爵には無理だ。それだけの身体強化ができて魔力が豊富にあれば、アンゲリカに捕えられるはずがない。

「ジョイソタ一ク子爵、共犯者は誰だ？」

トントンと軽く指先で机を叩いたジルヴェスターが、アンゲリカからジョイソタ一ク子爵へ視線を移した。睨まれた子爵は「共犯者などいません」とはっきり言った。

「計画が他人の口から漏れることを考えれば、自分一人の力で行うのが確実でございます」

どう考えても、誰かに誘導されて踊らされているようにしか思えない。大それた計画を考えて実行するには、ジョイソターク子爵はあまりにも力不足だ。

「では、ジョイソターク子爵。其方の行いを子細に述べよ」

そこから始まった子爵の言い分は、ひどく頭の痛いものだった。あまりにも愚かすぎて、頭を使うことが得意ではない私でも声が出せない程だ。何かする時には綿密な計画を立てるフェルディナンドなど、こめかみを押さえたまま動けなくなっている。

簡単に述べると、ジョイソターク子爵は領主の子供の内の誰かを誘拐して、狩猟大会の折に発見した管理小屋に隠す予定だったそうだ。ヴィルフリートかシャルロッテの場合は、ローゼマインにその場所の情報を教えたり、一緒に救出したりすることでローゼマインの心証を良くしようと考えたらしい。ローゼマインをさらった場合は、自分が一番に助けに行って恩を売るつもりだったそうだ。私は呆れてしまった。

……今でも警戒されて近付けていないのに、どのようにして情報を流すつもりだ？　おまけに、ローゼマインを一番に助けに行くのは私に決まっている。考えなしめ。

身食いの黒ずくめを従者として馬車に隠して連れ込み、護衛騎士の足止めをする。自分が逃げ切った後は、爆発させて証拠隠滅を図れば連れてきた馬車には紋章も付いていないのでバレるはずがないと考えたらしい。あまりにも穴だらけで行き当たりばったりの計画だった。

おまけに、普段は貴族街にいないこの愚か者は、ローゼマインの騎獣が空を飛べることを知らず、騎獣で追いかけられると考えていなかったらしい。絶対に捕まるわけにはいかなかったので、シャルロッテを放り出して逃げたが、逃げ切ったと思ったところをアンゲリカに捕えられたのが、更に予想外だったそうだ。まさか洗礼式で会ったばかりの義理の妹を助けるために、騎獣で飛び出すほどの愛情をローゼマインが持っているとは思わなかったらしい。

計画の根本がひっくり返ったと言っている姿に頭が痛くなった。あまりに無計画過ぎる。これだけの愚か者が派手に動いてくれれば、ローゼマインをかどわかそうとした者も、ずいぶんと楽に動けたであろう。

ジョイソターク子爵の言い分に、エルヴィーラが呆《あき》れ果てたような溜息を吐いた。

「ローゼマイン様は孤児にさえ心を砕くエーレンフェストの聖女でしてよ。親族を自称するというのに、ご存知ないのかしら？」

「ローゼマイン様は私の妹だったローゼマリーの娘で、私の姪《めい》で……」

「思い違いをしていてよ、ジョイソターク子爵」

エルヴィーラが冷ややかな笑みを浮かべて、ピシリと言葉を遮った。そして、静かに漆黒の瞳でジョイソターク子爵を見つめる。

「貴方は親族ではございません。ローゼマイン様はわたくしの娘です。洗礼式でわたくしが母親として対応しましたし、ローゼマイン様もわたくしを母として慕《した》ってくれています」

貴族の子として認められるのは洗礼式の時だ。その時に対応する者で父親と母親がはっきりと決まる。愛人の子が優秀なため、第一夫人の子として洗礼式を受けるということも珍しくはない。その場合は生《な》さぬ仲なので、一般的には良好な関係が結べることが珍しい。

「本当にローゼマイン様と貴方に何の関係も生まれていなくてよかったこと。さらわれ、毒まで飲まされたというのに、これ以上、自称親戚のことで煩わされてはローゼマイン様が可哀想ですもの。全く良い影響など与えない自称親族など必要ございません。ジョイソターク子爵にもわたくしの親心は理解できるでしょう？」

くすりと笑いながらエルヴィーラは、ジョイソターク子爵の血縁者をローゼマインの周辺から徹底的に退けると宣言した。晴れ晴れとして見える表情に、ずいぶんと鬱屈《うっくつ》した感情が溜まっていたことが知れる。元々エルヴィーラは第三夫人のことで色々と煩わされていた。大義名分を得た以上、本当に容赦《ようしゃ》なく排除するだろう。カルステッドの留守中に何度か相談を受けたことがある私は確信する。もちろん、私も可愛い孫娘を危険に晒した者に対して容赦するつもりはない。捻り潰すのを我慢していたくらいだ。さっさと処分してしまいたい。

「領主の養女であるローゼマイン様に毒を盛った以上、極刑は決定でしょう？」

「エルヴィーラ様、私は毒など盛っておりません！　何故そのような、ローゼマイン様に危害を加えるようなことをするとお思いですか⁉　私の姪ですよ⁉」

「姪ではございません。それに、ローゼマイン様に危害を加えていなくても、貴方は領主の館を襲撃し、シャルロッテ様に危害を加えたではありませんか」

エルヴィーラの言葉に子爵はガックリと項垂れた。明らかに罪を犯しているので彼を処分するのは問題ない。だが、陰で彼を踊らせ、ローゼマインに危害を加えた貴族がわからない。

「……カルステッド様、閉ざした大広間の貴族は全員確認できたのでしょう？」

エルヴィーラが夫であり、騎士団長であるカルステッドを見上げた。大広間の騎士団を統率していたのだろう。カルステッドは重々しく頷く。

「あぁ、お手水《ちょうず》から戻った者も含めて、全て確認済みだ。外に出ていた貴族はおらぬ」

大広間にいた貴族達の現場不在証明は騎士団が行ったことなので、並んでいた騎士達の数人がカルステッドの言葉に同意して頷いた。嘘を見逃さぬという強い目で、ジルヴェスターがジョイソタ一ク子爵を見据える。

「ジョイソターク子爵、共犯者や協力者の類はおらぬのだな？」

「……はい」

こめかみを押さえたまま、じっと話を聞いていたフェルディナンドがゆっくりと口を開いた。

「私が気になったのは北の館近くを襲撃した私兵だ。あれは本当に其方の私兵か？」

「フェルディナンド様、私の発言をお許しください」

意を決したように顔を上げたのは、ローゼマインの護衛騎士のダームエルだ。下級騎士がこのような場で発言の許可を求めることは珍しいが、フェルディナンドはすぐに許可を出した。

「あれはビンデバルト伯爵の私兵でした。間違いありません。私は戦闘中に指輪を確認しました。私一人の証言では信用されないかもしれませんが、神殿でも同じ指輪を見たのです」

ビンデバルト伯爵とは、ヴェローニカの偽造書類を使って領主の許しなく街に入り、領主の養女が内定していたローゼマインと領主の異母弟であるフェルディナンドに攻撃を仕掛けたことで罪に問われたアーレンスバッハの貴族の名だ。ざわりと周囲がざわめいた。

「ビンデバルト伯爵だと？　適当なことを……」

「適当ではないだろう。ダームエルはローゼマインの洗礼式前から護衛騎士として側にいた。ビンデバルト伯爵が捕われた時もその場にいたのだ」

カルステッドがダームエルの後押しをし、フェルディナンドが頷いた。

「誰か、指輪の存在に気付いた者はおらぬか？」

戦っていた護衛騎士の中には黒ずくめが指輪をしていることに気付いた者もいたが、紋章までは認識しておらず、証拠集めをさせられた騎士達によると、爆散してしまった黒ずくめには指輪のような証拠などはなかったらしい。戦いの最中に指輪の紋章を確認できた者が下級騎士一人では証言や証拠としては弱いが、フェルディナンドにとってはそれで十分だったようだ。

「ジョイソターク子爵、あれはどこから手に入れた？　何故其方が所有している？　従属の指輪を付けている以上、あの私兵はビンデバルト伯爵の所有物のはずだ」

「わ、私は存じません。以前、なくしても惜しくない私兵としてゲルラッハ子爵にお譲りいただいただけで……そのような、他領の犯罪者と関係のある者だったなど、私は……」

愕然とした顔で目を見開いているジョイソターク子爵は本当に操り人形だったのだろう。これ以上の有益な情報が欲しければ、記憶を覗く以外に方法はないと思われる。

「……其方はもう良い。領主一族に手を出した以上、極刑は免れぬ」

ジルヴェスターが軽く手を振って、ジョイソターク子爵を連れ出すように指示した。即座に騎士団の二人が動いて連れ出していく。

「明日はギーベ・ゲルラッハを呼び出せ」

「はっ！」

ゲルラッハ子爵は、私の妻の実家であるライゼガング伯爵領と隣り合ったところに領地があり、昔から軋轢《あつれき》がひどいと聞いたことがある。他にも何か有益な情報がなかったか、私は記憶を探った。

……そういえば、ゲルラッハ子爵の妻が茶会にゲオルギーネを招いた、と言っていたな。


次の日はゲルラッハ子爵が呼び出され、問いただされることになった。ただ、昨夜と違い、この場にいる者は少ない。領主夫妻、フェルディナンド、私、カルステッド、騎士団の役付きが五名だけだ。

「さて、ギーベ・ゲルラッハ。其方に聞きたいことがある」

「何でしょう？」

裕福さを見せつけるような、と言えば聞こえは良いが、鍛えることがないらしい少しばかりたるんだゲルラッハ子爵の腹がわずかに揺れたのがわかった。

……上背はそこそこあるのだから、少しは鍛えればよいだろう、まったく。まだ若いのにみっともない。私の腹筋を見習え。

私が自分の腹を押さえて文官の鍛錬の必要性について考えている間も、ジルヴェスターに質問された子爵は、何故呼び出されたのか全くわからないという顔をしている。

「何故其方がビンデバルト伯爵の私兵を所有していた？」

「ビンデバルト伯爵の私兵、でございますか？　私は所有していたことなどございませんが？」

「昨夜、北の離れに近いところで襲撃があったことは其方も知っているだろう？　その際に使われた私兵がビンデバルト伯爵のものだったのだ」

「それが一体私とどのような関係があるとおっしゃるのでしょう？」

全くわからぬ、と言うようにおっとりとした穏やかな笑みでゲルラッハ子爵が腕を組む。完全に知らぬ存ぜぬを貫くつもりのようだ。ジルヴェスターもやんわりとした笑みを浮かべた。

「襲撃犯は捕えたのだが、私兵をゲルラッハ子爵から譲ってもらった、と言ったのでな。参考までに話を聞かねばならぬ。其方はビンデバルト伯爵と交流が深かったようだが？」

「……ほほぅ、昨夜、そのようなことがございましたか」

ゲルラッハ子爵が灰色の目をわざとらしく瞬かせ、「私も困っていたのですよ」と言いながら同情を求めるように周囲を見回して肩を竦めた。

「ビンデバルト伯爵と交流があったことも、私兵を預けられていたことも事実です。ですが、私が私兵を所有していたことはございません」

「ふむ、続けろ」

ジルヴェスターが手を振ると、子爵は「御意《ぎょい》」と答えて私兵について話し出す。

「私兵に関しては、いくら許可を得たとはいえ、他領の貴族がエーレンフェストの街へ向かうのに私兵を大量に連れて行くわけにはいかない、とおっしゃった伯爵からお預かりしていたのです。ですが、当人は罪を犯して捕まり、引き取りにいらっしゃらない。伯爵の関係者もアーレンスバッハ側で何らかの処分があったのでしょう、連絡が付かなくなってしまいました」

「それで？」

「私兵の面倒を見るだけでも無駄な金がかかるのに、当人が死ぬまでは契約解除も勝手にはできません。ですから、契約解除ができなくても良ければ従者にどうか、とずいぶん前にジョイソターク子爵にお譲りしたのです。まさか城内で騒ぎを起こすために使われるなど、私は露ほども考えておりませんでした」

……あぁ、この男が犯人だ。

何の脈絡もなく私はそう思った。何がどうとは言えない。ただ、はっきりと私の勘がそう告げている。穏やかに見える笑みの中の目が、濁った笑みを浮かべているのがわかって、非常に不愉快極まりない。いっそのこと、この場で叩き潰してしまえばすっきりするだろうが、勘だけで動いてはならないと昔から言われている。貴族社会に通用するだけの建前が必要なのだ。

「ビンデバルト伯爵の私兵をジョイソターク子爵にお譲りしたのは私ですが、今回の件に私は無関係です。騎士団が確認してくださった通り、私は大広間にいましたし、そのような大それた計画があることも、実行されることも存知ませんでした」

本人が自信たっぷりに言う通り、ゲルラッハ子爵は大広間にいたことが確認されている。黒ずくめを譲ったことで混乱をもたらしたことは間違いないが、直接領主の子に危害を加えることはできなかった。そう言葉を重ねている。

こちらを見て「まだ、何か？」と灰色の目を細めたゲルラッハ子爵が私には腹立たしくてならない。おそらく皆がゲルラッハ子爵には嫌な雰囲気を感じているが、現場不在証明は騎士達によってなされているため、この場でこれ以上の言及はできない。

……どうすれば犯行に及べる？

ゲルラッハ子爵を犯人だと断定した上で、ローゼマインを捕えて薬を飲ませ、大広間で現場不在証明ができる方法がないか、必死に考える。本来、こういう頭を使う仕事は私のものではない。だが、何らかのやり方があったはずだ。

……私が身体強化を使えないならばどうする？

騎士団が大広間を封鎖して現場不在証明を行ったという言葉とローゼマインを助け出した場所、コルネリウスが騎獣で降りていった場所を思い返し、むむっと唸りながら腕を組んだ。私が考え込む間も尋問は続く。

「ギーベ・ゲルラッハ、ビンデバルト伯爵の私兵を譲ったのはジョイソターク子爵だけか？」

フェルディナンドの質問にゲルラッハ子爵は「えぇ、そうです」とすぐさま頷いた。フェルディナンドは眉間の皺を深くして、更に言葉を重ねる。

「其方自身も、私兵をもう抱えていないのだな？」

「……もちろん。ビンデバルト伯爵の私兵は、もう手元には残っておりません」

濁って見える灰色の目が嫌な光を帯びて、口元の笑みも深くなる。それに対してフェルディナンドは薄らと微笑んだ。

「もう良い。下がれ」

ジルヴェスターがクッと顎を上げて退室を促すと、ゲルラッハ子爵は慇懃《いんぎん》に礼をして、退室していく。完全に扉が閉まるのを待って、私はジルヴェスターに呼びかけた。

「アウブ・エーレンフェスト」

呼びかけながら私は視線を上げて、ジルヴェスターの背後にあるタペストリーを見上げた。この奥には魔力供給の間がある。領主一族以外には話せない話がある、という意味だ。視線の意味に気付いたジルヴェスターが小さく頷いて立ち上がった。

「カルステッド、この場を守れ。二人で魔力供給の間に入る。他の者は待機だ」

カルステッド達にその場を任せ、私とジルヴェスターは二人で魔力供給の間へ入った。真っ白な空間に神々の貴色の魔石がくるくると回っている。そこに入った途端、ジルヴェスターから執務室で見せていた領主の顔が剥がれ、疲れ切った素顔が出てくる。私も同様に取り繕った顔を止めて、一度肩の力を抜いた。

「一体何だ、伯父上？」

「ジルヴェスター。其方、大広間を封鎖したと言ったな？　それは本当に全てか？」

先程のゲルラッハ子爵の態度を思い出したのか、歯痒そうな表情でジルヴェスターが頷く。

「あぁ、騎士団により完全に封鎖したが……どういう意味だ？」

ジルヴェスターが眉間に深く皺を刻んだ。疑われる不快さと何を思いついたのかという期待が綯《な》い交ぜになった深緑の目が、私に向けられる。

「下働きの動く通路や次期領主となる者に教えられる抜け道まで含めて、全てか？」

その言及に、ジルヴェスターは驚いたように軽く目を見張って、大広間でのやり取りを思い出すようにわずかに俯いた。

「下働きの通路は封鎖したはずだ。だが、抜け道までは……」

基本的に領主だけが知っている抜け道で、騎士団にさえ知らされることはない非常用の抜け道だ。騎士団が大広間を完全に封鎖するとは言っても、抜け道の存在を知らせるようなことはしないはずなので、抜け道の出入り口を見張っていた騎士がいるとは思えない。

「私がローゼマインを発見したのは下働きの使う森の辺りだった。だが、コルネリウスが騎獣で駆け下りていったり、ローゼマインの騎獣の魔石を発見したりした場所はもっと離れていた。下働きの男達が、ゲルラッハ子爵からローゼマインを受け取って馬で移動したことを考えると、ゲルラッハ子爵はコルネリウスが降り立った辺りにいたはずだ」

コルネリウスの騎獣が降りていった場所の説明をすると、ジルヴェスターが呆然《ぼうぜん》とした顔になった。考えられない、と言いたげな顔に、私は更に付け加える。

「かなり昔の記憶だから定かではないが、私が父上から聞いた限りでは、あの近くに大広間と繋がる抜け道が一つあったはずだ。違うか？」

「そうだ。確かに抜け道はある。だが、あれは領主にしか知らされぬものではないのか？」

ジルヴェスターは苦々しそうな顔で抜け道の存在を肯定した。何故知っている、と視線で問われた私は肩を竦める。

「其方の父と私は年が少し離れていただろう？　私も領主教育を一通り受けたのだ」

私の弟であり、領主となったジルヴェスターの父親が幼い時分、先代領主である私の父上が危篤《きとく》の状態になったことがある。父上は何とか持ち直したが、その時に「弟が成人するまで中継ぎくらいはできなくてどうする」と私は領主教育を一通り受けたのだ。

「抜け道の存在がゲオルギーネから子爵に漏れた可能性はないか？……ただの勘だが」

「まさか⁉……姉上は抜け道の在処を知っているのか？　私のせいで領主になれぬ、とあれほど騒いでいたのだぞ？」

予想外と言いたげな顔から、私はジルヴェスターの認識と周囲の認識に少しずれがあることを知った。ジルヴェスターにとっては、領主になれずに他領に嫁がされた姉なのだろうが、ゲオルギーネが生まれたころから知っている者にとって、彼女は領主となるべく教育された娘だ。彼女が領主の地位に固執《こしつ》したため、ジルヴェスターとどう考えても上手くやっていけぬ、と先代の領主夫妻から判断されて、彼女はアーレンスバッハへ嫁がされた。

けれど、本来は今の私と同じように、ジルヴェスターの補佐をしてエーレンフェストを支えていくことを希望されていたのだ。ゲオルギーネがジルヴェスターの補佐をしてくれるだろう、と先代の領主夫妻が甘い期待を抱いたのは、領主教育を受けた私が領主の地位に固執しなかったせいではないか、と思っている。

「ジルヴェスター、其方は北の離れに移ってからの、ほんの数年間のゲオルギーネしか知らぬであろう。だが、ゲオルギーネは其方が洗礼式を迎えて北の離れに移る時期まで……。成人近くまで領主教育を受けていた。其方が知っていることは知っていると思っておいた方が良いぞ」

きつく目を瞑ったジルヴェスターがゆっくりと頷いた。

「姉上が関わっているという証拠はあるのか？　ギーベ・ゲルラッハが犯人だという証拠は？　何かあるのならば、それで……」

「だから、全部勘だ。勘だが、あれが犯人に違いない。フェルディナンドにそれとなく相談して証拠を上げるなり、罠にかけるなりするがいい。証拠集めは私の役目ではない。そういう細かい仕事は向かぬ。私が得意なのは敵を見定めて、叩き潰すだけだ。許可が出るならば、すぐにでも潰してやる」

「ちょっと待て。さすがにそれは困る。だが、伯父上の野生の勘は、無視できない鋭さがあるからな。ゲルラッハ子爵を犯人だと仮定してフェルディナンドに調べさせよう。余計な仕事を増やすな、と怒られるだろうが……」

私の言葉を聞いたジルヴェスターが難しい顔で顎を撫でて、思案し始める。

「うむ。頭を使う作業はフェルディナンドに任せた方が良かろう。私はもちろん、其方向きの案件でもないからな」

ジルヴェスターが動くと相手に丸わかりになってしまう。こういう仕事はフェルディナンドとその子飼いの文官に任せておくのが一番だ。

「だが、これでゲオルギーネの来訪は問題なく断れるであろう？　招待したヴィルフリートの失態と処分、それに加えて、アーレンスバッハの貴族が所有する私兵が城内で暴れたのだ。警戒のためにも来訪は拒否できよう。数年は時間が稼げるのではないか？」

「伯父上の言う通り、姉上の来訪を拒否して時間を稼ぎつつ、エーレンフェストを立て直さねばならぬな」

領主一族の周囲に何度も危険が及んでいることを理由に、アーレンスバッハの貴族の往来を禁止して先代派の権力を削りつつ、自分の側近や派閥を育てていかねばならない。

「領主の役目だ。しっかりやれ。私はエーレンフェストのためにも領主一族の護衛騎士を叩き直し、騎士団の強化をしてやろう」

「よろしくお願いします、伯父上」

先を見据えたジルヴェスターの目がきらりと光った。

ちなみに、やる気満々で魔力供給の間を出た私は、フェルディナンドから毒薬のせいでローゼマインが一年以上目覚めないと言われて、ゲルラッハ子爵を追いかけて叩き潰してやろうかと思った。

「孫娘との触れ合いを延期させられた恨みを込めて、一撃くらいは許されるだろう？」

真剣な眼差しでそう言った私に、ジルヴェスターが眦《まなじり》を吊り上げる。

「許してほしかったら、勘ではなく証拠を持って来るんだ！　それまでは駄目だ！」

……私の勘では絶対にあれが犯人なのだが、現実は儘《まま》ならぬものだな。

だが、実際には一年ではなく、二年近くもローゼマインは目覚めなかった。様子を見に行きたくても神殿への出入りを禁じられた私は、何度もフェルディナンドに確認のオルドナンツを送り、心配と不安を領主一族の護衛騎士達を鍛えることで昇華していた。

お姉様の代わり

今朝、朝食を終えてすぐくらいの時間に、お父様とお母様、それから、フェルディナンド叔父様が護衛騎士を連れて、北の離れへやってきました。わたくしもお兄様の部屋に呼ばれ、昨夜の襲撃についての顛末《てんまつ》を聞かされました。襲撃犯が一人捕まったけれど、複数の貴族が絡んでいる可能性が高いこと。毒を受けて瀕死《ひんし》の状態に陥ったお姉様が固まった魔力を溶かすためにユレーヴェという薬に浸かっていて、一年以上は目覚めないことを聞かされました。

……わたくしを助けるためにご自分の護衛騎士を使ってくださったせいで、お姉様が。

わたくしが泣いていると、叔父様は厳しい顔で「無駄な体力を使うな」とおっしゃいました。

「泣くより先に償《つぐな》うことを考えなさい。嘆くのはいつでもできる。正直なところ、泣くのは時間の無駄なので、できる限りローゼマインの穴埋めをする努力をしてほしい」

お父様が「厳しすぎるぞ、フェルディナンド」と注意する隣で、お母様は「自分のためにシャルロッテが泣くことをローゼマインは決して喜ばないと思いますよ」とおっしゃいます。

わたくしが涙を拭いて顔を上げると、叔父様は「ヴィルフリートとシャルロッテの二人には、ローゼマインの代わりに子供部屋の統率を頼みたい」とおっしゃいました。

……泣くよりも償いを、とおっしゃるならば、わたくしは精一杯お姉様の代わりを務めます。

「春の祈念式については、魔力の扱いに慣れておらぬシャルロッテには無理なので、春の領主会議で留守を預かったヴィルフリートに頼みたいのだが……」

償いを決意した直後、叔父様はわたくしを祈念式から外しました。冗談ではありません。いきなり償いの場を取り上げられてしまったら、わたくしはどうすればよいのでしょう。

「叔父様、無理ではございません。魔力の扱いに慣れれば良いならば、お兄様が領主会議の間に練習したように、わたくしも冬の間に練習いたします。わたくしとて領主の娘ですもの。わたくしのせいで毒を受けたお姉様の代わりにできるだけのことをさせてくださいませ」

課題から逃げ出してばかりいるお兄様よりわたくしの方が優秀だ、と今までの先生は口を揃えておっしゃいました。わたくしが努力すれば、きっとお姉様の代わりになれるはずです。

「シャルロッテ、魔力を扱うのは難しい。慣れぬうちは辛いし、厳しいぞ。それでも、やりたいと望むならばやってみなさい。魔力を扱う練習も、ローゼマインが今までなしてきたことをその目で見ることも、其方の良い糧《かて》になると思う」

「はい、お父様」

「祈念式には私も行くぞ。ローゼマインに助けられてばかりではいられぬからな」

お兄様もグッと拳を握って叔父様に宣言します。それはわたくしが知っている、優しいけれど怠《たい》惰《だ》なお兄様の姿ではありません。わたくしはお兄様を凝視《ぎょうし》してしまいました。

「では、二人とも。冬の間に礎の魔術に魔力を注ぐことで魔力を扱う練習をし、春の祈念式に備えるように。二人の補助はボニファティウス様と領主夫妻が当たることになっている」

「フェルディナンド……」

苦い顔をするお父様に、叔父様はフッと笑みを見せて、慇懃に礼をしました。

「二人に関する祈念式の手配も頼みます、アウブ・エーレンフェスト」

お父様に祈念式の手配と魔力の練習について頼むと、叔父様はわたくしとお兄様にお手紙を差し出しました。

「これはローゼマインが書き残していた手紙だ。子供部屋に関しての予定や計画が書かれている。ローゼマインがやっていた通りには無理でも、ある程度子供部屋の統率をするように」

「はい！」

そんなわけで、まずは冬の子供部屋の統率です。わたくしはお姉様から託された手紙を胸に、お兄様と一緒に子供部屋へ向かいます。手紙に書かれている内容を、お兄様と二人で協力して行わなければなりません。叔父様によると、「ローゼマインの筆頭側仕えと護衛騎士は子供部屋に差し向けるが、専属は神殿に戻すように言われている。自分達の専属を上手く使い、周囲の者に話を聞きながら行いなさい」だそうです。

……お姉様と同じようにとは行かないと思うが、と叔父様はおっしゃいましたけれど、わたくしと同じ年のお姉様にできたのですもの。わたくしもきっと上手くやってみせます。

「ごきげんよう、皆様」

なるべく多くの人に助力を乞うように、と言われていたので、わたくしはモーリッツ先生を始め、お姉様の護衛騎士や側仕えも呼んで手紙を見せました。手紙には貴族院の学生に他領の情報を集めること、講義内容をまとめた参考書の作成を行うことを頼む文面が書かれています。情報の有益さや講義内容の詳しさによって、報酬を出すということになっていました。

「報酬とは何でしょう？」

「お金です。ただ、ローゼマイン様のお金はどこから出るのかわかりません。シャルロッテ様やヴィルフリート様の予算はどのようになっていますか？　筆頭側仕えですか？　それとも、アウブ・エーレンフェストにお話をすればよいのですか？」

わたくしがお姉様の護衛騎士見習いに自分の予算について話をしようとしましたが、もう一人の護衛騎士が軽く手を挙げました。

「コルネリウス、城と神殿を行き来するローゼマイン様の予算は、後見人のフェルディナンド様がまとめて管理されているはずだ。情報の有益性はローゼマイン様が決めることだから、ひとまずそれほど高くはない値段で一律に払っておいて、有益だった場合は、後日ローゼマイン様から上乗せするという形を取ればよいのではないか？」

「なるほど。では、ダームエルとブリギッテに情報の管理と報酬の支払いを頼む。私は貴族院で情報を集めたり、参考書を作ったりするように学生達に働きかけていくから」

ささっとお姉様の護衛騎士達の間で分担が決まってしまいました。ただ、わたくしを助ける時に見事な動きを見せたアンゲリカは、何故か皆から一歩引いた位置にいます。

「貴族院での活動に関しては、ヴィルフリート様やシャルロッテ様の側近にもご協力いただいてよろしいでしょうか？」

「えぇ、もちろんです。貴族院ではよろしくお願いしますね、エルネスタ」

「お任せくださいませ、シャルロッテ様」

コルネリウスの要請に、わたくしの護衛騎士見習いだけではなく、お兄様の護衛騎士見習いも頷いてくださいました。

「シャルロッテ姫様、コルネリウス達にお任せしておけば、貴族院に関しては大丈夫でしょう。子供部屋に関してローゼマイン姫様はどのような指示を出していらっしゃるのでしょう？」

お姉様の筆頭側仕えのリヒャルダがそう尋ねました。リヒャルダは以前、お父様の筆頭側仕えをしていたので、わたくしもよく知っています。安心してリヒャルダに手紙を見せました。

今年は絵本が増えているので個々の力量に応じた書き取りを続けること、算数については掛け算や割り算の桁を増やすこと、そして、去年貸し出した絵本や玩具の回収と今年もお話と引き換えに貸し出すことができると伝えてほしい、と書かれています。

「モーリッツ先生、お姉様が行っていたことを今年もできるでしょうか？」

わたくしが問いかけると、先生はゆっくりと頷いてくださいました。

「……やりましょう。去年のローゼマイン様は実に上手く子供達を動かし、様々な方法でやる気を引き出しておられました。私も教師としてこちらにいるのです。去年のローゼマイン様を参考に、この冬を乗り切りましょう」

「うむ、私もローゼマインの代わりに頑張るぞ」

去年の子供部屋を経験しているお兄様が張り切って拳を握りました。首を傾げるようにして考え込んでいたリヒャルダが、話し合いを遮るようにスッと手を挙げます。

「やる気になっているところ申し訳ありませんけれど、今日はシャルロッテ姫様へのご挨拶と、ローゼマイン様がしばらくいらっしゃらないという説明と、今年の子供部屋での進め方を述べるだけで済ませた方が良いですよ」

「まぁ、どうしてかしら？　わたくしもお手紙の通りにできますわ」

「何事にも準備が必要なのです。ローゼマイン姫様はゲームに勝った子供達に配る賞品としてお菓子を準備していらっしゃいましたが、専属に頼んでいらっしゃいますか？」

そのような準備に関しては全く予定にありませんでした。ポカンとするわたくしにリヒャルダはお姉様がしていたことを思い出すように視線を少し上げます。

「姫様はフェシュピールの練習に関する専属楽師の分担、子供達の実力に合わせた書き取りの本の選出、カルタやトランプのゲームでの組分け、賞品となるお菓子の準備などを予めしておりました。去年の子供部屋の様子を知らないシャルロッテ姫様には難しいと思われます。今日一日は皆に担当を割り振って、準備にあてた方がよろしいですよ」

リヒャルダが述べた事前準備は、どれもこれも手紙には書かれていない事柄でした。

「準備と言われてもどうすれば良いのかわからぬぞ。リヒャルダは知っているのか？」

「えぇ、存じておりますよ、ヴィルフリート坊ちゃま」

リヒャルダの采配によって、モーリッツ先生は子供達の実力を測る試験作成、専属楽師達は授業の分担について、それぞれの準備を始めました。お兄様の護衛騎士は子供達の鍛錬のために騎士団との交渉に出されます。

わたくしは皆が慌ただしく動き出すのを見ながら、子供達から初対面の挨拶を受けました。秋の狩猟大会でお兄様をはめた子供達の名前は予め教えられているので、その顔をよく覚えておかなくてはなりません。彼等とどのように付き合うか、それもこの冬の課題なのです。

「シャルロッテ様、ローゼマイン様が長いお休みにつかれたというお話でしたが、どのくらい長くなるのでしょう?」

最後に挨拶を終えた下級貴族のフィリーネが周囲を気にしながら、小さな声で問いかけてきました。フィリーネの若葉のような瞳は、お姉様への心配に揺れています。

「ごめんなさいね。わたくしも詳しくは存じませんの」

「ローゼマイン様は去年の子供部屋でお母様のお話を本にしてくださるとおっしゃいました。わたくし、今年はローゼマイン様にお話するだけではなく、頑張って自分でも書いてきたので、ご覧になってほしかったのですけれど……」

フィリーネはそう言って、悲しげに目を伏せました。わたくしでは本を作ってあげることはできません。初日からいきなりの挫折《ざせつ》です。次期領主予定のお兄様より優秀と言われてきて、領主の子に相応しい努力をしていると褒められていたわたくしの自信にピキリとひびが入りました。

次の日から、わたくし達の挑戦が始まりました。急いで作成した試験を元にモーリッツ先生が一人一人の実力を測っていきます。その間、ヴィルフリート兄様の記憶を元にゲームの組分けをして、カルタやトランプをすることになりました。

……今日はお菓子の準備もできていますもの。

わたくしは洗礼式を終えたばかりの子が集まるグループを任されました。ここで勝って、去年のお姉様のように越えられない壁となるのです。

けれど、わたくしのそんな決意はあっという間に散ってしまいました。兄弟間でカルタやトランプの練習をしていた子達はとても強くて、たまに持って来てくださるお兄様としか練習したことがないわたくしは、完敗してしまったのです。

とても悔しいですが、このまま項垂れているわけにはまいりません。再戦しようとしたところで、わたくしはダームエルという護衛騎士にそっと声をかけられました。教材回収のために、お姉様の手紙を見せてほしいというのです。

「教材の回収、とは何かしら？」

「ローゼマイン様は自分で買えない下級貴族達のために、お話と引き替えに、教材を貸し出していたのです。……あぁ、やはり貸し出し表も入っていますね」

何が書かれているのかよくわからなかった名前の一覧表は、貸し出した教材と受け取ったお話が控えられたものだったようです。ダームエルに「シャルロッテ様から皆にお声をかけていただけますか？」と促され、わたくしは下級貴族達に教材を返却するように声をかけました。

借りていた教材を持って、下級貴族達がやってきます。それをブリギッテという護衛騎士が木箱に丁寧に入れていき、ダームエルが一覧表に返却の印を入れていきます。二人の息の合った動きを何となく見ていると、お兄様達の方でもカルタに決着がつきました。

「では、勝った方にお菓子を配りますね」

「やった！　楽しみにしていたのです！」

わたくしは準備していたお菓子を勝った子達に配っていきました。受け取った子達が大喜びでお菓子を食べると、揃って一瞬微妙な顔になり、取り繕ったような笑顔で「おいしいです」と言います。不可解な反応にわたくしが首を傾げていると、お兄様が「あ」と小さな声を上げました。

「……皆、すまぬ。今年はローゼマインが治療中のため、ローゼマインの専属料理人がおらぬのだ。去年と同じ菓子にはならぬ」

わたくしはお姉様との初めてのお茶会で出てきたお菓子を思い出し、納得いたしました。初めて食べるお菓子ばかりで、とてもおいしいものだったのです。わたくしの専属料理人には作れません。少しばかり俯いてしまったわたくしの手をフィリーネがそっと取ってくれました。

「ご褒美があるだけでも十分です。シャルロッテ様がそのように落ち込むことではありません。わたくしはあまり家でお菓子を食べることがないので、ご褒美のお菓子がとても嬉しいです」

「そうだ、シャルロッテ。私の専属料理人が作ったところで同じようなお菓子しか作れぬ。あれはローゼマインが考えたお菓子だからローゼマインが特別なのだ」

ローゼマインの側仕えがそう言っていた、とお兄様が教えてくれました。お姉様は絵本だけでなく、お菓子まで作っていたようです。

……わたくし、本当にお姉様の代わりが務まるでしょうか。

全く上手くできた手応えがないまま夕食を終えて、初めての魔術特訓です。わたくしはお父様の執務室で魔力の登録をし、魔力供給の間へ初めて入りました。

大がかりな魔術具がある不思議な部屋で、魔力の供給を行います。魔力供給とはいっても、自分の魔力ではなく、魔石に蓄えられている魔力を注ぐというものです。お兄様の補佐をボニファティウス様が、わたくしの補佐をお母様が担当してくださいます。

「こうして魔石の上に手を置いて、魔力を奥に奥に流していくように流し込んでいくのです」

お母様がそう説明し、わたくしの手の甲に手を重ねてくださいました。今度こそ上手くやりたい、とわたくしは魔石に置く手に力を込めます。

「我は世界を創り給《たま》いし神々に祈りと感謝を捧げる者なり」

お父様のお祈りと共に、手のひらに当てている魔石から魔力が逆流して来るような感じがしました。自分の物ではない魔力が入ってこようとする気持ち悪さに、わたくしは慌てて反対側に流れていくように魔力を押し込んでいきます。勢いに抗って押し込むのは非常に力が必要で、集中しているつもりでも、段々と頭がぼんやりしてくる感じがしました。

「そこまでだ」

お父様の声がして、お母様はわたくしの手から魔石を取り上げました。必死に抗ってきた圧力が一気になくなったことで、どっと疲れが押し寄せてきます。体中にものすごく負担がかかっていたようで、思わずその場に座り込んでしまいました。とても動く元気などありません。

口をきくのも億劫なわたくしと違って、お兄様は「やっぱり疲れるな」と言いながら立ち上がりました。

「……お兄様はお元気ですね」

「初めて魔力供給をしたヴィルフリートも、今のシャルロッテと同じような状態だったぞ」

フッとお父様が笑いながらそう言い、お兄様も「うむ」と大きく頷きました。

「春に毎日供給したから多少慣れたのだと思う。魔石ではなく自分の魔力を供給しているローゼマインは、奉納式でいつもしていることだと言って、何でもない顔をしていたぞ。走ったら倒れるのに、魔力供給は全く平気だったのだ」

だんだんと慣れてくる、とお兄様に慰《なぐさ》められましたが、わたくしはその言葉に思わず涙があふれてきました。

「どうした、シャルロッテ⁉　泣くほど大変だったのか⁉」

「違います。まさか自分がここまで何もできないとは思わなかったのです。お姉様の代わりが、わたくしには全然できません」

自分の中ではもっと上手くやれるはずでした。わたくしのせいで眠りについてしまったのですから、せめて償いとしてお姉様の代わりを立派に務めて、お姉様が目覚めた時に恥ずかしくない自分でいたいと思ったのです。けれど、全く上手くできません。

「シャルロッテ、ローゼマインと自分を比べるな。ローゼマインは豊富な魔力と他に類を見ない知識で領主の養女に迎えられることになったエーレンフェストの聖女だ。全く同じことをする必要はない。できる限り頑張れば良いのだ。其方はよくやっている」

お父様にはそう慰められましたが、それでも悔しいのです。たった一歳しか違わないのに、これほどに差があると思いませんでした。わたくしは自分がしてしまったことの償いである、お姉様の代わりも満足にできないのです。挫折感だけで終わった一日でした。

学生達が貴族院へ行ってしまうと、本格的に子供達だけの勉強が始まります。その間も様々な問題が起こりました。書き取りや計算の授業時間の区切り、フェシュピールの練習に関する専属楽師の分担と交代、実力に合わせたカルタやトランプのゲームでの組分け、賞品となるお菓子の準備、勝てない壁として君臨してやる気を煽《あお》る先導役、子供達から持ち込まれたお話の管理など。一つ一つに躓《つまず》いては去年のお姉様がどうしていたのか周囲の意見を聞き、わたくしとお兄様は子供部屋の統率に奮闘しました。

「……お姉様は本当にこれを一人で行っていたのですか？」

わたくしの呆れ混じりの呟きに、モーリッツ先生も溜息を吐いて肩を竦めました。

「授業が始まる前にローゼマイン様から色々と提案されたのは覚えておりますが、一日にこれだけ細々としたことを行っていたとは思いませんでした。ローゼマイン様は時折ゲームに交じる以外はいつも本を読んでいるか、お話を書き留めているような印象でしたから」

お姉様は書き取りの時間に絵本にするお話を書きながら、子供達の顔を見て、「そろそろ計算をいたしましょう」と声をかけてくれていたそうです。その重要性を今更知ったとモーリッツ先生が苦い笑いを浮かべました。一対一で向かい合って教えている時はともかく、大人数を相手にすると時間感覚が狂うそうです。

　そんな感じで子供部屋の統率も未だ満足にできていないわたくしとお兄様に、叔父様から新しい課題が増えました。祈念式のために覚えなければならないこととして、大量の木札が届けられたのです。最低限の挨拶と祈りの言葉が木札三枚分、できるならば覚えておいた方が良いことが木札五枚分、お姉様と同じように完璧にこなしたいならば木札十枚分です。

「ローゼマインは全て覚えたらしい。神殿の側仕えが言っていた。……私はとりあえず三枚分だ。その代わり、これは完璧に覚える」

　お姉様の代わりをするのですから十枚分、と言いたいところでしたが、お姉様と同じことができる自信などありません。すでにわたくしの自信など粉々になっています。わたくしもお兄様と同じように三枚分の木札を手に取りました。

「……お姉様はすごいですね」

　ずらずらと並ぶ祈りの言葉を見ながらわたくしがぐったりとした気分でそう呟くと、お兄様は「うむ」と笑って答えます。

「ローゼマインはすごい。だから、私はローゼマインが寝ている間に少しでも追いつくのだ」

　お姉様を目標に掲げて努力しているお兄様もすごいとわたくしは素直に思いました。お姉様は特別だから何をしても届きそうもない、と思っていたわたくしの暗い心に真っ直ぐな光が入ってくるような感じです。

「お姉様にも、お兄様にも、わたくしだって追いつきますから」

二人で争うようにして祈りの言葉を覚え、お姉様と全く同じようにとはいかなくても、子供部屋の統率が少しずつ形になってきた頃にはもう春が近付いていました。

……なんて時間が過ぎるのが早いのでしょう。

忙しい冬もそろそろ終わり、と安堵の息を吐いているところに、フィリーネがやってきました。

「シャルロッテ様、今年も教材の販売や貸し出しをしていただけるのでしょうか？」と問われたのです。去年は冬の終わりにプランタン商会の教材の販売があったことを指摘され、何も考えていなかったわたくしは真っ青になりました。

……そういえば、お姉様のお手紙に書かれていました！　どうしましょう⁉

おろおろとするわたくしを助けてくれたのは、ダームエルでした。この護衛騎士は文官かしら、と思うほどに物事の準備や段取りに長《た》けている方です。泣きそうになりながらわたくしが相談すると、ダームエルはすぐさま神殿にいる叔父様にオルドナンツで話を通し、お父様から子供部屋での販売許可を取り、冬の終わりにプランタン商会を呼んでくださいました。

「助かりました、ダームエル」

「このくらいローゼマイン様の無茶振りに比べたら何でもないです」

ダームエルから穏やかな笑みでそう返されて、わたくしは思ったのです。普通ではない特別なお姉様に仕えるのは、騎士でも文官仕事ができなければ務まらないくらい大変なことなのだ、と。

……わたくしにはお姉様と同じなんて無理ですね。お姉様は特別なのです。

わたくしが自分で折り合いを付けた頃には春になっていて、祈念式のため、わたくしとお兄様は初めてエーレンフェストの街から出て直轄地を回ることになりました。半月ほどかけて回るため、移動のためには馬車を三台は準備しなければならず、荷物の準備も非常に大変です。

神事に関することは城の側仕えではわからないので、お兄様には叔父様の、わたくしにはフランというお姉様の神殿の側仕えが付けられることになりました。

「よろしくお願いいたします、シャルロッテ様」

「こちらこそどうぞよろしくね、フラン。お姉様のことを聞かせてくださる？」

「私に答えられることでしたら……」

馬車に揺られ、最初はハッセという町に向かいます。その道中、わたくしはフランからハッセとお姉様の関係について説明されました。知らずに領主への反逆を行ってしまったハッセの民を救うために叔父様に交渉したり、ハッセの教育をしたり、お姉様は聖女と呼ばれるに相応しい行いをしていたそうです。

「ローゼマイン様は人が死ぬことを殊《こと》の外《ほか》お厭《いと》いになります。誰かが死なずにすむ方法ばかりを模索して、ご自分が大変な目に遭っているような気がいたします」

だからこそ、私のような灰色神官や孤児達でさえ大事にしてくださるのです、とフランは誇らしげに口元を緩めました。わたくしは自分の側仕えや護衛騎士にこれほど慕われているか、少し心配になりました。下にいる者を上手く使うことができるのが良い主だと教えられてきましたが、お姉様のように慕われる主でありたいと初めて思ったのです。

「では、フラン。お姉様がお好きな物は何ですか？　わたくし、お姉様が目を覚ました時に、助けてくださったお礼に贈り物をしたいのです」

「ローゼマイン様がお好きな物は本です。それ以外の物は思い浮かびません。神殿の側仕えは皆、ローゼマイン様がどれほど本をお好きなのか存じ上げているので、ローゼマイン様のために一冊でも多く新しい本を作ろうと努力しているのですよ」


わたくし達がハッセに着くと、町の者から熱狂的な歓迎を受けました。一年を耐え忍んだハッセにとって、この祈念式は領主の許しを得られる特別な祈念式だそうです。

祈念式のための舞台がすでに設《しつら》えられていて、神具の聖杯を持ったフランが先に舞台へ行って神具の設置や町民への説明をしてくれることになりました。わたくしはその間に馬車の中で儀式服へ着替えさせられます。神殿長の白の衣装に春の髪飾り、どちらもお姉様の物です。ちなみに、お兄様はお姉様が昔作った青い儀式服の丈だけを少しお直しして持って行きました。本来は未成年が神事を行うことはないらしく、子供用の儀式服がお姉様の分しかなかったので仕方がありません。

「お待たせいたしました」

「シャルロッテ様、裾が汚れますので失礼いたします」

馬車から降りようとしたところでフランに抱きかかえられて、わたくしは舞台へ向かうことになりました。このように運ばれることは城ではないので驚きに目を見張ると、フランは少しばかりバツが悪そうな笑みを見せます。

「ローゼマイン様の歩みは非常にゆったりとして、よく裾を踏んで転びそうになっていらっしゃるので、農村ではこうして運んでおります。シャルロッテ様には慣れなくて不快と存じますが、地面がぬかるんでおりますので、ご寛恕《かんじょ》ください」

フランと共に舞台に上がり、わたくしは神具の設置された台の上へ下ろされました。正面にはお披露目の時に集まっていた貴族達よりも多くの人数がいて、痛いほど見つめられています。熱を孕《はら》んだ強い視線は、思わずこの場から逃げ出してしまいたくなるほどに強いものでした。

洗礼式のお披露目の時よりも、よほど緊張が強くなっていくのが自分でもわかります。あの時は入場したらお姉様が笑いかけてくれ、フェシュピールを演奏する時には声をかけてくれて、緊張が少し解《ほぐ》れたのです。たった季節一つ分前のことなのに、ずっとずっと前のことのような気がしました。

……失敗してしまったらどうしましょう。お姉様と同じにできなかったら、きっとがっかりされてしまいます。

わたくしが不安で強張る中、祝福を受ける村長達が大きな入れ物を持って舞台に上がってきます。足音と共に皆の期待の眼差しが近付いてくるようで、喉がカラカラに干上がっていく気がいたしました。緊張で自分の中がいっぱいになった時、フランがそっとわたくしの目の前に一つの魔石を差し出しました。

「シャルロッテ様、こちらが今回の祝福に使う魔石です。……ローゼマイン様の魔力が籠った物だそうです」

薄い黄色に染まった魔石を、わたくしはまじまじと見つめます。

「ずっとハッセを心配していたローゼマイン様の魔力をハッセの民に届けてください。シャルロッテ様にしかできないことです。この日のためにたくさん練習されたのでしょう？　お祈りと共にローゼマイン様の魔力を捧げてください」

……ハッセにお姉様の魔力を届ける。

それはお姉様の代わりをすると宣言したわたくしが、絶対に行わなくてはならないことでした。

深く息を吸いながら、わたくしはお姉様の魔力が籠った魔石を神具の魔石に触れさせます。そして、ゆっくりと口を開きました。

「癒やしと変化をもたらす水の女神フリュートレーネよ　側に仕える眷属《けんぞく》たる十二の女神よ　命の神エーヴィリーベより解放されし御身が妹　土の女神ゲドゥルリーヒに新たな命を育む力を与え給え」

聖杯に魔力が流れ込んでいくように、わたくしはどんどんと魔石の魔力を押し込んでいきます。

すると、突然聖杯がカッと金色の光を放ちました。広場の民衆からはどよめきの声が上がりましたが、わたくしは目を伏せたまま最後までお祈りを続けます。

「御身に捧ぐは命喜ぶ歓喜の歌　祈りと感謝を捧げて清らかなる御加護を賜《たま》わらん　広く浩浩《こうこう》たる大地に在る万物を御身が貴色で満たし給え」

わたくしがお祈りを終えると、フランがそっと聖杯を傾けていきました。聖杯から緑に光る液体が流れ出し、順番に並んでいる村長の入れ物へ注がれていきます。

魔力の扱いに少し慣れてきたとはいえ、これだけの人数に見つめられながら初めての神事を行うのは相当に負担だったようで、わたくしは恥ずかしくも台の上で座り込んだまま動けなくなってしまいました。

「大変素晴らしい出来でした、シャルロッテ様。こちらをどうぞ。神官長からの労いのお気持ちが籠った疲労回復のためのお薬です」

「助かります」

フランに笑顔で差し出された薬を受け取り、わたくしはそれを飲もうとしました。蓋を開けただけでわかる異臭に、嫌がらせをされているのではないかと思わずフランを見つめます。

「……フラン、ひどい臭いがするのですが、これは本当に飲むためのお薬ですか？」

「ローゼマイン様も初めての時は同じようなことをおっしゃいました。けれど、飲み薬で間違いございません。神官長もローゼマイン様も早急に体調を立て直さなければならない時にお使いになる薬です。臭いも味もひどいですが、よく効くそうです」

泣きそうになりながら、わたくしはその薬を飲みました。吐き出すこともできずに必死で飲みこみましたが、舌が痺れたようにジンジンとして、涙が止まらなくなるくらいひどい味です。すぐに疲労回復して動けるようになりましたけれど、もう二度と飲みたくありません。

「ローゼマイン様はこの薬で魔力と体力を回復しては神事を行い、魔力と体力が尽きたら薬で回復して次の場所で神事という形で祈念式や収穫祭を行っています。シャルロッテ様も必要になれば、ご遠慮なさらずいつでもお声をかけてくださいませ。神官長からたくさん預かっております。先は長いですからね」

……このような薬を飲みながら、神事を繰り返し、エーレンフェストのために魔力を注いで回るだなんて、ローゼマインお姉様は聖女というより、もはや、女神ではないでしょうか。

もう驚きとか、呆れとか、憧れとか、嫉妬《しっと》とか、全部突き抜けてしまい、わたくしはお姉様を信仰したい気分になりました。

二つの結婚話

私がイルクナー子爵の地位を継いでから、早くも三年の月日が経った。父上が亡くなり、ギーベとなってからは激動だったといえよう。ブリギッテの婚約者だったハスハイトとその親族から命を狙われ、怒った妹が婚約を解消し、それから続く嫌がらせに家族一丸となって対処してきた。イルクナーから貴族達が引き抜かれて去っていき、貴族院を卒業する妹には新しい相手が見つからず、卒業式で私がエスコートすることになったのは苦い記憶だ。

卒業後、ブリギッテは騎士として寮に入ることで新しい繋がりを得て、イルクナーに降りかかる嫌がらせを少しでも減らそうとしていた。神殿や下町に赴くことにも同意して、領主の養女であるローゼマイン様の護衛騎士の地位を獲得したのはそのためである。私はブリギッテの体面を考えて止めたが、ブリギッテは「必ずイルクナーの役に立つから」と言い張った。実際、妹が護衛騎士になってからはイルクナーに対する嫌がらせが激減し、我々は少し息が吐けるようになった。

このままローゼマイン様の庇護《ひご》下に入ろう。そう望んでいたイルクナーは、ローゼマイン様が主導する製紙業を他の貴族達に先駆けて行うことになった。これ以上ない機会と私は飛びついたが、始まってみると本当に大変なことの連続だった。

エーレンフェストからの客人が滞在することで、イルクナーに足りないものを次々と突きつけられる。また、フェルディナンド様達のような上位の貴族が訪れることで、私の貴族としての覚悟や気概《きがい》、民に対する姿勢を問われ続けることになった。これほどの変化と負担を民に強要する必要があったのだろうか、と後悔したこともある。だが、もう止まることはできない。イルクナーはこのまま製紙業をしながら、発展できるように進まなければならないのだ。

「旦那様、できました！　枚数を確認してください！」

夏の半ばのある午後、カーヤが満面に笑みを湛《たた》えて執務室に飛び込んできた。その後ろからきっちりと礼をして入ってきたフォルクが、カーヤの態度を咎める。

「カーヤ、ギーベ・イルクナーに失礼が過ぎます」

「ご、ごめんなさい。ちょっと浮かれてしまったのです」

カーヤは謝ると、一度部屋を出て、入室からやり直す。これは去年イルクナーに滞在していた灰色神官達が、館で働く者達に教育していた時の名残だ。

　ローゼマイン様が治療のためにユレーヴェを使って眠りについたことで、フェルディナンド様は製紙業や印刷業に興味を持つ貴族の申し出を退けているらしい。けれど、これから先、イルクナーには工房を視察する貴族が訪れるだろうと言われている。礼儀作法は館で働く者には必須となったのだ。

「フォルク、できたのかい？」

「はい、ギーベ・イルクナー。目標枚数の紙が作製できました」

　穏やかだが、冷静であまり感情を見せないフォルクが嬉しそうに顔を綻ばせ、できあがった紙を丁寧に差し出した。

　私はそれを受け取り、種類ごとに枚数を数えていく。正直なところ、本当にできるとは思わなかった。けれど、ローゼマイン様を信じて、ただひたすらに冬の冷たい水で手を真っ赤に腫《は》らしながら紙を作っていたフォルクとカーヤ二人の努力が、実を結んだようだ。やりきった達成感に晴れやかな笑みを見せている二人が、私にはとても眩しく見えた。

「あぁ、確かにある。私は星結びの儀式に参加するため貴族街に向かわなければならないので、その時、プランタン商会に紙を売って、代わりに、フォルクの売買契約を成立させてくるよ」

「ギーベ・イルクナー。もし、できればで結構ですが、機会があれば、神官長にローゼマイン様のご様子を伺ってきていただけると嬉しく思います」

「あぁ、尋ねてこよう」

私はオルドナンツでブリギッテを通してフェルディナンド様に面会予約を取ると、星結びの儀式のために騎獣で貴族街へ向かう。今回、星結びの儀式に出席するのは私だけなので、騎獣で十分だ。イルクナーから貴族街まではは距離があるため、あまり馬車で移動したくない。

貴族としては褒められたことではないが、騎獣に紙の入った木箱をいくつも括りつけて貴族街まで駆けると、冬の館に常駐している筆頭側仕えが驚いた顔で出迎えに飛び出してきた。

「旦那様、お早いお着きでしたね」

「今回は一人だからね。身軽だよ」

「……とても身軽と言えるような荷物の量ではないようですが」

側仕えに睨まれた私は、下働きの者達が荷物を運んでいる方へ視線を移す。

「この荷物は箱のまま執務室に運んでくれないか？　イルクナーの大事な商品なんだ」

「かしこまりました。ですが、旦那様、貴族街へいらっしゃった時はもう少し貴族らしい威厳をお願いいたします」

「あぁ、善処しよう」

面会予約の当日、私は馬車に大事な商品である紙を載せて神殿に出発した。側仕え達は「神殿で商談」と聞いただけで嫌な顔をしたが、私は神殿の様子をフォルクやブリギッテから聞いていたので、特に思うことはない。今から行動すればフェルディナンド様が指定した時間にちょうど良いだろう、と考えて移動したのだが、私の到着が一番遅かったらしい。神殿の神官長室にはプランタン商会のベンノとダミアン、ローゼマイン様の筆頭側仕えとギル、神官長であるフェルディナンド様が揃っていた。

「ようこそ、ギーベ・イルクナー」

フェルディナンド様の立ち合いの下、私はイルクナーにおける紙作りの成果の発表と売買を行った。ほぼ書類上だけのものだが、植物紙協会を作り、予め紙の値段の取り決めをしていたことで、商人から値下げ交渉をされることもなく、呆気ないほど簡単に紙の売買が終わる。

「ギーベ・イルクナー、良質の紙の取引ができて大変嬉しく存じます。これからもどうぞよろしくお願いいたします」

「あぁ、こちらこそよろしく」

ベンノから契約魔術で紙の値段を決めたいと申し出があった時には、「紙の値段くらいで大袈裟《おおげさ》な。金の無駄遣いだ」と思っていたが、これほどすんなりと商人との交渉が終わるのならば、事前に決めておく方が良いのかもしれない。売買と商人に関する認識が少し変わった。

売買を終えたプランタン商会が退室していくと、今度はフォルクの売買契約だ。プランタン商会に売った紙の金額が、フォルクの売買に足る金額であることをフェルディナンド様に確認してもらい、書類に署名する。

「ふむ、これで契約は成立だ。……それにしても、ローゼマインの予想より早かったな」

「はい、フォルクは真面目に実直に、……必ず貯められるというローゼマイン様のお言葉を信じて一心に紙を作っておりましたから」

「そうか。フォルクはイルクナーの生活に馴染めたのか？」

灰色神官が新しい環境に馴染めたかどうかを、フェルディナンド様が気にするとは、失礼な話、全く思っていなくて私は思わず目を瞬いた。その視線に気付いたのか、フェルディナンド様はフンと小さく鼻を鳴らした。

「イルクナーを出る時にローゼマインや側仕え達、同行していた灰色神官達までが気にしていたのだ。フォルク一人を置いていくことになるから心配でならない、と。私個人としては、フォルクが自分で選んだ道なのだから放っておけ、と思うのだが……」

皮肉気に口元を歪めながら、フェルディナンド様は傍《かたわ》らに立っているローゼマイン様の側仕え達にちらりと視線を向けた。イルクナーで共に紙作りをしていたギルがそこに並んでいる。確かにフォルクのことが気になって仕方がないのだろうと思う。紫の目が答えを求めて私を見ていた。

「フォルクは生活習慣の違いに戸惑いながら頑張っています。彼自身もイルクナーの風習に馴染もうとしていますが、館の中に神殿のやり方を取り入れたこともありますから、良い影響を与え合っているのではないか、と私自身は考えております」

フェルディナンド様に向けて話しながら、視界の端で安堵しているギルの姿を捕える。フォルクの様子を知ることができたギルは、安心したように表情を和らげた。その様子にフッと口元が緩む。同時に、フォルクもまたこちらのことを心配していたことを思い出した。

「……フェルディナンド様、こちらからも一つお伺いしたいのですが、まだローゼマイン様はお目覚めになりませんか？」

「あぁ、まだまだだ。あと一年近くかかると思っているが、どうした?」

契約書を側仕えに渡し、片付けさせていたフェルディナンド様が振り返った。鋭い金色の瞳に見据えられ、私は急いでフォルクが気にしていたことを伝える。

「それに、あの二人は婚姻時にローゼマイン様の祝福を受けたいだろうと思いまして……」

「ローゼマインが目覚めるまで待つならば、それでも良いのではないか? 当人たちの好きにすれば良い。もう灰色神官ではなくなったフォルクに、こちらからは何の強制もせぬ」

フェルディナンド様の言葉を伝えればフォルクはいつまでもローゼマイン様の目覚めを待ちそうだが、カーヤはもう待てないだろう。

プランタン商会が帰ってすぐに、私は屋敷の一室、独身の下働きが過ごす部屋をフォルクに与えた。フォルク一人が離れを使うのは非効率的だったし、ローゼマイン様からフォルクにはなるべく他の者と同じ生活をさせるように言われていたからだ。すると、何人もいた客人の一人ならば、それほど目立たなかったフォルクが嫌でも目立つようになった。

フォルクは物腰穏やかで、下手すると山林の多い土地を駆け回らなければならないギーベである私よりも優雅で上品に見える。それでいて、貴族に仕えることに慣れているので謙虚で控えめだ。

イルクナーの他の男達とは全く違うフォルクへ周囲の独身女性の目が向き始めるまで、それほど時間はかからなかった。あの手この手で群がろうとする女性達に焦ったカーヤは、早く名実ともに夫婦になりたくて仕方がないようだ。

「おそらく、この秋には結婚することになるでしょう。彼女の方が待てないようなので」

「製紙業がどのようになっているのかも知りたいので、秋には私がイルクナーに向かうつもりだ。星結びの様子と二人のことはローゼマインに伝えよう」

「恐れ入ります」

私が胸の前で手を交差させ礼をすると、フェルディナンド様はほんの一瞬言うべきか言わざるべきか悩むような素振りを見せた後、口を開いた。

「ギーベ・イルクナー、これは余計なお節介だとは思うが、其方は実直すぎる。人柄としては好ましいが、貴族社会では簡単に足をすくわれるだろう。気が進まなくとも、貴族のやり方をもう少し学んだ方が良いのではないか？」

眉間に皺を刻んだフェルディナンド様の表情は不快に感じているように見えるが、口調はどちらかといえば穏やかだった。私がギーベとなった今、そのような忠告をしてくれる者は周囲にいない。これは紛《まぎ》れもなく貴重な忠告だった。

「有難いお言葉、肝に銘《めい》じます」


フォルクの契約で残った少しのお金と契約済みの控えを持って、私は冬の館へ戻る。これでフォルクは名実ともにイルクナーの住人になった。このまま製紙工房の経営を行いながら、館の教育係として生活していくことになるだろう。

……私に助言してくれる係にしても良いかもしれぬ。

貴族街にいる時ならばともかく、イルクナーにいるとどうしても気が抜けてしまう。フォルクに指摘してもらった方が良いかもしれない。

「お兄様、おかえりなさいませ」

「あぁ、ブリギッテ。こちらに帰っていたのか。今日の訓練は休みかい？」

館に戻ると、普段は騎士寮で生活しているブリギッテが寛いでいた。ここ最近、領主一族の護衛騎士は順番にボニファティウス様にしごかれているそうだ。領主の伯父であり、元騎士団長のボニファティウス様の鍛錬は非常に厳しいという話で、「鍛錬で疲れ果てている時に襲撃を受けたら全滅しますよ」とブリギッテが愚痴《ぐち》をこぼしていたことがある。

「えぇ。午前中はエルヴィーラ様のお茶会にお招きを受けていたので、それほどゆっくり過ごせたわけでもないのですけれど。……わたくしのことより、首尾《しゅび》はいかがでしたの？」

「ローゼマイン様のおっしゃったとおり、目標金額が貯まったよ。先程フォルクの売買契約も恙《つつが》なく終わったところだ」

「よかった。これでカーヤはフォルクと幸せになれますね。何か贈り物をしようかしら？」

私はブリギッテの正面にある椅子に座りながら、契約書の控えを見せた。さっと契約書を手に取ったブリギッテは、契約成立を我が事のように喜び、贈り物について思案し始める。幼い頃から共に遊んだカーヤが幸せをつかんだことを、祝う姿が微笑ましい。

「カーヤのことは喜ばしいが、私が気になっているのは、ブリギッテの星結びの儀式だ」

去年、ローゼマイン様が考案された衣装を身にまとい、星結びの儀式に出席したブリギッテはハスハイトに言い寄られていた。ローゼマイン様の後援が欲しいようで、「ブリギッテの名誉のためには復縁した方が良い」とか「一度婚約破棄された女に言い寄る男などいない」としつこく言っていた。実際に、言い寄る男がいなかったため、ブリギッテは唇を噛みしめて、それでも、ハスハイトの手を取ろうとはせずに衆人の視線に晒されていた。

そこを救ってくれたのが、ブリギッテの同僚であるダームエルだ。友人の騎士達と共にブリギッテを庇い、求婚するという形を取って名誉を守ってくれたのである。魔力差が大きい二人だが、今年の星結びの儀式までに魔力を増やして、もう一度求婚すると去年の星結びの儀式でダームエルは宣言し、その場を収めていた。

あれから一年。今年の星結びの儀式はもうじきだ。その結末を見届けるために私は来た。

「ブリギッテがどうするつもりか聞かせてほしいのだが、いいかい？」

「……どうするとおっしゃられても」

手近にあったクッションを抱きしめるようにして抱えたブリギッテが、一度顔を伏せた後、甘えるように上目遣いで私を見た。

「お兄様はダームエルをどのように思いますか？」

どうやらブリギッテはダームエルに好意を持っているようだ。去年の星結びの儀式では「わたくしの名誉を守ってくれただけです」と本気にしていなかったようだけれど、一年の間に色々と変化があったらしい。諦めていた結婚に対して前向きになっているならば喜ばしいことだ。

私はイルクナーに滞在中のダームエルの言動を思い返す。ブリギッテを大事にしてくれそうだし、お人好しで損をしそうな性格に見えた。イルクナーを田舎だと毛嫌いすることもなかったし、ローゼマイン様の信頼も厚いようで気の置けない相手として遇していた。

「人柄には問題ないと思ったよ。ただ、魔力の問題はどうなんだ？　ダームエルは一年で魔力を伸ばすと言っていたが、結婚できるかどうか、かなり微妙なところではないか？」

下級貴族のダームエルと中級貴族のブリギッテでは、去年の時点では子をなすのにギリギリというくらい魔力差があった。結婚できなくはないけれど、子供のことを考えるならばもう少しマシな相手と結婚してほしいと親族なら思うし、魔力差と身分差を考えれば、第三者からはあり得ないと言われるくらいだ。実際にそう思われていたからこそ、ダームエルの求婚はブリギッテの名誉を守るためのもの以上には周囲に受け取られておらず、からかいの対象となっていた。下級貴族なので魔力を伸ばすにしても、たかが知れている。

「ダームエルの魔力は一年で変わったのかい？」

「はい。ダームエルは本当に一年で魔力が伸びて、今はまだわたくしの方が上ですけれど、ある程度釣り合うくらいになっています」

少しばかり恥ずかしそうにブリギッテが答えた。完全に結婚相手としてダームエルを想定している顔になっている。まさか下級貴族がそこまで魔力を伸ばしてくるとは思わなかった。私はわずかに目を見張った。

「もしかして、彼は元々魔力の成長が遅い方だったのかい？」

貴族院を卒業するまでに相手を探すことが多いので、魔力の成長が遅い者は相手を探すのに苦労すると聞いている。ダームエルはこれから先もまだ伸びる可能性があるかもしれない。

「この一年は魔力の伸びが目に見えるくらいですから、成長が遅かったということもあるかもしれませんせん。けれど、一番大きかったのはローゼマイン様が効率的な魔力の圧縮方法について教えてくださったことでしょう。……成人後でも魔力が伸びるのです。人によるそうですが」

「冬に魔力を増やすための新しい圧縮方法があると噂が流れていたのは、本当だったのか」

冬の社交界でどこからともなくその噂が流れていた。出所は不明だったが、魔力の増加方法は貴族ならば誰しも興味があるので、どのようにすれば良いのか、盛り上がっていたのだ。

「今のところは領主夫妻、騎士団長一家、フェルディナンド様、それから、ヴィルフリート様を除く領主一族の護衛騎士と騎士団の一部、ユストクス様しか教えられていません。ローゼマイン様がお目覚めになれば少しずつ信用できる者に広げていくようですよ。ダームエルが、その、わたくしとの結婚のため、ローゼマイン様に教えを乞うたのが発端《ほったん》だったのですって」

ローゼマイン様から誰よりも先に魔力の圧縮方法を教えられるほど信頼されているならば、ダームエルとブリギッテの婚姻は間違いなくイルクナーのためになる。フォルクに向けた餞《はなむけ》の言葉から考えても、ローゼマイン様は情が深い方だ。ならば、二人の結婚後、ブリギッテが護衛騎士を辞めたとしても、すぐに関係がなくなることはないだろう。急激に変わり始めたイルクナーには、まだまだローゼマイン様の後ろ盾が必要だ。

「魔力の問題がないならば、後はブリギッテの選択次第だ。去年の時点で言っていたように、イルクナーに害がなく、自分が幸せになれると思うならば、それで私は十分だと思っている。私は兄として、ギーベ・イルクナーとして、ダームエルとの結婚に賛成するよ」

私の言葉にブリギッテはアメジストのような目を輝かせ、大輪の花が開くような柔らかで嬉しそうな笑みを浮かべた。

「お兄様にそう言っていただけて嬉しいです。……そういえば、本日、エルヴィーラ様のお茶会でも同じようなことを聞かれました。ダームエルの求婚を受け入れるのかどうか、と」

小規模のお茶会とはいえ、領主夫人までいらっしゃるお茶会で根掘り葉掘り聞かれて、非常に居心地が悪くて恥ずかしい思いをしたのだ、とブリギッテは唇を尖らせる。それでも、嬉しそうに笑っているのだから、満更でもなかったのだろう。

「何と答えたんだい？」

「わたくしは、ダームエルの求婚を受け入れて、イルクナーに戻りたいと答えました」

ブリギッテの言葉に、私は目を瞬いた。それは、私にとって予想外な言葉だった。

「ブリギッテはイルクナーに戻るのかい？」

「何ですか、お兄様？　わたくしが戻るのはご不満ですか？　結婚するとなれば、女に期待されるのは子を産み育てることではありませんか。わたくしは子を育てるならば、イルクナーで育てたいと思っております」

二人とも跡取りではないので、貴族街で生活するためには家の購入から始めなければならない。庭の狭い窮屈《きゅうくつ》な家に住み、生活した経験のない貴族街で子育てをしながら、下級貴族として社交に励むのではなく、土地だけは広大なイルクナーで家を持ち、子供達は野山を走り回って育つような、自分が育ったのと同じような環境を準備してあげたい、とブリギッテは語る。

「ダームエルはそれに対して何と？」

「え？……ダームエルは土地を持つ貴族ではありませんから、住む場所にはこだわらないと思います。イルクナーを良いところだと言ってくださいましたし、エルヴィーラ様もわたくしの故郷への思いに賛同してくださって、ダームエルの愛情を試すと良いとおっしゃいました」

「なるほど……」

ブリギッテはどこまでも真っ直ぐだ。自分が婚約を解消したことでイルクナーが窮地に立たされたのを知って、下町に下りることもある神殿勤めのローゼマイン様の護衛騎士に志願した。有力者の後ろ盾を少しでも得られるように必死だった。だが、郷土愛に溢れるその行動は、騎士のものではない。郷土を守り、その地に住む民を守り、より良くしていきたいと願う土地持ちの貴族の考え方だ。領主一族の護衛騎士を務めても、ブリギッテの根底は変わっていない。

……ただひたすら主に仕える護衛騎士ではない。

私はゆっくりと息を吐いた。郷土愛に賛同し、イルクナーに戻ることを許したエルヴィーラ様は、ブリギッテをローゼマイン様の護衛騎士としては失格だ、と判断したのではないかと思う。そのうえで、ブリギッテを使ってダームエルも試すつもりなのだ。ダームエルが試されているのは、ブリギッテへの愛ではなく、ローゼマイン様への忠誠心に違いない。

もし、ダームエルが領主一族の護衛騎士でなければ、イルクナーに婿《むこ》としてやってきただろう。ギーベ・イルクナーの妹と縁付けるのは、下級貴族にとってはまたとない機会だ。だが、ダームエルは貴族街で育った騎士で、ローゼマイン様に失態の取り成しをされた上に引き立ててもらっている護衛騎士だ。結婚を機にイルクナーへ行くというのは恐らく考えていない。考えられない選択だと思う。

「……ブリギッテ、仮にダームエルがイルクナーには来られないと言えば、どうするつもりだ？ ブリギッテが貴族街に残って結婚するという考えはあるのかい？」

軽く目を見張った後、少し考えたブリギッテはゆっくりと首を横に振った。

「ありません。結婚後に護衛騎士を退いて貴族街で生活してもイルクナーの役には立てませんし、下級貴族の生活は全く想像がつきません。わたくしはローゼマイン様に指摘され、イルクナーに足りないものを知りました。余所から見た故郷の姿が見えました。それを今後に生かしていきたいと思っています。イルクナーの良さを残して、発展させていきたいのです」

イルクナーのためならば意に沿わぬ結婚でもするし、神殿にも下町にも赴く。ずっとイルクナーで過ごすために、自分より身分が低くて跡継ぎでもなく、婿に来てくれそうな下級貴族のダームエルを選んでいるところまで、土地持ちの貴族の娘としては完璧だ。

「ブリギッテがイルクナーを思う気持ちはよくわかった。……だが、ブリギッテに譲れないものがあるなら、ダームエルがブリギッテと共に歩む道よりも、護衛騎士としての道を選んだとしても恨んだり、憎んだりしてはいけないよ」

「お兄様、どういう意味ですか？」

気色《けしき》ばんだブリギッテがクッションを放り出すようにして立ち上がった。私はブリギッテを見上げながら、諭《さと》すようになるべく静かに落ち着いて語り掛ける。

「ダームエルは我々のような土地持ちの貴族とは違う。貴族街で育ち、失態を取り成され、ローゼマイン様に引き立てられた護衛騎士だ。領主一族であるローゼマイン様から離れることはできない、と私は思う。……彼がイルクナーに来てくれるならば、もちろん歓迎するけれどね」

ブリギッテは衝撃を受けたように座り直し、もう一度クッションを抱え込んだ。泣きそうな顔で考え込んでいる姿を見て、私は立ち上がる。この後どうするのかを考えるのはブリギッテだ。たとえ兄であっても私が口を出すことではない。

そして、星結びの儀式の夜。ブリギッテは去年と同じ衣装で会場にいた。今年はブリギッテの衣装を参考にした女性や、ローゼマイン様の髪飾りによく似た花の飾りで衣装を飾っている女性、あまり目にしたことがない衣装を身に付けている女性もいた。いつでも流行の似たような衣装ばかりになる星結びの儀式では珍しい雰囲気だ。

似たような衣装を着ている者が何人もいたので、ブリギッテは去年ほど衣装に関しての注目はされていない。今年、ブリギッテが注目されているのは、ダームエルの求婚の行方がどうなるか、だろう。恋愛関係の噂話が好きなご婦人方が二人の動向を非常に気にしているのがわかる。ダームエルの方は「どうやって魔力を伸ばしたんだ」と騎士仲間や同じ年頃の友人達に肩を叩かれたり、「羨ましいぞ」と軽く小突かれたりしているのが見えた。

フェルディナンド様が星結びの儀式を執り行った後は、未婚の者達が結婚相手を探す場となる。今年も若い者達はそれぞれ相手を探そうと躍起《やっき》になっていた。躍起になっているとは言っても、相手がいない者に群がられる者はほんの一部だ。それ以外は仕事場ですでに目を付けていた相手と距離を縮めようと奮闘していたり、来年に向けて親族へ紹介したりしている。

「ブリギッテ」

大勢が一年間の進展に注目する中で、ダームエルは一大決心をしたことが一目でわかる緊張した顔でブリギッテの前に跪き、飛び切り上等な紫の魔石を捧げた。

「天上の最上位におわす夫婦神のお導きにより、私は貴女に出会えました」

そんな決まり文句から始まった求婚は、「貴女が側にいてくれたら、私はどこまでも成長できる気がいたします。私の光の女神であってください」と結ばれた。周囲が固唾《かたず》を呑んで見守る中、ブリギッテは嬉しそうに顔を綻ばせた後、きゅっと唇を引き結ぶ。

「ダームエル、わたくしの光はイルクナーでのみ、輝くようです。……貴方はわたくしと一緒にイルクナーへ来てくださいますか？」

ブリギッテの言葉にダームエルは大きく目を見開いた。戸惑うように揺れ、信じられないというようにブリギッテを見上げる。

魔石を捧げたままで驚きに固まっているダームエルと、静かにダームエルの答えを待つブリギッテ、二人とも時の女神ドレッファングーアの悪戯にでもあったかのように動かない。

ほんの数秒、だが、ひどく長く感じられた沈黙の後、静かに見下ろすブリギッテの瞳に、譲れない一線を見つけたダームエルの灰色の瞳が、ぎゅっときつく閉じられた。苦しげに眉を寄せ、唇が引き結ばれる。苦渋に満ちた表情で俯いたダームエルは、ゆっくりと首を横に振った。

「……イルクナーには行けません。私は、ローゼマイン様の護衛騎士です」

「そう、ですか」

小さく呟いたブリギッテのアメジストのような瞳から落ちた涙が、よく似た色合いの魔石にポツリと落ちた。


「想い合っていても儘ならぬ恋もまた美しいこと」

背後で、ほぉ、と感嘆の溜息が漏れ、私は思わず振り返った。

「エルヴィーラ様……」

ローゼマイン様とよく似た花の髪飾りを付け、悠然《ゆうぜん》とした佇《たたず》まいで微笑んでいる貴婦人の姿に、私は一歩後ろに下がる。その場に跪こうとすると、エルヴィーラ様がすっと手を出して、それを止めた。エルヴィーラ様は頬に手を当てて少しばかり首を傾げながら、漆黒の目を細め、ニコリと笑う。敵を見定めようとする貴族の目に気付いて、私は背筋を伸ばした。

「ギーベ・イルクナー、わたくしはローゼマインが願っていたように、ブリギッテの幸せを心から願っておりますのよ。イルクナーへ戻り、故郷の発展に尽くしたいという優しい心映えには本当に感動いたしました。わたくし、ブリギッテの幸せのためにも、心を尽くしてイルクナーのためになる良縁を探して差し上げます」

ダームエルとの貴族街での生活よりイルクナーを選んだブリギッテに、上級貴族であるエルヴィーラ様の申し出を断るという選択肢はない。ローゼマイン様の後ろ盾が必要なイルクナーにとっても、ローゼマイン様の母親であるエルヴィーラ様との良好な関係は必要だ。ギーベ・イルクナーである私の答えは一つだった。

「勿体無《もったいな》いお言葉に存じます。我が妹のために良縁を探してくださるとのこと、どうぞよろしくお願いいたします」

オレ達に休息はない

雪がぱらつき始めたある日の工房からの帰り、オレはどんよりと暗い表情のギルに呼び止められて「必ず事情を知らないヤツがいないところで読んでくれよ」と手紙を渡された。

何の事情かなんて、いちいち説明されなくてもわかる。ギルがそうやって濁す時はマインに関することだけだ。だから、いつも手紙を預かった時は、家に帰るよりも先にマインの家へ寄ることにしている。今日もオレは手紙が入っているバッグを気にしながら、階段を駆け上がってマインの家の玄関の前に立った。

「こんばんは。ルッツだけど、皆いる？」

「いるよ。……あ、もしかして？」

戸口へ出てきたトゥーリに、オレは頷きながらバッグの中から手紙を出して見せる。トゥーリが嬉しそうに青い瞳を輝かせ、三つ編みを揺らして後ろを振り返った。

「お手紙が来たよ！」

弾んだトゥーリの声が響くと、すぐに寝室から飛び出してきたのはギュンターおじさんだ。夜勤のための仮眠中で寝入りばなだったのだろう、やや寝ぼけた顔に寝間着姿である。エーファおばさんもすぐさま手を拭いて台所仕事を切り上げた。

皆が台所のテーブルに顔をつき合わせるようにして手紙を待ち望んでいるのを見て、カミルが「カミュもうえ～」と言って、自分も抱き上げろ、と要求する。エーファおばさんがカミルを抱き上げると、オレは皆が揃ったテーブルの上にマインの手紙を広げて置いた。

オレに向けられた手紙には「元気になるために薬を使うから、季節一つ分くらいは寝込むと思う。その間、工房やグーテンベルク達のことはよろしくね」というマインらしい軽い口調で書かれていた。他には細々とグーテンベルクへの指示が並んでいる。

家族宛ての手紙には「わたし、お薬を作ったから元気になるよ。普通の女の子になるからね。しばらく寝込むけど心配しないで」と書かれていて、家族一人一人に対する言葉が並んでいた。

「やっと元気になれるのか」

「マインが元気になるなんて、まだ信じられないわ」

「ルッツ、他にも手紙が入ってるよ？　フランって書いてある。字は読めるけど、意味がよくわからない手紙だね」

フランからの手紙には貴族向けの言い回しが多く含まれているので、トゥーリが読むにはちょっと難しい。オレは店でも練習させられているし、このあいだイルクナーでも習ったので少し読めるようになっている。オレはフランの手紙を手に取って、目を通し始めた。

「……マジかよ」

「どうしたの、ルッツ？」

首を傾げるトゥーリの向こうでは、オレの強張った顔に気付いたギュンターおじさんが「マインに何があった!?」と気色ばんでガタッと立ち上がった。

「……城で何者かに襲撃され、毒を飲まされたらしい。神官長の見立てでは、命は助かったけど、薬を使う期間が一年以上に伸びる……って」

旦那様にもそのことを伝えてほしい、と書かれているが、それは今関係のないことだ。オレが口を噤《つぐ》むと、ギュンターおじさんがフランの手紙を奪い取り、自分の目で確かめたいというように目を通す。けれど、トゥーリと一緒で理解できなかったらしい。きつく眉を寄せて、手紙をテーブルに放り出す。きつく拳を握ったギュンターおじさんが拳を何度か額に当て、行き場のない怒りを吐きだすようにゆっくりと息を吐いた。

「眠る時間が伸びるだけで、命に別状はない……それだけが救いか」

「マイン、本当に大丈夫なの？」

「マインは強い子だもの。大丈夫。……きっと大丈夫よ。……いつだって死ぬんじゃないかって思いながら看病していたけど、マインはちゃんと目覚めてくれていたじゃない。今回も大丈夫よ。……そう、信じて待つしかないわ」

大丈夫、としきりに繰り返すエーファおばさんの笑顔も強張っている。見舞いに行くこともでき

ない。大っぴらに容体を尋ねることもできない。そんな状態では不安で仕方がないだろう。

どんよりと暗い雰囲気の家族をカミルは事情がわからないなりに、不安そうに見上げている。オレと目が合うと、こっちに向かって手を伸ばしてきた。

「ルッツ、ルッツ。おもちゃ……」

「しばらく新しいのはないぞ、カミル。お前のために作ってくれていた姉ちゃんが病気で寝込んでいるからな」

オレはポンポンと軽くカミルの頭を叩き、自分宛ての手紙を畳んでカバンの中に入れる。これは明日旦那様に見せなければならないだろう。

「また、ギルに様子を聞くよ。オレ、それだけしかできないけど……」

「ルッツはいつもよくやってくれてるわ。もう遅くなったから帰りなさい。これ、お裾分けよ」

エーファおばさんからお礼代わりの豚の腸詰《ちょうづめ》を一つもらって、オレはマインの家を出た。階段を駆け下りて、井戸の広場を通り、また階段を上がってウチへ帰る。

「おかえり、ルッツ。遅かったじゃないか」

「ただいま。届け物があってマインの家に行ってた。これ、エーファおばさんから」

オレがもらったばかりの腸詰を渡すと、母さんは嬉しそうに受け取りながら小さく笑った。

「マインが死んでもう二年近くなるのに、ルッツにとってはまだマインの家なんだと思ったら、何だか変な感じがするねぇ」

「……すぐには直らないんだ。仕方ないだろ？　オレ、腹が減ってるんだ。何も残ってないなら、その腸詰茹《ゆ》でてくれよ」

「残ってるから、さっさと荷物を置いといで」

オレが不貞腐《ふてくさ》れながら荷物を置きに寝室へ向かうと、背後に母さんの笑う声が聞こえた。未だに咄嗟に口を突いて出るのは「マインの家」なんだから仕方がないじゃないか。

どんどんと体が大きくなってきた男四人が寝なければならない寝室は、狭くて仕方がない。ザシャが早々に結婚を決めたので、冬が終わったら新居を整え始めることを考えると、来年の夏までにはこの寝室も少しは広くなるはずだ。

……オレも金はあるから、今すぐに出ようと思えば出られるんだけど。

自力で部屋を借りて、家事を下働きに任せるくらいの貯金はある。狭い部屋が本当に不満ならば、もっと広い部屋を借りて家族ごと引っ越すことだって可能だ。だが、今それをすると、トゥーリ達に手紙を届けるのが大変になるし、どうせオレはダプラ契約をしているので十歳になったら旦那様の家に住処を移すことになる。だから、十歳の夏までは今まで通り家族といたいと思うのだ。望まない状況に引き裂かれたマインを見たせいで、特にそう思うようになった。

バッグを置いて、夕食の並んだテーブルへ向かうと、ラルフが不機嫌そうな顔でこちらを睨んできた。夕飯は終わっているのに珍しくテーブルに残っているのは、オレに文句を言うためらしい。

何の文句を言われるかなんてわかりきっている。

「ルッツ。お前、またトゥーリのところに行ってたのか？」

「工房から届け物があったからな」

特に何でもないことのように答えながら、オレはスープの入った皿を引き寄せて食べ始める。最近はこうしてトゥーリ関係の文句を言われることが多いのだ。オレがさらっと流して食事を始めると、ラルフは何か言いたげだが呑み込んでいるような顔で、イライラとテーブルの端を指先で叩き始めた。正直、食事の邪魔だ。こっちまでイライラしてくる。

「……あのさ、ラルフ。そんなに気になるならトゥーリを直接誘えばいいだろ？」

「それができたら苦労しねぇよ！」

トゥーリは十歳になってギルベルタ商会のダプラ見習いとして契約した。この界隈《かいわい》ではあり得ないくらいの出世をしている有望株なのだ。つまり、トゥーリはこの周辺では並ぶ者がないくらいの美人だということになる。十歳を超えて、少しずつ将来を見据えるようになってきた周囲には、トゥーリに目を付けている男も多い。ラルフもその一人だ。

「土の日に一緒に森へ行こうぜって誘っても、トゥーリに断られる方が多いんだよ」

どんどんと裁縫の腕を上げていて、身綺麗にしていて、働き者のトゥーリにラルフは完全に惚《ほ》れ込んでいる。近所の幼馴染という強みを生かして近付きたいのだろうが、二人とも十歳になったので、土の日以外毎日仕事があって、会うことも儘ならないそうだ。

「……そりゃ、森に行く暇なんてないだろ」

「なんでさ？」

まず、マインの家は病弱なマインがいなくなって、薬代がかからなくなった。そして、トゥーリはギルベルタ商会のダプラになったし、領主の養女の髪飾りを特別注文で受けている。森にわざわざ採集に行かなければならない経済状況ではなくなっている。マインにとって思い出の家を出たくないし、生活環境をあまり変えたくないから、引っ越しをしていないだけで、今はもうちょっといい部屋に住めるはずだ。だが、そんな他人の家の経済状況に関してはどうでもいい。

「トゥーリは一流の針子になるために、脇目もふらず努力している。仕事がない日にもギルベルタ商会へ行って、コリンナ様に色々教えてもらっているらしいから、すっげぇ忙しんだよ」

「あああぁ、仕事柄しょうがないってわかってるけど、オレよりお前の方がトゥーリのことに詳しいのがむかつくぞ！」

「何だよ、じゃあ、トゥーリの話をするの止めりゃいいのか？」

「……いや、知ってることは洗いざらい喋れ」

むすっとしているラルフに、オレは最近のトゥーリについて知っていることを話す。そうはいっても、勤め先が違うので話せることは多くない。

「あ……。ラルフが本気で誘いたいなら、もうあんまり残されてる時間はないかも？」

「どういうことだよ⁉」

「だって、トゥーリはダプラ見習いじゃないか。夏にギルベルタ商会とプランタン商会が分かれて、引っ越し中だから今は家から通ってるけど、春には住まいも北に移るぜ」

プランタン商会は独立する際、ギルベルタ商会と距離は近いけれど、別の場所に店を移した。日常業務をしながら少しずつ引っ越しを進めていて、最近、旦那様とマルクさんはようやくプランタン商会の二階で生活ができるようになったし、冬が越せるように冬支度を終えた。

まだ残っている荷物を綺麗に片づけたら、今度は三階に住んでいたコリンナ様達が二階へ移動する。雪に閉じ込められる冬の間に、三階から二階へ住まいを移す予定らしい。ギルベルタ商会の引っ越しが落ち着いた春になれば、トゥーリもダプラ見習いとして部屋を与えられるのだ。

「ちょっと待ってくれよ、トゥーリ！」

嘆くラルフを見ながらオレは夕飯の続きを食べる。恋する男は本当に面倒くさい。

……なんだかんだ言っても兄貴だからラルフを応援してやりたいとは思うけど、領主の養女のお抱えを目指しているトゥーリがこの辺の男と結婚するとも思えないんだよなぁ。


次の日、オレはプランタン商会へ仕事に向かった。

「おはようございます、マルクさん。神殿長に関することでお話があるので、旦那様とお話する時間が欲しいのですが……」

オレの要望に頷き、マルクさんはすぐに旦那様に話を通して、執務室にオレを呼んでくれた。マルクさんの迅速で丁寧な仕事ぶりには感心する。何とか真似ようと思っているけれど、まだまだオレには難しい。旦那様とマルクさん以外は人払いをして、オレはマインが一年以上眠ったままになることを報告した。

「命に別状はないんだな？」

「はい。フランの手紙によると、神官長の見立てでは一年以上は目覚めないだろう、と書かれていました。これがその手紙です」

旦那様とマルクさんが手紙を見て、「なるほど」と呟く。

「それでは、しばらくは新しい事業が始まることはありませんね」

「あぁ、ちょうど良い」

マルクさんの言葉に旦那様は少し肩の力を抜いた。一年以上も眠る状態になるのに、「ちょうど良い」と言われたことにオレは思わず顔をしかめる。そんな言い方はないだろうと思っていたら、旦那様に「感情が顔に出すぎだ」と言われ、眉間をグッと押された。

「お前も知っているように、ローゼマインは性急に物事を進めすぎる。新しいことが大量に芽吹いているのだから、それを定着させるための期間も必要だ。起きたらまた暴走が始まるから、今のうちにこれまでの仕事を定着させろ」

どんどんと事業を拡大していくのかと思えば、そうではないらしい。

「イルクナーの素材の研究や新しいインクの開発、手押しポンプの普及、本の種類を増やすんだ。新しい事業を始めるのではなく、今までの仕事に深みを出す方向へ力を費やすようにグーテンベルク達にも連絡しておいてくれ。ダルア達には俺から伝えるからな」

オレは大きく頷くと、グーテンベルク達に向けて招待状を出す。入ったばかりのダルア見習いをグーテンベルクの遣いに出し、招待状を届けてもらった。

「おい、ヨハン。プランタン商会って、ここでいいのか？」

「うん、ここだ。すみません。ルッツに取り次いでください。え？　どちら様って、ヨハンです。

あ、その……グーテンベルクの」

グーテンベルクに招集をかけた当日、聞き慣れた声が部屋の外から聞こえて、オレは出迎えるために慌てて部屋を出た。

「ヨハン、ザック。雪の中、ご足労ありがとうございます。どうぞこちらへ」

指定された日時にやってきたグーテンベルク達をプランタン商会の会議室に入れる。鍛冶職人のヨハンとザック、木工工房の親方のインゴ、インク職人のハイディとヨゼフ、ローゼマイン工房代表のギルとフリッツ、最後にプランタン商会からオレ達三人。こうしてずらりと並ぶと、意外とグーテンベルクの人数が多いことに驚いてしまう。マインと二人だけでごそごそと紙を作っていた頃がひどく遠くて懐かしい。

……何だか無性にカルフェバターが食いたくなってきたな。

寒い季節に食べると格別だった味を思い出しながら、オレはザックとヨハンに席を勧めて、自分も席に着いた。

「グーテンベルクに知らせておかなければならないことがある。ローゼマイン様のことだ」

旦那様からローゼマインが長期の療養に入ったことが知らされ、オレはその後でマインから預かった手紙の内容を読み上げる。

「……つまり、印刷は今まで通りに行い、インクは新しい紙に合う物を開発してほしいそうだ。それから、インゴには以前に話してあった本棚の作製を、ヨハンとザックは金属活字の増量と手押しポンプの普及を頼まれている」

貴族らしく遠回りに書かれた手紙の意味を説明した途端、ハイディが拳を握って高く突き上げて立ち上がる。

「新しいインクの研究だぁ！　やったー！　お嬢様、大好き！」

「周りを見ろ。空気を読め。落ち着け、ハイディ！」

新しい紙とインクの研究を一手に引き受けることになって、目を輝かせるハイディと、彼女を落ち着かせようとする夫のヨゼフ。ハイディを押さえながら、ヨゼフがちらりと気遣わしげに視線を向ける先には、茫然《ぼうぜん》とした顔で目を見張って止まっているヨハンの姿があった。

「……なぁ、ルッツ。手押しポンプに金属活字って、もしかして、忙しいのはオレばっかりじゃないか？　ザックは何をするんだよ!?」

そんなことを言われても、細かい物を作るのはヨハンと決まっている。マインが注文した物は確かにヨハンが担当する物ばかりだ。仕事量が不公平かな、とオレが思っていたら、ザックは嫌そうに顔をしかめ、耳をほじりながらヨハンを見た。

「あのさ、オレはバネを使ったベッドを考えなきゃいけないし、馬車の揺れを少なくするようにも頼まれてる。設計することがいっぱいだし、そもそもオレのパトロンはローゼマイン様だけじゃないんだ。他の依頼もある。ヨハンはローゼマイン様以外のパトロンがいないんだから、言われたことをしっかりやればいいだろ？　嫌なら客を増やせよ」

マインのように細かい注文をする者でなければ、ヨハンの真価は理解できないのだから、ヨハンは諦めて細かい部品を作るしかないだろう。

「そんなに同じ部品を作るのが嫌なら、ヨハンは自分と同じことができるように後進を育てたらどうだ？　ローゼマイン様が起きたら、また新しい依頼がガンガン来るぞ」

ザックの言葉にヨハンはザッと青ざめて身震いしながら、「いやいや、さすがにそれはない」と自分に言い聞かせている。でも、オレはザックの意見に賛成だ。マインは「起きたら、わたし、健康になってるんだよ」と言っていた。今までと違って体調で止まらないマインが、暴走したままになってしまうのだ。

……うわぁ、ちょっと考えただけで頭が痛いな。

先の予想にオレが頭を抱えていると、旦那様がインゴに視線を向けた。

「インゴの本棚とは何だ？　また何か新しい物か？」

「おぅ、突飛な本棚だ。棚が動く移動式の本棚だってさ。他にも集密書庫だったか？　本棚の原案だけはいくつか持ち込まれているからな。他の依頼を受けながら、これをまず完成させるさ。ちょこちょこと金属部品があるから、それはヨハンに依頼することになるだろうが……その、何だ。頼むな」

インゴは気の毒そうにヨハンを見ながら頼む。どんどんヨハンの顔色が悪くなっていく。

「え？　それって、まさか……オレの仕事が増えたってことか？」

「よかったじゃないか、ヨハン。金属活字とは違う仕事ができて」

「新しいお仕事って楽しいよね？　皆で頑張ろうねぇ！」

ザックとハイディの激励を受けて、「嫌だあぁぁ！」と涙目で叫ぶヨハンを皆で笑いながら、グ

ーテンベルクの集いは旦那様によって締めくくられる。

「そういう感じでローゼマイン様がお目覚めになるまで各々《おのおの》の仕事に取り掛かってくれ。ローゼマイン様のお金は神官長が預かっているそうだ。こちらでも立て替えておく覚悟はあるので、今まで通りに活動してほしい」

「はいっ！」


去年より吹雪が長引いた冬が終わり、春も半ばを過ぎた頃、オレはギルから相談を受けた。マインが準備していた印刷用のお話がもうほとんど残っていないらしい。

「フランにも一応相談したんだ。そうしたら、冬の城で貴族の子供達から聞き取った話を神官長が渡してくれたんだけど、全部子供の喋り言葉で書かれていて読みにくいんだよ。ローゼマイン様はあれを本で読める文章に直していたみたいで、オレ、どうしたらいいかなって……」

印刷するための話がなければ、印刷はできない。ギルの悩みにオレも、うーん、と考え込む。貴族達に売れる絵本はウチの主力商品だ。貴族に売れるという触れ込みで、豪商達にも売れ始めているのだ。ここで印刷が止まるのは困る。

「……確かトゥーリが手書きの本をもらっていたはずだ。それを借りられないか、聞いてみる」

「ん。頼む。いっぱい本を作ったら、ローゼマイン様は読みたくて早く起きてくるかもしれないからな。できるだけいっぱい印刷を頑張ろうと思ってさ」

「確かに。本を積み上げていたら、飛び起きそうだ」

ギルとそんな話をした後、オレはギルベルタ商会で生活することになったトゥーリのところへ行って、トゥーリに本を貸してもらえないか聞いてみた。

「ギル達は丁寧に扱ってくれそうだから貸すのはいいんだけど……これはマインが家族のために書いてくれたものだから、商売向きじゃないと思うよ？」

トゥーリが出してくれたのは、「母さんの物語集」だった。マインが粘土板に書いていた頃から溜めていたお話が全部書かれているものだった。パラリパラリとめくっていくと、森へ行く途中で聞いたことがあるお話がいくつもあって、何だかあの頃に帰りたくて泣きたくなる。

「トゥーリの言う通り、今までの絵本と違いすぎるけど、一応借りていいか？」

「いいけど、わたしのお願いも聞いてくれる？」

トゥーリがそんなふうに交換条件を出してくるのは珍しい。オレが目を瞬くと、トゥーリは決意を込めた青の瞳をクッと上げた。

「わたしね、行儀作法を覚えたいの。ルッツはイルクナーで灰色神官に教えてもらって、すごく動きが良くなったし、貴族向けの難しい言い回しのお手紙も読めるようになってるよね？　わたし、行儀作法を覚えたら貴族の館へ連れて行ってくれるってコリンナ様に言われたんだけど、どうやって覚えたらいいのかわからないの。この本を貸す代わりに、わたしに行儀作法を教えてくれる灰色神官を紹介してほしい」

オレはイルクナーの館で働く人達と一緒に灰色神官達の教育を受けた。自分ではあまり実感がなかったが、旦那様もマルクさんも褒めてくれたし、トゥーリがすぐにわかるくらいには動きが洗練されたらしい。同じ貧民街出身のトゥーリが焦る気持ちは理解できる。

マインが神殿に入って工房を始める前は、灰色神官や灰色巫女は孤児だ、とオレもトゥーリもどこか見下していたところがあった。「図書室に入れるだけで尊敬するよ」と言っていたマインを除いて、下町の人間は多分同じような考えだったと思う。けれど、深く知ってみれば、彼等は自分達が生きるために貴族の前に出されても恥ずかしくないだけの行儀作法を身に付け、教養がある者だった。オレ達がお金を出しても手に入れたい知識を持っている相手だ。

「わかった。ギルやフリッツに話を通してみる」

印刷をしている孤児院のローゼマイン工房は、ギルベルタ商会からプランタン商会の管轄になった。そのため、神殿長であるマインの招待がなければ服飾関係のギルベルタ商会のダプラ見習いであるトゥーリは出入りできなくなった。先に神殿へ話を通しておかなくてはならない。

オレは工房へ行った時に、トゥーリから借りた本を渡しながらギルに頼んでみた。

「だからさ、トゥーリの行儀作法に関して何とかならないか？　頼む、ギル」

「うーん、トゥーリが覚えたいんだったら、灰色神官よりは灰色巫女に教えてもらった方が良いかもな。トゥーリには今まで世話になってるし、ヴィルマとフランに尋ねてみるよ」

今までにトゥーリは孤児院の子供達のために裁縫や料理を教えたり、森へ連れて行ったりして骨を折っている。冬の神殿教室にも何度も顔を出していることで、孤児院にも馴染みがある。だから、その恩返しという形で行儀作法を教えるのは構わない、とフランとヴィルマから許可が出た。ただし、出入りを許されているオレがトゥーリを連れてくることが条件らしい。

トゥーリと一緒に行かなければならないのだから、オレもついでに教えてもらうつもりだ。イルクナーで色々と教えてもらったとはいえ、側仕えをしているギルとは結構差ができている。オレももっと頑張らなければならない。

「旦那様。そういうわけで、オレ、土の日は行儀作法の勉強のために孤児院に行きます」

「ルッツとトゥーリだけか？　他にも入れないか？」

旦那様はプランタン商会やギルベルタ商会のダルアにも行儀作法を叩き込みたいと考えているようだが、許可を出してくれるマインが寝ている以上、他の人間をねじ込むことはできない。

「さすがに無理だと思います。トゥーリはずっと孤児院のために色々してきたから、フランとヴィルマが許可してくれただけだから」

「さすがにこんな時は、あの暴走娘が起きていれば、と思うな」

苦笑していた旦那様が表情を引き締めた。

「ルッツ、しっかり習ってこい。いつ断ち切られてもおかしくないとはいえ、お前達は領主の養女と繋がりを持っている。その貴重な繋がりを精一杯活かせるように努力を怠《おこた》るな」

「はい！」

「それから、これはローゼマインに以前言われたことだが……」

旦那様からいくつかの注意事項と共に買い出しの許可が出たので、オレはコリンナ様の工房へ向かった。工房で旦那様からの招待状を見せて、トゥーリを呼び出す。

「トゥーリ、許可が出た。行儀作法を教えてくれるって」

「ありがとう、ルッツ。頑張って覚えなきゃ！」

トゥーリがやる気に満ちた目でグッと拳を握った。トゥーリは以前にマインから少し物の扱いを教えてもらっただけで、きちんとした教育を受けていない。コリンナ様が教える行儀作法は工房で浮かないようにするためで、行儀作法より針仕事に関することが大半を占めるそうだ。

「じゃあ、買い出しに行くぞ。中古でいいから袖が長い服を買ってこいってさ。立ち居振る舞いの練習には必要なんだって」

「えぇっ!?　そんな余分なお金、わたし、持ってないよ!?」

ギルベルタ商会に所属したことでトゥーリもギルドカードを持っているし、ダプラ契約をして領主の養女に贈る髪飾りを一手に引き受けているのだから、給料は同年代よりかなり高い。それでも、袖口がひらひらしたお嬢様用の衣装をポンと買える程のお金は持っていないらしい。オレは自分のギルドカードを見た。金はある。忙しくて使う暇がないから貯まる一方だ。

「今日はオレが買ってやるよ」

「悪いよ、そんなの」

「気にしなくていい。マインが起きたら、マイン貯金の中から返してもらうから心配するな」

予想通り固辞しようとするトゥーリにオレはひらひらと手を振った。

「……マイン貯金？」

「今まで服を買っていたのと同じさ。死ぬまでのマインが貯めていた、家族のために使うお金だ。

トゥーリがきちんとした教育を受けて、自力でローゼマイン様と会える実力を付ける方が大事だろ？　今回の教材に使ってもマインは文句言わねぇよ」

「教材って……。紙と違って袖が長い服は高いでしょ？　そんなの、無駄遣いだよ」

説明しても首を横に振るトゥーリをオレは睨んだ。無駄遣いでも何でもない。

「袖がないと感覚がつかめないんだから、これは必要経費だ。無駄遣いって感じるなら、最初から行儀作法を覚えるのを諦めた方が良い。今回は運良く孤児院で教えてもらえるけど、本来は大金をはたいて、行儀作法を教えてくれる先生を招かなきゃダメなことなんだぜ？」

貴族に通用する行儀作法のために、豪商が払う金額を示すとトゥーリが項垂れた。

「……そうだね。ルッツにお願いしておく」

トゥーリと一緒に練習用のひらひら服を買いに行き、ついでに工房に着ていける普段着も数着積み重ねた。女物の服が積み重なった情景にトゥーリが悲鳴を上げる。

「ルッツ、こんなにいらないよ！」

「コリンナ様の工房やプランタン商会は金持ちの見習いが多いから、オレやトゥーリは浮いているんじゃないかってマインが心配して、いつも服を買う時期や枚数を指定していたんだってさ。マインがいなくなったんだから、自分で気を付けて服を買えって旦那様に注意されたんだ。……だから、こっちはオレの分」

オレは自分の服も積み重ねた。オレも旦那様に指摘されなかったら、服装には全く構わないから、本当に気を付けなければならない。「知らなかったよ」とトゥーリが呟きながら、積み上がった服を見つめる。そして、嬉しそうに口元を緩ませ、目を潤ませて服に手を伸ばした。

「……側仕え達の服を買うお手伝いをしたお給料代わりって言われてたけど、マインがわたし達のことを考えて指示を出してくれてたんだね。そんなの、ちゃんと言ってくれなきゃわからないじゃない。マインはもうあっちが忙しくて、こっちのことなんて忘れちゃってるんじゃないかって思ってたのに……。わたし、バカみたい」

「トゥーリ達は直接話ができないから、わからないかもしれないけど、お前ら、どっちもお互いのこと好きすぎ。ウチもそんなに悪くないけどさ、ウチの兄弟とは大違いだよ」


こうして、仕事が休みになる土の日に、オレとトゥーリは孤児院で行儀作法を教えてもらうことになった。孤児院でオレはフリッツに、トゥーリはヴィルマに。毎週トゥーリが休みのたびに一緒に出掛けることになるので、ラルフがじっとりとした目で見てくるようになった。何を言っても無駄っぽい。仕方がないのでラルフのためにちょっとトゥーリに探りを入れてみる。

「なぁ、トゥーリはそろそろ恋愛とか考えないのか？　周りには増えてきただろ？」

「周りはそうだけど、正直、わたしはそれどころじゃないんだよね。マインに追いつこうと思ったらホントに忙しいんだから恋愛なんかで邪魔しないでよって、気分になるの」

色めき立ってくるお年頃なのはわかっているが、自分には全く関係がないというか、むしろ、巻き込んでくれるなという気分らしい。

「あ〜、その気持ちはわかるな。こっちはそれどころじゃないんだよって……」

イルクナーで領民の女子達に取り囲まれ、邪険《じゃけん》にすることもできず、トゥーリと同じようなことを思っていたオレは心の中でラルフに謝った。

……悪い、ラルフ。今のトゥーリに恋愛は無理っぽい。


マインが眠ってそろそろ一年かというくらいの秋の終わり、旦那様が血の気の引いた顔でグーテンベルクを全員集合させた。冬支度の最中なんだけど、と不満顔をしていたグーテンベルクも、旦那様の顔色を見て背筋を伸ばす。

「ローゼマイン様の母親に当たるエルヴィーラ様が、ご自分の印刷工房が欲しいとおっしゃっている。ご実家のあるハルデンツェルで大々的に事業を行うらしい。植物紙工房を作り、お抱えのインク工房を作り、印刷工房を作ると神官長から話があった。ローゼマイン様の代わりに印刷事業を広げるのが母親の務め、だそうだ」

「えーと、それって……どういうこと？」

ハイディがよくわからないというように首を傾げた。

「次の春から秋にかけて、グーテンベルク全員の大移動が行われる。長期間抜けても工房や店が回るように冬の間に各自準備をしておけ。それぞれの協会にも話を通しておくんだ。商業ギルドは俺が受け持つ」

グーテンベルク全員が駆り出されるという予想外の大事業に、全員顔色が変わった。

「いくら何でも突然すぎるぞ!?」

「ハルデンツェルに行ったとしても協力してくれる工房がないと活動できないこと、冬は川が凍って紙作りができないことを理由に、これでも春まで引き延ばすことには成功したんだ」

当初は今すぐにでも、と言われたが、印刷したい物をローゼマイン工房で先に印刷することと引き換えに旦那様は何とか猶予をもぎ取ったらしい。さすがウチの旦那様だ。

「エルヴィーラ様は生粋《きっすい》の上級貴族だ。神殿育ちのローゼマイン様と違って、平民の事情など考慮してくれんからな。あの方を止められるローゼマイン様はお休み中だ。春になったらいつでも出られるように準備を怠るなよ」

マインが眠ったら、その家族が暴走し始めた。それも、オレ達には止めようがない上級貴族が相手だ。グーテンベルクに休息なんてなかったらしい。真っ青になったグーテンベルク達は一斉に会議室を飛び出した。

神殿の二年間

今、ローゼマイン様は薄い青の薬の中に静かに横たわりました。体には赤い線が浮かび上がっています。神官長が薬液から手を抜いたため、ゆらゆらとローゼマイン様の長い髪が揺れました。

神官長は手を拭いながら立ち上がると、汚れたタオルを私に預けて扉を開けます。私一人ではこの工房に出入りできないので、急いで神官長と共に工房を出ました。神官長が一度ローゼマイン様の眠る箱をちらりと見た後、丁寧に扉を閉めます。

「これでこの中に入れる者は私以外いなくなった。ローゼマインは安全だ」

襲撃犯が神殿へやって来ても隠し部屋へ入ることはできません。その状況を確認し、神官長はいつも通りの執務を行う顔で私を振り返りました。

「フラン、ローゼマインの覚書なり、手紙なりがあれば出してくれ。この冬にローゼマインが行う予定だったことがあれば把握しておきたい」

「かしこまりました」

私はすぐにローゼマイン様の執務机から、各人に向けた手紙とこれから先に行うことの覚書を取り出します。ローゼマイン様は忘れないように、と常に書字板に書かれた予定を紙に書き写して残すので、これから先に行おうと思っていたことはすぐにわかるのです。失敗作の紙とはいえ、覚書に高価な紙を使うという贅沢《ぜいたく》な使い方に、当初は驚いていましたが、もう慣れました。ローゼマイン様は木札ではなく、紙に書くのが一番しっくりくるのだそうです。

私がローゼマイン様の手紙を貴族関係者と神殿関係者と下町関係者に分けていると、オルドナンツが飛びこんできました。犯人を捕えたことを伝えて、黄色の魔石に戻ります。神官長は「これから城に戻る」とオルドナンツを返します。

「フラン、私は城での処理があるため、奉納式までこちらへ戻らぬ。神殿の中のことは私の側仕えと其方等に頼む。青色神官達を使って奉納式の準備を終えておくように」

すぐさま神官長は私が差し出した貴族関係者への手紙と覚書を手に取り、急ぎ足で退室して行きました。

神官長が退室すると、自室へ下がったはずの他の側仕え達が神殿長室へ入ってきました。

「フラン、神官長はどのようにおっしゃったのですか？　ローゼマイン様はご無事ですか？」

モニカが不安そうに見上げて来ました。ニコラもギルも私の言葉をじっと待っています。ローゼマイン様が性急に工房へ入ったことが不安で仕方がないようです。

「一年以上は眠ることになるだろう、とのことです。受けた毒が思いのほか、ローゼマイン様にはご負担だったようです」

「そんな……」

皆が泣きそうな顔をしていますが、ローゼマイン様が目覚めるのはずっと先のことです。

「詳しいお話は明日します。今日はもう遅いですから、お休みなさい」

まだ受け入れられずにいる見習い達を各自の部屋に戻らせます。それから、本日の寝ずの番である私は部屋を整え、ローゼマイン様の下町のご家族とプランタン商会に説明できる立場であるルッツに向けて手紙を書きました。

次の日は、説明に明け暮れる一日でした。気になって眠れなかったのか朝早くに起きてきた見習い達に、説明のための手紙を渡し、私は一度休みます。

四の鐘が鳴って、私が昼食の席に着くと、皆が一斉に説明を求めてきました。正直なところ、神官長から詳しい説明を受けているわけではないので、執拗《しつよう》に尋ねられても私もそれほど詳しくありません。

「ローゼマイン様が当初おっしゃったように、城へ行って神殿を不在にする時と変わらないと考えてください。不在期間が延びただけだ、と思って生活していくしかありません。目覚めたローゼマイン様が困らないように、今まで通りの生活をしてください」

昼食を終えた後、私とザームはローゼマイン様の仕事に関する資料をまとめて、神官長の部屋へ移す作業に入りました。神殿長が不在の間の仕事は、神官長がこなすことになります。

「このままでは神官長まで倒れてしまうのではないでしょうか？」

書類の量を見て、私が神官長の心配をしていると、ザームが少し考えた後、大丈夫でしょう、と言いました。

「ローゼマイン様の意見を取り入れて、他の青色神官達を教育していたので何とかなると思います。何もしていなかったらどうなっていたか……。その一点だけでも私はローゼマイン様を称えることができますよ。神に祈りを！」

ザームは以前フリッツと同じ主に仕えていたことがあるので、神官長の優秀さと仕事のしやすい環境をとても気に入っていました。そんな神官長の補助ができるローゼマイン様の優秀さを青色巫女見習いの頃から褒め称えていたのです。

神官長の側仕えの中から誰かローゼマイン様のところへ移動させる、と話が出た時に、ザームは真っ先に立候補したと聞いています。神殿長室の方がご飯の質も良いし、一人一人に任される仕事の量も多くてやり甲斐があるし、ローゼマイン様が多くの仕事を受け持つことができるようになれば、結果的に神官長が助かるからだと言っていました。

「では、運んでしまいましょう。神官長の側仕え達にも説明が必要でしょう」

私とザームは神殿長室の資料の入った木箱を神官長室に運び込みました。

「フラン、ザーム。待っていました。こちらの棚を空けてあります」

神官長はこちらでも指示を出していたようで、私達が持ち込んだ資料を整頓《せいとん》する場所がすでに空けられていました。皆で協力しながら、資料を整え、昨夜の出来事についての情報をやり取りします。なるべく神官長の仕事を減らし、青色神官達に回せそうな仕事を選別して、どんどん回していこうということで側仕え一同の意見が一致しました。

「ザーム、カンフェル様やフリターク様への説明をお願いしてよろしいですか？　私は孤児院と工房に行ってきます」

資料の整理を終えた後、青色神官達への説明をザームと神官長の側仕え達に任せると、私は孤児院へ向かいました。

「フラン、ローゼマイン様が長いお休みにつかれたとモニカから聞いたのですけれど、孤児院はどうなってしまうのでしょう？」

ヴィルマが青ざめた顔で詳細を求めてきました。ローゼマイン様が孤児院長になってから生活が劇的に変わったことを知っている孤児院の者は、ローゼマイン様の不在を極端に恐れています。生活がまた以前に戻る可能性があると考えれば当然のことかもしれません。

「大丈夫です。ローゼマイン様がお休みになられている間、権限は神官長に移りますが、基本的に今まで通りで、私が代わりに運営するように言われています。予算に関してローゼマイン様のカードは使えませんが、城から出ている神殿長への補助金や領主の子に渡される生活費としての予算を神官長が管理しているので、それほどの問題になることはありません。それに、冬支度も終わっているので、春までは無駄遣いしない限り問題なく過ごせるはずです」

「……そうですね」

納得したヴィルマと共に、不安がる孤児院の子供達には「今まで通りに工房で働いていればお金が無くなることはありません」と言い聞かせます。これは誰にも言っていませんが、ローゼマイン様が鍵のかかる書箱の中に貯めている「タンスチョキン」というお金もあるので、最悪の事態に陥ることはないでしょう。

「ヴィルマ、管理をする者があまり狼狽えた姿を見せるものではありません。毅然《きぜん》としていてください。ローゼマイン様は大丈夫です」

「申し訳ありませんでした」

「では、ローゼマイン様から預かっている冬の課題をここで発表します」

ローゼマイン様から孤児院に向けて出された去年の課題は、「全員が基本文字と一桁の計算を覚えよう」でした。全員が達成したご褒美に小さなハンバーグが食事に出てきたことを思い出したのか、子供達の目から不安が消えて真剣なものになりました。

「今年の課題は、十歳までに全員が側仕えとしての基本知識を身に付けよう、とのことです。側仕え経験のある灰色神官達に教師役をお願いします」

ローゼマイン様はイルクナーでフォルクの売買契約に関わり、灰色神官達の価値を高めようと考えられたようです。下働きとして売られるより、側仕えの技量を持つ者の方が高く売れます。そして、できる仕事内容によって、その先の扱われ方も変わってくるのです。

「デリア、ローゼマイン様はディルクのことも心配していました。異常が現れた時はできるだけ早目に連絡してください。神官長もお忙しいので、対応が遅れる可能性があります」

「わかりました」

孤児院での説明を終えた私は工房に向かいましたが、ギルが「本をたくさん作れば、ローゼマイン様が読みたがって早く起きるかもしれない」と張り切って印刷をしているようなので、特に問題はなさそうです。ルッツ達に渡してもらうための手紙を渡しただけで終了しました。

次の日にはローゼマイン様の専属が城から戻されてきました。専属料理人によるレシピの流出等はもちろん、守ってくれる主なしで城に残ると、権力による無理強いや引き抜きなどが起こる可能性もあります。特にロジーナとエラは若い女性ですから、ローゼマイン様は絶対に城に残さないように、とお願いしていました。戻ってきた専属達にも一年以上ローゼマイン様が戻られないことを告げ、託されている仕事内容を告げていきます。

「エラとフーゴは今まで通りに、側仕え分と孤児院分の料理をお願いします。それから、ローゼマイン様は、料理の好きなニコラを料理の道に進ませてあげたいそうです。助手としての指導をお願いします。後は、忙しさであまり進んでいないレシピ本の作製に力を入れるように、とのことです。

更に余裕があれば、そろそろ自分達で新しいレシピを作ってみてはどうかともおっしゃいました」

「かしこまりました」

ニコラは嬉しそうに笑いながら、厨房でしなければならないことを書字板に書き込んでいきます。エラとフーゴは文字が読めないので、書くことに関してはニコラが一手に引き受けることになりますが、これもレシピ本の作製がなかなか進まない理由でしょう。

「ロジーナは孤児院の子供達に音楽を教えてください。ローゼマイン様は自分にはわからなくても、ロジーナには子供達の音楽の才能がわかるかもしれない、とおっしゃいました。楽師としての才能が開花すれば、その子の将来がまた変わってくるだろうと考えられたようです」

「クリスティーネ様がわたくし達に教えてくださったようなことを教えれば良いのですね？　わかりました。やってみましょう」

少しでも孤児達の価値を上げ、待遇の良い職場が見つかるようにしたいというローゼマイン様の言葉を伝えると、専属楽師として買い上げられたロジーナは、柔らかく表情を緩めて頷きました。

ローゼマイン様がいらっしゃらない神殿での生活が始まりました。ニコラは側仕えをしながら、料理の助手をし、ギルとフリッツは今まで通りに工房と冬籠り中の孤児院で活動しています。私とザームとモニカは食事と睡眠以外は基本的に神官長の部屋で執務をする毎日です。

「儀式の間の準備が終わりました」

「薪の準備もできていますか？　カンフェル様、奉納式の順番は決まりましたか？」

「フリターク様、他の青色神官達へ伝えてくださいませ」

去年と同じように、神官長が戻られるまでに奉納式の準備を終えることができました。カンフェル様とフリターク様も準備を任されるのが二年目ですので、少し手慣れて参りました。他の青色神官達も協力してくださる方が増えています。

「準備はできているか？」

神官長が奉納式の二日前に戻られ、確認をしていきます。そして、問題なく整っていることを確認すると、青色神官達に労いの言葉をかけました。

「ご苦労だったな。では、奉納式の当日までゆるりと過ごすが良い」

青色神官達を退室させると、神官長はご自分の隠し部屋から魔石の袋を持ち出し、ローゼマイン様のいらっしゃる隠し部屋の工房へ向かいました。

「フラン、来なさい」

私は神官長と共に工房に入ると、あの日と全く変わらぬ状態でローゼマイン様が眠っていらっしゃいました。ただ、前よりもずっと薬液の青が濃くなっていて、ローゼマイン様の白い肌に浮き出ている赤い線が光っているように見えます。

「……放置しすぎたか」

神官長が眉を寄せて面倒くさそうにそう言いながら、私に魔石を中に入れるように言いました。

私は色をなくしている透明の魔石や黒の魔石を次々と薬液に入れていきます。魔石が魔力を吸い取っていくと同時に、薬液の色が少しずつ薄まっていくのがわかりました。

「圧縮しすぎだ、あの馬鹿者。魔石が全く足りないではないか。奉納式の時期で助かったな」

ローゼマイン様の手を取って、その赤い線を睨むように見つめていた神官長が溜息を吐きます。

予想以上に時間がかかりそうだ、という呟きが耳に入りました。

神官長がローゼマイン様の経過について何やら書かれている間、私はローゼマイン様の魔力で満たされた魔石を取り出しては丁寧に拭って袋に詰め直していきます。

「今日はこのくらいでよかろう」

それからは奉納式の後、青色神官達が使って空になった魔石をローゼマイン様の薬液に入れて魔力を補充するという仕事も加わりました。ローゼマイン様の魔力があったおかげで、奉納式を恙なく終えることができました。

奉納式の後も祈念式に向けて魔力を溜めるということで、私は神官長と共に工房へ入ります。ローゼマイン様のお姿を確認できて少しばかり安心するのですが、全く変化が見られないことにじりじりとした焦りも感じます。

……早く起きてくださいませ、ローゼマイン様。

奉納式が終わると、神官長は溜まっていた書類仕事に取り掛かりました。仕事量が一気に増えたにもかかわらず、ダームエル様やエックハルト様まで騎士団の鍛錬に取られたことで、またもや薬漬けの生活が始まったようです。薬入れに手を伸ばす神官長の姿をよく見るようになった、と側仕え達が零していました。今までの神官長の仕事、城での仕事、それに加えて、ローゼマイン様が担当していた神殿長の仕事、孤児院、工房、プランタン商会とのやり取りが神官長に圧し掛かっているのです。青色神官が少しずつ育っているとはいえ、青色神官にはプランタン商会関係の仕事や孤児院の管理は任せられません。

「冬の間はプランタン商会の者が来ることもほとんどありませんし、孤児院も基本的に冬籠りをしているだけなので問題はないと思われます」

「あぁ、工房や孤児院に関しては管理者もいるし、そちらである程度こなしてほしい」

しかし、春になり、冬の手仕事の精算や紙作りが始まると、お金のやりとりが出てくるので嫌でも仕事が増えますし、後回しにすることもできません。神殿の仕事だけではなく、城からの仕事も回されているらしい神官長は、薬を片手に苦々しい顔で呟きました。

「気は進まないが、あれを呼ぶか……」

神官長がオルドナンツを飛ばして少しすると、高速で神殿に向かって駆けてくる騎獣が見えました。その数分後には、下町に対する忌避感が少なくてローゼマイン様の事情に通じているユストクス様が目を輝かせて、神官長の前に跪いていました。

「フェルディナンド様のお召に従い参上いたしました。工房の管理と商人とのやり取りならば、任せてください」

「フリッツ、ユストクスを工房に案内して、プランタン商会との金銭的なやり取りについての説明をしてほしい。ユストクス、忙しいのだから問題は起こさぬように。わかったな？」

「かしこまりました。さぁ、案内せよ。フリッツ」

「フリッツ、何かあれば私に報告しなさい。即刻ユストクスを叩き出すからな」

ユストクス様はうきうきとしたご様子を隠そうともせずに、フリッツを引きずるようにして退室していきます。ものすごく不安で仕方がありません。本当に大丈夫でしょうか。

「……神官長」

「心配はいらぬ、フラン。ユストクスは情報を集めるのが好きなだけで、誰彼構わず喋る者ではない。それに、私の側近だ。ああ見えても優秀だ」

神官長のお言葉通り、ユストクス様はすぐに工房に馴染んでしまったようです。高圧的な態度を取られる方ではないということもあるでしょうが、人と人の間に入っていくのがとても上手いとフリッツが言っていました。

ユストクス様が工房へと訪れるようになって何度目かの頃、これまでの工房の流れを知りたいとおっしゃられたユストクス様のために神殿長室で資料を出していた私は、間を持たせるために何となくユストクス様から見た工房について質問してみました。

「ユストクス様、工房の様子はいかがですか？」

「とても新鮮な経験です。面白い。さすがローゼマイン姫様です。面白い腹心を育てていらっしゃる。初めて工房を訪れた時に、私は紙漉《す》きをさせてもらったのですが……」

貴族が自分の体を使って労働することはありません。紙漉きを望むユストクス様に工房の者が戸惑う姿が脳裏に浮かびます。連れていったフリッツも大変だったでしょう。私がフリッツに同情した直後、ユストクス様の口から信じられない言葉が出てきました。

「板に張られたばかりの紙をぺたっと触った途端、プランタン商会のダプラに、何をしているんだ、この馬鹿！　と怒鳴られました」

……ルッツ、貴方は何をしているのですか!?　フリッツ、貴方は何をしていたのですか!?

私の血の気は引いていくのですが、ユストクス様は実に楽しそうに先を続けます。怒鳴りつけた直後、ルッツもまずいと思ったようで、工房には沈黙が降りました。すると、今度はルッツを庇うようにフリッツが出てきて、ユストクス様はがっつりとお説教されたそうです。

まるでフェルディナンド様のような冷ややかな笑顔で、「紙作りに必要な時間と工程を説明されて、尚、時間と利益の損失についてわからないような無能が神官長から紹介されると思いませんでした。忙しさのあまり、神官長の目が曇ってしまったのでしょうか」とか「商品を駄目にするような管理者はローゼマイン様の代わりになりませんから、即刻神官長に報告して叩き出していただきます。ここの重要性を理解できない者は必要ないのですよ」とにこやかに言われた、とユストクス様がおっしゃいました。

「……そ、それでユストクス様はどうされたのですか？」

「さすがに、仕事に忙殺《ぼうさつ》されているフェルディナンド様から呼ばれたというのに、無能扱いされて初日から叩き出されるのは非常に困るので、今回の損失については金銭で埋めることで合意し、事なきを得ました。いや、危ないところでした。今は優秀さを見せつけることで、名誉挽回《めいよばんかい》しているところです。出自も何も関係なくフェルディナンド様に対して、薬の飲みすぎは健康に悪い、と叱り飛ばすローゼマイン様の腹心だけある、と感心いたしました」

……多分、普通の貴族はそのような感想を抱きはしないのでしょうが、私は何も言いません。事なきを得た、と当人が考えているのですから良いでしょう。もう終わったことです。

神官長のお心に波風を立てる必要もないので、私もフリッツ同様、工房での一騒動については口を噤むことに致しました。

ユストクス様もお忙しいのか、神殿に出入りする日はそれほど多くありません。ただ、神官長の言葉通り、優秀であるというのは間違いないようで、一度やってくると数日分の仕事を片付けてしまわれます。そして、工房の分と、神官長に任せられた別件の仕事についても報告をし、新しい任務を押し付けられて貴族街へ帰っていくのです。その言葉の端々から、ローゼマイン様を害した犯人の証拠集めをしているように感じられました。

春の半ばが近付き、祈念式の準備が始められました。今年の祈念式はローゼマイン様の代わりに領主様のお子様方が魔石を手に直轄地を回るのだそうです。ローゼマイン様や神官長同様、領主様から神殿への派遣という形をとって、直轄地を三人で手分けして回ることで神官長の旅程を短くします。使えるものを使わなければ、どうしようもない神官長の仕事量に涙が出そうになりました。

ローゼマイン様の側仕えの中では、私が一番儀式のことに詳しいため、シャルロッテ様に教える係として同行いたします。必要な物を準備する過程で神官長は言いました。

「フラン、新しい聖女伝説を作れ。ローゼマインが自分達を庇って毒を受けて眠ってしまったため、聖女に守られた領主の子が、代わりに祝福を捧げたいと申し出た。そういうふうに子供達の美談として周囲には言いふらしておくのだ。ローゼマインと同様に慈悲深く、素晴らしい心映えだと周囲に褒められて認められれば、来年もあの二人を使えるからな」

ローゼマイン様に渡すのと同じ、味が改良された疲労回復薬を大量に準備しながら、神官長が来年を見据えた根回しをするように言います。年端もいかない領主の子を利用することに躊躇いを感じていると、神官長がフンと鼻を鳴らしました。

「ヴィルフリートとシャルロッテには気分よく祈念式を終えてもらい、収穫祭でもローゼマインの代わりに奉納される物をもらって来てもらえなければ、孤児院の冬支度に困るぞ」

神官長の指摘に、私は聖女シャルロッテ伝説を作り上げることに賛成しました。私もこの数年で生活を支えるお金の大切さがわかってきたのです。神殿や孤児院の生活を支えるためにも、この祈念式は絶対に成功させなければなりません。

本来、未成年の見習いは儀式を行わないため、子供用の儀式服はローゼマイン様がお持ちの分しかありません。全くお直しなしで使える白い衣装をシャルロッテ様に、ローゼマイン様より少し背が大きくて丈のお直しが必要なヴィルフリート様には青の衣装を使っていただきます。ギルベルタ商会のコリンナが成長しても着られるように、と作ってくださっていたので、お直しはそれほど時間もかからず、すぐにできました。

プランタン商会に要請していつも通りに馬車を出してもらい、ハッセの冬の館で過ごしているアヒムとエゴンの二人を迎えに行けるように準備します。神官長からの要請で、護衛の兵士も付けていただきました。今回は貴族の襲撃を警戒して、普段の倍ほどの護衛騎士も一緒だそうです。

まだ貴族院に入っていらっしゃらないシャルロッテ様は騎獣をお持ちではないので、久し振りの馬車の旅となりました。シャルロッテ様はローゼマイン様をとても慕っていらっしゃるご様子で、神殿での様子を聞いてとても喜んでいらっしゃいました。私も城でのローゼマイン様の様子を聞くことができて非常に有意義でした。

リヒトは最初シャルロッテ様のお姿を見て、許しが得られなかったのかと勘違いしていましたが、私が姉の代わりに祝福を届けたいと頑張る健気《けなげ》な聖女シャルロッテ伝説を伝えると、感動の涙を浮かべて歓迎してくれます。初めての儀式に緊張していらっしゃるご様子のシャルロッテ様でしたが、ローゼマイン様の魔力の籠った魔石を手にして、立派に儀式をやり遂げられました。

アヒムとエゴンを引き取って小神殿へ移動し、こちらの生活に不足がないか確認をすると、エーレンフェストに戻る兵士達へ労いのお金をシャルロッテ様に渡していただきます。

「フラン、神殿長のご様子はいかがでしょうか？」

お金を受け取ったギュンターがひどく複雑な顔で私を見ました。

「お体への負担が神官長の予想以上に大きかったようで、長引くことになりそうです」

「そうですか……」

この道中、シャルロッテ様はローゼマイン様と違って薬を使う回数が非常に少なく、持って行った薬の大半を使わないまま祈念式が終わりました。大半を使わなければ乗り切れないローゼマイン様の虚弱さに、私は溜息が零れるのを止められませんでした。

祈念式から戻ると、ギルから相談を受けました。この先印刷する話をどうしよう、と言われたのです。去年は確かローゼマイン様が城で子供達からお話を集めていたはずです。神官長に相談した結果、冬の子供部屋で集めた話を渡してくれました。それをギルに渡したのですが、ギルは困ったように頭を掻いて、首を横に振りました。

「これでは印刷できません。子供の話し言葉で書かれているので、読み物の形に書き直さなければならないのですが……誰かできますか？」

「今はとてもそのような余裕はありませんね」

……それにしても、ローゼマイン様は神官長の手伝いをして、たくさんの儀式について覚え、城へ行って貴族令嬢としての務めを果たし、その合間に原稿を作っていたのですよね？

ローゼマイン様の本作りに対する執念《しゅうねん》というか、本に対する愛情に今更ながら驚かされます。

それから数日後、ギルを通して、トゥーリが行儀作法を教えてほしいと申し込んできました。受講料はローゼマイン様が家族のために書いた物語集だそうです。すでに読み物として完成されている文章なので、騎士物語集が終わった後、ギルはこれを印刷したいと言っています。

トゥーリはローゼマイン様の実の姉で、孤児院の者はずっとお世話になっていました。彼女に行儀作法を教えることで恩返しができるならば構わないと神官長からも許可が出ました。クリスティーネ様の側仕えとして教養を叩き込まれているヴィルマとロジーナ以上の適任者はいないので、二人にトゥーリの教育を頼みます。ルッツも一緒に練習するようです。

私は少し様子を見に行きましたが、神殿にやってきたばかりの頃、長い袖に色々な物を引っかけて失敗していたローゼマイン様の姿を思い出し、少し懐かしい気持ちになりました。
ヴィルマによると、トゥーリはディルクに関する子育ての相談にも乗ってくれたようです。出産を経験している灰色巫女がいなくなった今の孤児院には、幼い子供を養育した経験のある者がいません。ローゼマイン様から多少の助言はありますが、ヴィルマやデリアは何もかもが手探りのため、同じ年の弟がいるトゥーリの助言は非常にありがたいそうです。

春の終わりにニコラが成人しました。ロジーナの時と同じように、ちょっとしたお祝いをしましたが、ニコラは「ローゼマイン様に新しいレシピを教えてもらおうと思っていたのに」と嘆いていました。嘆くとはいっても、ローゼマイン様が起きたら教えていただきましょう、とエラのお菓子を差し出したらすぐに笑顔が戻る程度の嘆きです。
ニコラの成人式とほぼ同じ頃、イタリアンレストランから新しいレシピの問い合わせが来ました。ローゼマイン様はまだ一年ほど目覚めないので、自分達で考えてください、と返事をした結果、何故かフーゴとイルゼが自作の創作料理について情報交換することになったようです。料理人の自尊心にかけて負けられない、と厨房の者達が盛り上がっています。ローゼマイン様の専属として恥ずかしくない料理を作るそうです。

夏の半ば、星結びの儀式を終えてしばらくすると、ローゼマイン様の護衛騎士をしていたブリギッテ様が故郷に戻られることになりました。ご結婚準備のためだそうです。ダームエル様が非常に落ち込んでいたので、どうやらこの二人はうまくいかなかったようです。神官長が「二人の階級や状況を考えると難しいだろう」とおっしゃっていたので、仕方がないことだったと思います。私には結婚というものがよくわからないのですが、上の空になっているダームエル様が結婚だけではなく、仕事でも失敗しないように神々に祈っておきましょう。

どんよりとしているダームエル様の横を通って、フーゴとエラがやってきました。

「大事な話とは何でしょう？」

私が尋ねると、二人は一度顔を見合わせて笑いました。そして、こちらに向いて幸せそのものの笑顔で口を開きます。

「お互いの親から許可が出ました。俺達、結婚します」

視界の端でダームエル様が耳を塞ぎました。今は聞きたくない話題のようです。

「それで、結婚後のことについて相談したいと思いまして……」

「相談と言われましても、突然すぎて私には対処できません。神官長にお伺いを立てるので、しばらくお待ちください」

……こういう場合はどうすれば良いのでしょう？

神殿においては結婚という単語が出てくることさえないので、相談されても私は戸惑うしかありません。ひとまず神官長に相談したところ、神官長はひどく面倒くさそうな顔になって、パタパタと手を振りました。

「彼等はローゼマインの専属だ。私が勝手に許可を出したり、動かしたりして良い対象ではない。

ローゼマインが起きるまでは結婚は許可できぬ。結婚後仕事を辞めるエラの後進でも育てて待っていろ、と伝えなさい」

私が神官長の言葉を二人に伝えると、エラに「結婚しても専属を辞めるつもりなんて、これっぽっちもないんだけど！」と怒鳴られました。

「え？　辞めないのですか？　子をなすのに仕事はできないのですよね？」

「生む時とその後は少し休むけど、結婚直後から仕事を辞めていたら生活できないでしょ!?」

「……下町ではそうなのですか？　結婚したら女性は仕事を辞めるものだ、と神官長がおっしゃいましたし、神官達は結婚を禁じられているので、正直な話、よくわからないのです」

エラが述べる結婚生活は、私が神官長から伺った結婚とはずいぶん違いました。神官長にも平民の事情はわからなかったようです。

「お貴族様と平民は違いますよ。わたしは結婚してからも仕事は続けるつもりですけど、前例がないんじゃ、確かにローゼマイン様が起きないとどうしようもないですね。待ちましょうか」

エラは割とあっさり待機を決めてくれましたが、フーゴはすぐに気持ちを切り替えられなかったようです。

「ちょっと待てよ、エラ。そんなに簡単に諦めるな！」

「え？　別に諦めてないよ。待つしかないって言ってるだけじゃない」

「待つってことはあれだろ？　次の星祭りでも俺は主役になれないってことだろ!?」

「どうでしょう？　全てはローゼマイン様次第ですね」

私の言葉にフーゴがギラリとした目をこちらに向けました。

「くっ！　恋人ができても俺は結婚できねぇ運命なのか!?　どうなんだ、フラン!?」

嘆くフーゴに肩をつかまれてガクガクと揺さぶられましたが、そのようなこと、私が知るわけがないでしょう。

夏の終わり、新しいインクが完成したということで、ローゼマイン工房では新しい紙に新しいインクでトランプ作りが始まりました。つるりとした硬い素材の紙で、今までの木で作られたトランプとは全く違うものに見えます。インクも多色あって、印ごとに色が変えられていて、見た目もとても美しいです。


収穫祭が近付いてきたある秋の日のこと、エグモント様が一人の灰色巫女を連れて、突然神殿長室へやってきました。連れられている灰色巫女が青ざめているのが見えて、私は不穏な雰囲気に少しばかり身構えます。

「エグモント様、こちらでは面会予約をいただいていないのですが……」

「神殿長が不在で、灰色神官しかいない神殿長室に何の予約が必要なのだ？」

平然とした顔でそう言われ、私はザームを見ました。すっとザームが厨房の方へ姿を消します。厨房の方から部屋を出て、神官長に知らせてくれるでしょう。私は神官長が戻るまで時間稼ぎをしなければなりません。

「大変申し訳ございません。今まで面会予約もない青色神官を迎えたことがございませんでした。

初めての出来事に少々動揺してしまったようです。大変お急ぎのご用件ではないか、と推測できるのですが、一体どのようなご用件でしょう？」

「リリーを孤児院へ返して新しい側仕えを入れる。灰色巫女をここに連れてくるんだ」

私は即座にモニカに目配せしました。モニカは即座に身を翻し、退室していきます。孤児院のヴィルマに連絡してくれることでしょう。

「エグモント様、大変申し訳ございませんが、面会予約もなく、突然そのようなことを申し出られてもすぐには対応いたしかねます」

「何だと？」

「灰色巫女も孤児院長であるローゼマイン様からそれぞれに課せられた仕事があるので、呼びに回って集めるのも時間がかかりますし、神殿の清めをしている巫女の身なりは青色神官の前に出られるほど清らかとは言えません」

よく理解できないという顔で、エグモント様は腕を組まれました。身なりを整えた灰色巫女しか知らないのでしょう。

「エグモント様の側仕えに召し上げられるのでしたら、灰色巫女達も仕事中に呼び集められた状態ではなく、少しでも美しく見えるように身を清める必要があるのです。本日は、お話を伺うだけで、灰色巫女を交換するのは予約をいただいてからの方がエグモント様にとっても望ましいのではないでしょうか？」

美しくないものは視界に入れたくないのが青色神官ですから、エグモント様は不満そうな顔をしながらも一応納得してくださいました。

「では、エグモント様にお伺いさせていただきたいのですが、リリーを返すのは何故でしょう？　どのようなところがご不満だったのか、お聞かせください」

灰色巫女が孤児院に戻される理由など一つしかないことをわかっていながら、私は書類に記入するふりをして尋ねました。エグモント様はリリーを不愉快そうに見下ろします。

「孕んだからだ。毎日、毎日気持ちが悪いと暗い顔をしたり、突然吐きだしたりするのだ。側仕えのくせに全く役に立たぬ」

「なるほど。側仕えなのに、仕事ができないようでは困りますね」

こちらが肯定したことで、エグモント様の口調が少しだけ和らぎました。

「そうだ。すぐにでも交換しなければならぬ」

「ですが、側仕えの交換ということでしたら、神殿長ではなく神官長の管轄となります。神官長に面会予約をしてください」

「何だと!?　神殿長に言えば十分だろう!?」

エグモント様は前神殿長と懇意《こんい》にしていた青色神官なので、今までは全て神殿長に話を通して、やりたいようにやってきたのでしょう。ですが、今は違います。なるべく前神殿長が支配していた時期より前の状態に戻そうと神官長が頑張っているのです。

「神官や巫女の異動に関しては神官長の業務です。以前はその辺りの境界が曖昧《あいまい》だったのかもしれませんが、今はそうではありません」

「其方、灰色神官の分際で生意気だぞ！」

エグモント様が手を伸ばしてきた瞬間、チリンと小さなベルの音が響きました。神官長のベルの音に内心安堵の息を吐きます。ザームが神官長を先導して入ってきました。

「エグモント様、実はこれから神官長と面会の予定が入っているのです。時間をお譲りいたしますから、先に神官長にご相談されるのはいかがでしょう？」

「くっ……」

灰色神官相手ならばいざ知らず、神官長相手にそのような不作法はできるはずがございません。神殿内で前神殿長派だった者は今でも神官長に非協力的であるため、少しずつ予算を削られ、肩身の狭い思いをしているのですから。

「フラン、私が面会予約をしていたはずだが、何故エグモントがここにいる？」

入室してきた神官長は不快そうにエグモント様を見ました。私は正直に答えます。

「エグモント様が突然いらっしゃったのです。緊急に灰色巫女を入れ替えたいそうです」

「ふむ、神官達の異動に関することは私の仕事だ。エグモント、神殿長室ではなく、私に面会予約を取るように。それから、今日のところは退室しなさい。面会予約をしたのは私だ」

エグモント様はリリーを引きずるようにして出て行き、結局、エグモント様は神官長に向けて面会予約を取ることになりました。

ザームがきっちりと閉めた扉を見た後、私は神官長の前に跪きます。

「このようなことにご足労いただきまして、誠に申し訳ございません、神官長」

「いや、良い。ローゼマインがいない以上、このような事態が起こることは想定していたからな。……だが、灰色巫女の入れ替えか。ローゼマインの意を汲んでおかねば、後でうるさいであろうな。まったく面倒な……」

神官長がそう言いながら、私にローゼマイン様の意向を教えてくださいました。側仕えを希望する灰色巫女を出すのは構わないけれど、嫌がる者は自分が召し上げてでも絶対に出さない、と神官長に主張したそうです。

……本当にローゼマイン様は孤児院の者に甘いですね。

それがローゼマイン様らしくて嬉しくもあり、同時に、ローゼマイン様が神殿長でなくなった時にどのようになるのか、不安でもあります。

「フラン、新しい側仕えを必要としているエグモントは、すぐに面会予約を申請してくるだろう。私は三日後の五の鐘に面会を行うつもりだ。その折、ローゼマインの意を汲んだ上で、其方が孤児院から灰色巫女を連れてくるように」

「かしこまりました」

私は神官長が退室するのを見送ると、部屋の留守をザームに任せ、真っ直ぐに孤児院へ向かいました。誰かが新しくエグモント様の側仕えとして召し上げられることは確実です。三日後までに準備が必要でしょう。

「フラン、どうなったのですか？」

私が孤児院へ入ると、ぎゅっと胸の前で手を握って、震えているヴィルマが出てきました。気遣わしげなモニカが隣に付き添っています。

「リリーに子ができたようです。三日後、エグモント様の新しい側仕えの選定があります」

「三日後、ですか……」

「ヴィルマ、神官長はローゼマイン様のご意思を汲んでも良いとおっしゃいました。ですから、ヴィルマが考えているほど、ひどいことにはなりません」

ヴィルマは男性恐怖症で孤児院から出たくないと考えていますし、すでにローゼマイン様の側仕えとなっているのでこれ以上を望むことはないでしょう。けれど、孤児院に残る灰色神官や灰色巫女にとって、青色神官の側仕えに召し上げられることは出世です。主がエグモント様とはいえ、側仕えになる事を望む者はいるのです。

ロジーナやニコラが成人したように、孤児院でも成人した灰色巫女が増えましたが、今この場にいる灰色巫女は二十名もいません。並んだ灰色巫女の中には、絶対に行きたくないと主張するように自分の前できつく手を握っている者もいますし、悩む素振りを見せている者もいます。もちろん、昔のデリアのように出世欲で目を輝かせている者もいました。

「この中にエグモント様の側仕えになりたいと希望する灰色巫女はいますか？」

四人の灰色巫女が勢いよく手を挙げました。周囲を見回し、手を挙げるかどうかもぞもぞと動かしている灰色巫女の存在はすっぱりと無視して、私は「では、この四人を三日後の選定の場に連れて行きます」と宣言しました。

「……フラン、全員でなくてよろしいのですか？」

年頃の灰色巫女が全員選定のために連れていかれると思っていたらしいヴィルマは驚いたように何度も瞬きしました。

「なるべく希望の道を見つけてあげたいというのがローゼマイン様のご意思ですから。行きたい者を優先します」

三日後の五の鐘が鳴ると同時に、私は側仕えを希望した四名を連れて、神官長の部屋へ向かいました。エグモント様は並んだ灰色巫女を見て、むっと顔をしかめます。

「たった四人か？」

「……前神殿長によって、ずいぶんと多くの巫女が処分されましたから。エグモント様はご存知なかったのでしょうか？」

「いや、知っていた。……だが、まぁ、質は良い」

前神殿長によって外見だけを考慮して残されていた灰色巫女ばかりですから、観賞に堪える外見をしているのは当然です。じろじろと下卑《げび》た目で灰色巫女達を見比べて、エグモント様は一人の灰色巫女を指差しました。

「よし、お前だ」

一人が指名されると、その者だけを残して、私は残りの三人と孤児院に戻されることになったリリーを連れてすぐに退室しました。後の契約については神官長が行うことになっています。詳しい契約内容は存じませんが、青色神官の側仕えとなる者は、青色神官から貴族へと情報が漏れるのを防ぐため、ローゼマイン様の料理の作り方、工房に関すること、ローゼマイン様の個人事情等を漏らさないように契約魔術で縛るそうです。

「おかえりなさい、リリー。体調が悪い中で仕事をするのは大変だったでしょう？　孤児院でゆっくりと休むと良いわ」

ヴィルマの出迎えに、リリーが突然ボロボロと涙を零し始めました。ヴィルマが優しく背中を撫でると、リリーは泣きながら自分の体が自分でも知らないように変わっていくのが怖くて仕方がないのに「邪魔だ。不要だ」と主から罵《ののし》られて、とても辛かったのだ、と訴えます。

私はその場をヴィルマに任せ、孤児院を出ました。とりあえず、ローゼマイン様が望んだ通り、側仕えになりたい者が側仕えとなり、辛かったものが側仕えを辞めることができたので、これでよかったのでしょう。

さて、こうして妊婦が孤児院に戻されたわけですが、妊婦をどのように扱えば良いのかわかりません。リリーは「自分の体が自分でも知らないように変わっていく」と言いましたが、本人にも傍で見ている我々にもどのように変化していくものなのかわからないのです。

私が神官長に質問したところ、神官長の答えは「月日が経てば勝手に生まれてくるだろう」というものでした。神官長がそう言うならば、そういうものなのだろう、と孤児院全体がのんびりと構えているところに行儀作法を習うためにトゥーリとルッツがやってきました。

「放っておけば勝手に生まれる⁉　そんなわけないよ！　お産は大変だよ⁉　お貴族様のお産は簡単で楽なの⁉」

「何の準備もなくできることじゃねぇよ！　何人もで助け合って赤ん坊を取り上げるんだぜ？」

自分の母親のお産に立ち会ったことがあるトゥーリと、ご近所で出産があれば準備に駆り出されるルッツの言葉にざっと血の気が引きました。そういえば結婚でも平民と貴族では認識や習慣が違ったのです。出産でも常識が違う可能性があります。魔力や魔術具がない孤児院では、おそらく平民のお産の方が近いでしょう。

神官長のお言葉が当てにならない以上、外部の力に縋るしかありません。ただ、助け合おうにも孤児院に出産を経験している者はいませんし、孤児が蔑まれているこの現状でお産の手伝いのために孤児院に来てくれるような奇特な者はいません。

……こういう時にローゼマイン様がいらっしゃったら。

そう思わずにはいられませんでした。ローゼマイン様ならば、弟の出産を間近で見ていますし、下町の関係者に声をかけて人を集めることも簡単にできたでしょう。

「わたしの母さんなら来てくれると思うけど、お手伝いが一人だけじゃどうしようもないもの」

「とりあえず旦那様に聞いてやるよ。コリンナ様が出産したんだから、必要な物だって知っているはずだ」

ルッツの言葉を聞いたベンノ様は「勝手に生まれたら苦労しないぞ！　全くお産に関する知識がない神殿孤児院での出産は危険すぎる！　妊婦が死ぬぞ」とおっしゃったそうです。子を産むのがそこまで大変だとは思わず、皆が真っ青になりました。

何か良い方法がないか、二人がベンノ様達と考えてくださったようです。ルッツは「とりあえず、収穫祭を機に、リリーをハッセに移動させろ」と言いました。ハッセの小神殿ならば、まだ住民との距離が近いため、神殿長の名前で一筆書いて一緒に冬を過ごしたアヒムとエゴンが頼めば、手伝いをしてくれる女性の数人くらいは見つかるかもしれない。それにハッセ出身の孤児ならば、ここの灰色巫女よりお産に詳しいはずだ、とベンノ様がおっしゃったそうです。

……さすがベンノ様。お忙しい中の助言、ありがとうございます。

ベンノ様の適切な助言に従い、我々はリリーをハッセに移動させられるように準備を始めました。出産に必要な道具もプランタン商会の方々から聞いて揃えていきます。

秋の収穫祭を前に、私はリリーの出産に協力をしてもらえるようにリヒトへお願いの手紙を書きました。そして、リリーとアヒムとエゴンの三人を乗せた馬車も、収穫祭に向かう馬車と一緒にハッセへ向かいます。

シャルロッテ様からリヒトに手紙を渡してもらうことで、出産の手伝いの協力に関しては快諾していただけました。小神殿にいるノーラはやはりお産に立ち会ったことがあるようで、必要な物を確認したり、リリーの体調から出産予定の頃を調べたりと大活躍です。

「多分、お産は春の終わりくらいになると思います。ですから、祈念式の時にもう少し巫女を連れてきてください。殿方はお産をする部屋には入れないので、あまり必要ありません」

……なるほど、お産の場に男が立ち入れないのであれば、トゥーリとルッツで知っていることに違いがあるはずです。

こうして、ハッセにリリー達を置いて、私は収穫祭の続きに出発しました。収穫祭では無事にヴィルフリート様とシャルロッテ様のご協力をいただけたことで、孤児院の冬支度に必要な物資が集まりました。

ギルを通して冬支度の依頼をし、去年同様にギルベルタ商会との協力で豚肉加工が行われ、神殿でも次々と冬支度をしている秋も終わりに近付いてきたある日のことです。プランタン商会のベンノ様が呼び出され、印刷業を広げることについて、神官長とお話をすることになりました。何でも、ローゼマイン様のお母様であるエルヴィーラ様がご実家のある土地に工房を作りたいとおっしゃっているようです。

「いくら何でも今からすぐには無理でございます。冬には川が凍るような土地に、これから突然向かったところで紙一枚作ることさえできません。できることがないにもかかわらず、雪と氷に閉じ込められてハルデンツェルから出られなくなる我々の食料や生活はどなたが補償してくださるのですか？」

「生活の保障はギーベ・ハルデンツェルが行うだろうが、できることがないというのは困るな」

考え込む神官長にベンノ様はものすごく困った顔で、すぐには無理だと必死に訴えます。この場にもローゼマイン様がいらっしゃったら、ベンノ様はもう少し気が楽だったでしょう。

「どの工房に関しても準備が必要ですし、商業ギルドとも足並みを揃えなければ売り出すことができません。貴族の権威で無理を通しても禍根が残り、後々面倒なことになります。貴族には貴族の、商人には商人の、職人には職人の決まり事があります。神官長はもちろん、エルヴィーラ様ならば、根回し、事前準備の必要性と重要さをご理解いただけると存じます」

「では、どのような準備が必要か、冬の洗礼式までに一覧表にして提出しなさい。これだけの準備が終わっていなければ、指導に取り掛かることはできない、と示せる物が必要だ」

神官長室を出て正面玄関へ向かうベンノ様が頭を抱えていらっしゃいました。

印刷工房の責任者である神官長が立ち合う中、エルヴィーラ様とベンノ様の間で、商談が行われました。冬の社交界で売り出すためにどうしても印刷したい物があるので、自分の印刷工房が必要で、今すぐに工房を作ってほしい、とエルヴィーラ様はおっしゃいます。

「では、ローゼマイン工房でその印刷を引き受けましょう」

冬支度を放り出して、工房を必死で動かさなければならなくなりましたが、一応ベンノ様の言い分が通り、ハルデンツェルの印刷工房までには少しの猶予が得られました。

「すまないが、頼まれてくれないか」

ベンノ様は工房まで足を運んで灰色神官達に直接頼みました。こちらもプランタン商会にはお世話になっているので、できるだけのことはしようと皆が頷きます。さっとベンノ様が差し出したエルヴィーラ様の原稿を見て、その厚みにギルとルッツが難しい顔になりました。

「この枚数を金属活字で組むには時間がかかりすぎるぞ。文字数の整理もできていないからな」

「今回はガリ版印刷にした方が良いだろ」

頷き合った二人が、ロウ原紙と道具を抱えて孤児院へ駆け出すと、ガリ版印刷と聞いた者達が準備を始めます。連携の取れた工房の様子を見て、ホッとしたように息を吐いているベンノ様に、フリッツが近付いていきます。

「ベンノ様、我々は精一杯協力いたします。ですが、冬支度をどうすれば良いのでしょう？　森に行けなくなってしまった分、足りない物がたくさんあるのです」

「とりあえず特急料金でぼったくっておいた。冬支度の大半は金で解決するしかないな」

「では、必要な物を一覧にまとめますので、お願いできますか？」

「あぁ、こちらが無理を言って仕事をねじ込んだんだ。それくらいはさせてもらう」

ベンノ様が冬支度に関して請け負ってくださったことで、工房は冬の社交界が始まるギリギリまで作業できることになりました。

「恐れ入ります。でしたら、もうベンノ様はお店に戻られてもよろしいですよ。ベンノ様が手配しなければならないのは、こちらだけではないでしょう？」

ベンノ様が「助かる、フリッツ」と身を翻して工房から出て行きました。

「フラン、ご覧のとおりです。孤児院の冬支度は神殿長室にお願いいたします」

フリッツから工房関係の冬支度の一覧表を押し付けられた私は、孤児院へ足を運びました。こちらの冬支度の一覧表も必要です。

孤児院の食堂では、ギルとルッツがテーブルに道具を並べていくのが見えました。

「字の綺麗なロジーナに字の部分を、ヴィルマに絵の部分のガリ切りをお願いできますか？」

「他にも字が綺麗な者がいればガリ切りをお願いしてください。……ページによって少々字が違っても問題ないでしょう」

切羽詰まった二人が事情を話すと、ロジーナが一つ息を吐いて原稿を手に取りました。

「わたくしは音楽を教えるために孤児院に来ているのですけれど、仕方ありませんね。……あら？　こちらの手跡はとても優美ですね。このままガリ切りしても問題ないでしょう」

「よし、それならガリ切りの人数が増やせます。この手跡の通りにガリ切りしてください」

ルッツとギルが忙しそうに皆に声をかけて回る中、私はヴィルマに声をかけて冬支度の一覧表を出してもらいました。すでに終わっていること、これからしなければならないことが一目でわかるように、ローゼマイン様が最初の年に準備した物です。

「フリッツに頼まれて、私が孤児院の冬支度も併せて請け負うことになりました。ヴィルマは工房の仕事に力を入れてください」

「フラン、ありがとう存じます」

私はザームとモニカと手分けしてプランタン商会に頼む物をまとめていきました。神殿長室、孤児院、工房関係など、冬支度として準備する物はかなり多いのです。収穫祭で受け取って、加工が必要な食品に関しては厨房のフーゴとエラとニコラの三人に任せます。皆が自分達の手に余る仕事量を抱えて奔走しました。

神官長のお手伝いをする余裕もないほど、一丸となって取り組んだ結果、冬の社交界が始まる寸前に、エルヴィーラ様から依頼されていた印刷物は仕上がったのです。できた！　と喜びに満ちた工房で、私は作り上げられた本をパラリと開きました。

「……あの、ベンノ様。私が見たところ、神官長の絵が付いているように見えるのですが、本当にこれは神官長の許可が出ているのですか？」

ローゼマイン様が「神官長に叱られて禁止された」とぐちぐち言っていた様子を知っている私が首を傾げると、ベンノ様はやつれて少々人相の悪くなった顔で私を睨みました。

「印刷しろと神官長から命令が出ていて、エルヴィーラ様から原稿を預かった。それ以上に何が必要だ？　余計なことを言って全部没にされたら、その損害は誰が払ってくれる？　あぁ？」

ギラリと光る赤褐色の目に睨まれて、私は口を噤みました。寝不足で苛立っているベンノ様にこれ以上口をきく気にはなれませんでした。それに、ベンノ様のおっしゃる通り、「エルヴィーラの気が済むように印刷してやれ」と投げやりにおっしゃったのは神官長です。

……一体冬の社交界はどうなるのでしょう？

そろそろ一年ですが、「ローゼマイン様の目覚めは更に先のことになりそうだ」と神官長がおっしゃいました。私にはよく理解できなかったのですが、魔力が圧縮されすぎていて、溶かすにも非常に時間がかかっているようなのです。

神官長はぶつぶつと文句を言いながら、魔石を取り換えるように私に言って、ローゼマイン様の様子を見ていきます。「これだけの魔力を溜めこんで、どうして生きていられたんだ、ローゼマインは」という呟きに、私はローゼマイン様がいらっしゃることは神の意思ではないかと思いながら、台の上にできあがった本を積み上げました。

冬の社交界が始まり、神官長が不在となると、我々はまた奉納式の準備を始めなければなりません。指導する者がいなくても準備することにはもう慣れたもので、誰もが手順よく仕事をこなしていきます。去年と違い、奉納式までの間に一度神官長が戻ってきて、ローゼマイン様の様子を窺った後、また城へ戻っていきました。ローゼマイン様の魔力が籠った魔石で今年も奉納式を終えます。

冬の印刷はトゥーリの助言により、礼儀作法や貴族特有の言い回しについてまとめた本を作ることになりました。貴族に売れなくても、豪商や町や村の有力者には売れるだろうとベンノ様が判断したからです。

ローゼマイン様には大きな変化はないまま、春になりました。エルヴィーラ様の要請がいつあるかわからない、とプランタン商会が忙しく動き回っている中、ベンノ様は祈念式の打ち合わせに来てくださいました。

話し合いは孤児院長室で行われ、リリーのお産のために孤児院から連れて行く灰色巫女を三名とヴィルマが一緒に話を聞くことになっています。プランタン商会は男ばかりなので、行儀作法で馴染みのあるトゥーリが話し合いに同席してくれました。少しは灰色巫女達が意見を言いやすいだろう、というベンノ様の配慮です。

「おそらく祈念式の頃には、私もルッツもハルデンツェルへ行っていると思います。こちらと話がしやすいように、今回はマルクを留守番に置いておくので、祈念式当日のやりとりはマルクとしてください。ギルベルタ商会にはトゥーリもいるから安心か、と思います」

ベンノ様の言葉にトゥーリがニコリと笑って頷きました。行儀作法を習っている成果は着実に出ているようで、座り方一つとってもずいぶんと姿勢が良くなっています。

「祈念式でお産の手伝いに連れて行く巫女はここにいる四人でよろしいですか？」

「いいえ、違います。わたくしは……」

ヴィルマが慌てたように首を横に振ると、ベンノ様が軽く眉を上げました。

「貴女が孤児院の管理者でローゼマイン様の側仕えではないのですか？　先程、そのように自己紹介されたでしょう？　ならば、孤児院の管理は他に任せ、お産を手伝ってきた方が良いと思われます。やってみなければわからないことは多いですから」

「それは、確かにそうなのですが……」

ヴィルマが言い淀み、ふるふると首を横に振りながら、私に助けを求めるように視線を向けて来ました。おそらく、ベンノ様とお話するのも怖くて仕方がないのでしょう。私はベンノ様にヴィルマの事情を説明しました。

「青色神官に無理強《じ》いされそうになって以来、男が怖くて外に出られない、と。……甘えるな」

穏やかだったベンノ様の顔が怒りをにじませた顔になり、声のトーンがグッと下がりました。

「え？」

「お前が孤児院の管理者なんだろう？　だったら、これから先、何度同じような妊婦が出るかもわからないんだぞ。お産について上に立つ者が知らなくてどうする!?　毎回ハッセに頼れると思うな。次は自分達で何とかできるように教えてもらってくるということを頭に刻み込め」

ベンノ様の怒りに晒されたヴィルマはぽろぽろと涙を流しながら、頭を振ります。

「……ですが、わたくしは」

「ローゼマイン様がいなくて、協力してくれる者に全く当てがなくて、こっちに助けを求めてくるから、くそ忙しい時にこっちも助けてやっているんだ。それなのに、助けを求めるお前が、やりたくない、と孤児院に籠る気か⁉」

「そ、そんなつもりでは……」

まさかそんな強い言葉を投げつけられるとは思っていなかったのだろう、ヴィルマが驚いたように目を見張ります。けれど、ベンノ様はそんなヴィルマを真っ直ぐに見据えたまま、怒鳴りました。

「だったら、どういうつもりで、他人任せにして自分はのうのうと閉じこもっているんだ⁉　孤児院の管理はお前の仕事だ！　仕事しろ！　やる気のないヤツを手助けする余裕なんぞこっちにはない。お前が行かないなら馬車は出さん！　たった半日で着くんだ。歩いて行け！」

「ベンノ様⁉」

ローゼマイン様が世間を知らない灰色神官達が危険な目に遭わないように、とお金を出し、護衛を雇い、馬車を準備しているけれど、普通の平民は半日の距離ならば歩いて移動するのだ、とベンノ様はおっしゃいました。

「やる気と根性のないヤツに俺の時間を割く気はない。プランタン商会はハルデンツェルに向かう準備があるから失礼する」

「待ってください！　行きます。行きますから……ご協力、お願いいたします」

ヴィルマは泣きながらそう訴え、ベンノ様は難しい顔で眉を寄せたまま、座り直しました。祈念式のために準備する物をお互いに話し合い、その場は解散します。

ベンノ様が退室した後、その場に崩れるようにして泣き伏すヴィルマを、私は少しばかり冷めた目で見下ろしました。

「……意に染まぬ行為を強いられる恐怖は理解できますが、ヴィルマは何事もなく助け出されたではありませんか。助け出されることがなく、無理強いを続けられる者もいます。それでも、生きて、少しずつ克服していくしかないのです」

「フラン？」

「今、子を産もうとしているリリーは子を望んでいましたか？　そうでなくても、恐怖と戦いながら出産に臨もうとしています」

ハッとしたようにヴィルマが顔を上げました。私は見下ろしたまま、静かに言います。

「ローゼマイン様に守られて何年が経ちましたか？　ヴィルマの言葉で、ロジーナは努力して苦手だった書類仕事を克服しました。ローゼマイン様も努力して教養を身に付けました。二人に助言したヴィルマこそ、そろそろ苦手を克服した方が良いと思います」

ギーベ・ハルデンツェルが自分の領地へ戻る時期に合わせて、グーテンベルクの移動が行われました。グーテンベルク達と一緒にギルと数人の灰色神官達がハルデンツェルに向かいます。

それから、あまり時をおかず、祈念式に出発する日がやってきました。やつれたヴィルマを心配したトゥーリが見送りに来てくれ、一生懸命に励ましているのが見えます。

「ヴィルマ、大丈夫です。一緒にハッセへ向かう兵士はわたくし達の父ですもの」

「わたくし達？……あ」

トゥーリとローゼマイン様の関係性を思い出したらしいヴィルマが、トゥーリと心配そうに見守るギュンターを見比べます。

「ローゼマイン様の大事な側仕えに乱暴したり、からかったりするような者は同行者に入れておりません。ですから、ご安心ください」

「ありがとう存じます」

トゥーリの励ましとギュンターの配慮によって、ヴィルマは震える足を踏み出し、馬車に乗り込みました。


夏を目前に控えた春の終わり、「リリーの子供が生まれました」とヴィルマから便りが届きました。私は夏の初めの気候が良い時期に、マルク様に要請して迎えの馬車を差し向けます。ハッセの小神殿から戻ってきたのは、ヴィルマと手伝いに行った灰色巫女達、それから、母となったリリーと新しい赤子。外での生活を経験したヴィルマは、表情が明るくなり、瞳に強さが見え、ずいぶんとたくましくなったように見えました。

ディルクの時と同じように、皆で交代しながら赤子の世話をする生活が孤児院では始まったそうです。ヴィルマとリリーがいつも疲れた顔をしているようになりました。

夏の終わり、モニカが成人してもローゼマイン様は起きません。ですが、収穫祭が近付く秋の半ば、ローゼマイン様の様子を確認していた神官長が少しだけ口元を綻ばせました。

「ふむ。指先は動くようになってきたな。七、八割方治療は終わっている。後は目覚めるのを待つだけだ」

「そうですか」

待ちわびた目覚めの兆候が出てきていることに、私は安堵しました。どうやらすぐに目覚めるということはなさそうですが、あまりにも変化のない時間が長かったため、ほんの少しでも目覚めの兆候が見えたことがとても嬉しく思えたのです。

「まったく……。どれだけ私の手を煩わせたら気が済むのか」

いつも通りの面倒くさそうな声音でフェルディナンド様はそうおっしゃいます。けれど、その薄い金色の目はひどく心配そうにも、安堵しているようにも見えました。

収穫祭の間も神官長は二、三日に一度、夜中に騎獣を飛ばしてローゼマイン様の様子を見るために神殿へ戻られます。

「神官長はよほどローゼマイン様が大事なのでしょう」

神官長が騎獣で駆けていくのを見送った後、ザームが苦笑気味にそう言いました。

「……大事だと思います。神官長の仕事を減らそうとした方はローゼマイン様だけでしたから。薬漬けは体に悪い、と真剣に神官長の健康を心配して、領主様に直談判《じかだんぱん》してくれるような上司は、ローゼマイン様の他にいないでしょう」

私の言葉にザームが今の神官長の仕事量と生活に頭を押さえます。ハァと溜息を吐いて、ローゼマイン様が眠る隠し部屋の扉へ視線を移しました。

「神官長の健康のためにも、早くローゼマイン様に起きていただきたいものですね」

「……起きれば起きたで、神官長にとっては頭の痛い日々が始まるのでしょうけれど」

ローゼマインが目覚めたので風呂の準備をするように、と神官長から声がかかるのは、収穫祭を終えて数日後のことでした。

下級貴族の護衛騎士

「其方は私の弟だから、今回のことは我が家の進退にも関わる。それはわかっているだろう？　話を聞かせてもらうよ、ダームエル。何故其方からブリギッテ様に求婚しておきながら、身勝手にも断るような状況になったのだ？」

星結びの夜、ブリギッテへの求婚が成就しなかった私は、家長である兄上にその場から連れ出されて実家へ連れ戻された。そして、今、人払いがされてシンとした執務室で、兄上とその妻と向き合って座っている。兄上の妻のユリアーネがとても刺々《とげとげ》しい緑の目で私を見た。

「一年も時間があったのですから、ダームエル様から断るのではなく、中級貴族であるブリギッテ様からお断りできるように根回ししておくべきではありませんか。公衆の面前で求婚しておきながら貴方から結婚を断るなんて、ブリギッテ様は大変傷ついたでしょう。一体何のためにハスハイト様を遠ざけたのです？　彼女の名誉を守るためではなかったのですか？」

私の求婚はブリギッテを救ったように見せかけて更に傷つけるものだった、と詰《なじ》られ、私はグッと一度奥歯を噛み締める。傷つけるつもりなど全くなかった。求婚すれば受け入れてもらえると思っていたのだ。まさか公衆の面前で突然条件をつけられるとは考えていなかった。

「魔力量が釣り合えば求婚を受けてくださるという話だったのです。……あの場で突然条件をつけられるとは考えていませんでした」

ブリギッテの言葉に思わず目を見張った時、私からはエルヴィーラ様が見えた。静かに微笑みながら私の反応をじっと観察している漆黒の目を見た瞬間、「ダームエルはローゼマインについて色々とご存じなのでしょう？」という声が脳裏に蘇ったのだ。ローゼマイン様の洗礼式前、護衛騎士に就任するか否かを問うために騎士団長夫妻から呼び出された時にそう問われた。

同時に、騎士団長やフェルディナンド様から「ローゼマインの様々な事情に通じた其方が護衛騎士を外れる意味をよく考えるように」と言われていることが頭を過った。ローゼマイン様の温情に救われて護衛騎士に取り立てられた私は、護衛騎士を辞めることができない。様々な秘密を知った上で忠誠を尽くすからこそ、下級貴族である私が重用されているのだ。逆を返せば、様々な秘密を知っている私をローゼマイン様の保護者達が手放すはずがない。

「イルクナーへ来てほしいと突然言われて驚いたのは私なのです」

「は？……何を言っている？　其方はイルクナーへ婿入りするのではなく、ブリギッテ様に嫁に来てもらうつもりだったのか？」

兄上の驚きが籠った声を不思議に思いながら、私はゆっくりと頷いた。

「私もブリギッテもローゼマイン様の護衛騎士です。貴族街を離れてイルクナーへ向かうなど、普通は考えないでしょう？」

私は護衛騎士を辞めて貴族街を離れることができない。そして、ブリギッテはイルクナーにいられないから寮で生活している。だから、結婚後は貴族街で暮らすものだと思っていた。

「いや、どう考えても普通ではない。其方はローゼマイン様に取り立てられてはいるものの、できれば早く辞めた方が良いと周囲から言われている下級騎士で、ブリギッテ様はギーベ・イルクナーの妹君だ。普通に考えれば其方が婿入りするものではないか？　下級貴族から中級貴族に上がれる唯一の機会を無駄にするなど、何を考えているのだ？」

兄上の言葉で自分の意識が普通の下級貴族と違うことを知った。他の下級貴族は情勢に合わせて派閥を変えることも多い。私のように口に出せない事情で職を辞められない方が特殊だ。

「……周囲から見ると、私の求婚はイルクナーへの婿入りが前提だったのですか？」

「当然ではないか。ブリギッテ様を我が家にお迎えするなど、できるわけがないだろう？」

それ以外の回答などないというように兄上が言い切ると、ユリアーネはひどく不可解そうな顔で問いかけてきた。

「もしかしてダームエル様は中級貴族であるブリギッテ様に、婚姻で階級を下級貴族に下げてもらうおつもりだったのですか？　その場合は結婚後、一体どのようにして貴族街で生活するおつもりだったのでしょう？」

私は少し首を傾げつつ、一般的な下級貴族の結婚を口にした。トロンベ討伐の一件で婚約解消となって無駄になってしまったが、結婚準備自体は途中まで一度したことがある。

「所帯を持つと寮にはいられなくなるので、以前の婚約時と同様に貴族街で家を借りて生活をするつもりでした。神殿と城を行き来する護衛騎士の仕事にさほど影響しないはずです。側仕えを一人付けることはできそうなので、ブリギッテにとっても寮の生活と大して変わらないでしょう」

その途端、兄上とユリアーネの二人が揃って「信じられない」と額を押さえた。

「其方の以前の婚約者は下級貴族だったではないか。其方は中級貴族でギーベの妹であるブリギッテ様に本気でそのような生活をさせるつもりだったのか？」

「階級が異なれば結婚や出産で不安があってもブリギッテ様は実家を頼ることが難しくなるでしょ

う。それに、寮で生活をしている今と同じような生活にはなりませんよ」

私は目を瞬いた。一度婚約期間中に結婚準備を進めていたせいか、二人からそれほど強く否定されると思わなかったのだ。

「護衛騎士として中級貴族や上級貴族の方々と親しくされているせいか、ダームエル様は婚姻によって下級貴族に降りるということを少し軽く考えすぎではございませんか？」

ユリアーネがそっと息を吐いて、結婚後の女性の生活について教えてくれた。結婚前と同じように社交がメインになるけれど、それは婚家の基準で行わなければならない。

「婚姻によって階級が変わるのですから、ブリギッテ様は貴族街で下級貴族として生きていくことになります。それまで対等であった友人達と同じお付き合いはできなくなりますし、里帰りをした時は家族や親族に対してへりくだった態度で接することを求められるのですよ」

「ダームエル、其方が平民の富豪に婿入りするようなものだ。ギーベの一族という土地持ちの中級貴族が下級貴族の跡継ぎでもない男の妻になるのは、そのくらいの違いがある」

兄上から具体的な例を出されて、私は自分の身に置き換えて考えてみた。事前に連絡をすれば面会することはできる。だが、自分が平民になってしまえば、実家とはいえ簡単に行き来することはできなくなるし、貴族として振る舞うことは許されない。

今は気安く接している友人達との立場の違いがどのような形になるのかは、ローゼマイン様と下町の者達とのやり取りを思い出せば想像がつく。ローゼマイン様の場合は家族より立場が上がったが、ブリギッテは下がるのだ。私は独身で跡継ぎでもないため、親戚付き合いは兄上に任せていたので、そこまで深く結婚後のブリギッテの生活について考えていなかった。

「確かに私の考えが足りませんでしたが、ブリギッテはハスハイト様と婚約解消をしたことでイルクナーにいることが辛くなり、後ろ盾を欲して護衛騎士になったのです。貴族街でローゼマイン様との繋がりを強化していくことがイルクナーのためだと、本人が言っていました。だから、私は結婚後にイルクナーへ戻ることを希望していると思わなかったのです」

貴族街で生活し、護衛騎士を続ける私を通してローゼマイン様の後援を受け続けることがブリギッテの幸せだと思っていた。膝の上で握った拳が小さく震える。

「ならば、ブリギッテ様が護衛騎士となったことでローゼマイン様の後援を得てイルクナーの発展が約束されたのだから、居辛さは解消されたはずだ。婿を取ってギーべの一族を増やし、少しでもイルクナーを支えたいと考えるのは当然ではないか」

兄上によると、ハスハイト様との婚約解消によってギーべ・イルクナーに仕えていた下級貴族が引き抜かれ、イルクナーには貴族が今はほとんどいない状況だそうだ。ギーべの一族と、残った数少ない貴族達で一丸となってイルクナーを守っているため、一人でも多くの貴族が必要で、結婚によってブリギッテとその婿が増えることをイルクナーでは望まれているらしい。

「ローゼマイン様の護衛騎士で派閥に問題がなく、跡継ぎでもないからこそ下級貴族である其方の求婚がギーベ・イルクナーに認められたのだろう。元々ハスハイト様も婿入りの予定だったようだし、あちらは婿入りを前提に考えていたはずだ」

「……兄上はずいぶんとイルクナーに詳しいですね」

「其方が婚姻するならば、我が家も無関係でいられない。家長として相手を調べるのは当然ではないか。むしろ、求婚までしている其方が何故初めて聞いたような顔をしているのだ？　求婚から一年も時間があったというのにイルクナーの事情を知らぬわけではないだろうな？」

私は知らなかった。ハスハイト様との婚約が婿入りを前提にしていたことも、ブリギッテの婚約解消後のイルクナーの窮状も、どれだけ貴族が足りていないのかも……。

「ローゼマイン様達と共にイルクナーを訪れた時、貴族が非常に少ないとは思いましたが、私はその背景も、ブリギッテがイルクナーに戻りたがっていることも知りませんでした」

そう言っている途中で私は思い出した。イルクナーに滞在中、ブリギッテから「イルクナーをどう思うのか」と問われたことを。

……もしかしたら、あの質問は婿入りを前提にした問いかけだったのか？

私がイルクナーに対して肯定的な返答をしたら、ブリギッテはとても嬉しそうに笑って手を差し出し、「社交辞令ではない」と求婚を受け入れてくれる言葉をくれた。心が通った幸せに全身を震わせていたあの瞬間、すでに私達はすれ違っていたのだろうか。背筋が凍るような自分の予想を信じたくなくて、私は頭を振って否定する。

「私はローゼマイン様の温情で護衛騎士に取り立てられた下級貴族です。主の許可なく護衛騎士を辞めることも、貴族街から出ることも許されていません。ずっと一緒に働いていたのだから、それはブリギッテもわかっていたはずです」

自分に言い聞かせるため、口にした言葉を聞いた兄上がハッとしたように目を見張った。

「あぁ……。其方は普通の下級貴族と同じようには考えられない立場か。だが、わかっていたはず、という態度は少々傲慢《ごうまん》だぞ。私は家族であり、其方が護衛騎士になった経緯を知っていても思い至らなかった。誰しも自分の尺度で物事を測るものだ」

ブリギッテはブリギッテの都合で、私は私の都合で考えていて、お互いに確認したわけではない。私の様子をじっと見ていた兄上が仕方なさそうな顔で苦い笑みを浮かべた。

「ダームエル、其方は確かに皆の予想を超えて努力した。下級貴族が中級貴族に求婚できるまで魔力を増やしたのだ。ローゼマイン様に魔力圧縮の方法を教えていただいたからだと言っていたが、実際に増やすのは簡単なことではない。その努力は我が弟ながら素晴らしいと思う。……だが、其方等が結婚するためにはそれだけでは足りなかった」

ギリと胸が締め付けられた。奥歯を噛み締めて俯く。手が届くと思ってしまったからこそ、自分が「足りなかった」ことを認めたくない。

「魔力は結婚を考える上での最低条件だ。たとえ下級貴族同士であっても魔力量と気持ちだけで結婚を決めることはできない。……其方は一年も猶予をもらっていたにもかかわらず、お互いに結婚する上で譲れない線の見極めができていなかった」

兄上の言葉が胸に次々と刺さっていく。この一年間、私は必死に努力して魔力量を増やした。そうすれば求婚を受けてもらえるのだと信じて、ただ魔力量を増やしていた。けれど、魔力量しか考えていなかった私には結婚生活についての思慮が足りなかった。

「結婚と恋愛は違う。結婚を見据えるならば、恋を実らせることが重要なのではない。その先に生活していけるかどうかが重要なのだ。其方とブリギッテ様ではお互いの望む将来がかけ離れすぎている。ただでさえ身分が違えば上手く生活を合わせるのは難しいのに、お互いに理解がない状態では不可能だと言わざるを得ない」

結婚後にどこでどのように生活をするのか。お互いにどのような事情を抱えているのか。そんな根本的なことさえ、私はブリギッテと話し合えていない。

兄上の言葉が途切れると、シンとした沈黙が落ちた。

……どうすればよかったのだ？

前もって話し合っておけば私がブリギッテと結ばれることはできたのだろうか。何をどのように話し合えばよかったのか。必死に頭を働かせて考える。

……せめて、ローゼマイン様が眠りについていなければ……。

色々と応援してくれていたのだ。何かが変わったかもしれない。きっと一緒に悩んでくれただろう。騎士団長やフェルディナンド様にも掛け合ってくれるかもしれない。

……だが、魔力圧縮について教えてもらった上に、更に助力を乞うのか？

兄上もブリギッテも知らないが、私は知っている。下町の関係者を守るために平民から領主の養女になったローゼマイン様は、最終的には保護者達の意向に逆らえないのだ。私が不用意にお願いすれば、幼い彼女が胸を痛める結果になる。

……護衛騎士が主を悩ませてどうするのだ。

私は何度も何度も自問自答を繰り返し、最終的には「無理だ」という結論に達して深い溜息を吐く。ゆっくりと顔を上げると、いつの間にかユリアーネの姿はなく、兄上だけが酒を飲みながら私を見ていた。

「自分の納得できる答えは出たかい、ダームエル？」

穏やかな目でそう言いながら、兄上は酒器を手に取って私の分の酒を注いでくれる。杯を手に取って、私はそっと口をつけた。ゴクリと飲めば、喉がヒリと焼け付くような感覚がする。

「どうやら私には縁結びの女神の祝福がなかったようです。……いくら考えてみても、護衛騎士を辞められない私と、イルクナーに尽くしたいブリギッテの交わる姿が見えませんでした」

「そうか……。ならば、ブリギッテ様にはよくよくお詫びしておくように。其方等の事情はともかく、公衆の面前で下級貴族が中級貴族に求婚しておきながら身勝手にもお断りしたのだからな。私は兄としてギーベ・イルクナーに其方の失礼を詫びよう」

兄上は肩の荷が下りたような顔でふっと息を吐いた。

「正直なことを言えば、私はブリギッテ様が求婚を受け入れる前に婿入りの件に関して確認してくれて助かったと思っている。お互いのすれ違いに気付かないまま求婚が成立し、後から事情が明らかになるよりはまだ傷は浅い」

婚約が成立してしまうと、二人だけの問題ではなくなり、家同士も深く関わってくる。ギーベ・イルクナーの一族と揉めることは、家長である兄上にとって最も避けたいことだろう。

……私は周囲を見ることもできていなかったのだな。

結婚は自分達だけの問題ではない。膨れ上がった想いだけが先走って、そんな当然のことにも注意を払えなかった。

翌日、私はブリギッテと神殿で顔を合わせた。どうしようもなく気まずいが、貴族ばかりが多くいる騎士の訓練場で話をするよりはよほどマシだ。

「すまない、ブリギッテ。私は……イルクナーに戻れないという言葉を真に受けて、イルクナーの事情や本当は戻りたいと考えていることさえ知ろうとしなかった」

「いいえ、わたくしも直前にお兄様から指摘されるまでダームエルが貴族街を離れられない可能性があることに思い至らなかったのです」

もっと早くに気付いていれば、とブリギッテが寂しそうに微笑んだ。二人とも周囲に指摘されるまで気付いていなかったのだ。兄上に言われた通り、婚約が成立してしまった後で気付くということにならなくてよかった、と乾いた笑いが漏れる。

「ダームエルは……本当にここから出られないのですね？」

そう言ったアメジストの瞳は、まだ諦めきれない一縷《いちる》の望みを持っているように見えた。「できることならば応じたい」と思う心とは裏腹に、私の頭は「何度考えても無理だっただろう」と冷静な判断を下す。

「ブリギッテはどうしてもイルクナーへ戻るのかい？」

質問に対して質問で返すのは少しだけ卑怯《ひきょう》かもしれない。でも、心が叫んでいるのだ。「まだ諦めきれない。ブリギッテが来てくれれば成就するのに……」と。

視線が絡み合う。

お互いに離れ難い想いを抱いているのがわかった。

しばらくの沈黙の後、ブリギッテはゆっくりと呼吸しながら目を伏せる。次に私を見た目にはキッパリとした決別の光があった。

「わたくしはギーベ・イルクナーの一族です。護衛騎士になったのも故郷のためでした。下級貴族となって貴族街で生きていくことはできません。イルクナーにとっての良縁を望みます」

縁結びの女神が持つ糸がプッツリと切れてしまったことを嫌でも悟った。身体中の力が抜けるような感覚の中、私は何とか笑って見せる。

「……その、私が言うのも何だが……当てはあるのか？」

「お兄様にエルヴィーラ様からお話があって、派閥の方を紹介してくださることになりました。わたくしが二十歳になる前に婚姻することを考えると急ぐ必要があるので、護衛騎士も辞めるようにと言われました。……ですから、神殿や訓練でわたくしと顔を合わせて気まずい思いをすることはなくなりますよ」

ブリギッテは寂しそうに微笑んで背を向けた。

「お互い、縁結びの女神リーベスクヒルフェの糸が繋がる相手と巡りあえるといいですね」

ブリギッテと決別した翌日は、領主一族の護衛騎士の訓練日だ。下級貴族である私が中級貴族との婚姻を断ったことで一体どのように周囲から悪《あ》し様《ざま》に言われるのか、考えただけで胃の辺りが痛くなってくる。腹を押さえながら訓練に向かうと、気遣うような微笑みを浮かべた騎士団長とやる気に満ちた顔のボニファティウス様が私を待っていた。

「見上げた忠義心であったぞ、ダームエル！」

「お、恐れ入ります……」

どのように扱われるのかと考えて戦々恐々としていたが、婚姻よりも忠誠心を取ったと上層部からは評価されたらしい。騎士団長は色々と察した顔で頷いていたし、ボニファティウス様はご機嫌だ。訓練場が針の筵《むしろ》という雰囲気ではなかったことに少しだけ安堵する。

「私は感動した。其方の忠義に見合うように更に訓練だ！　行くぞ、ダームエル！」

……できるだけ手加減をお願いします。

もちろんボニファティウス様に「手加減」という言葉など存在しない。失恋と訓練によって身も心もズタボロになる毎日がローゼマイン様の目覚めまで続いた。

困った男の調理法

ハァ、と重い溜息が聞こえた。

……もういい加減、鬱陶しいなぁ。

わたしがむっと眉を寄せると、ニコラが「あの、エラ……」と小さく声をかけてくる。

「大丈夫だよ。ニコラはここにあるフーシャを洗ってくれる？」

ここ数日、厨房には重い空気が満ちていて、すごく居心地が悪い。わたしはニコラに指示を出すと、元凶《げんきょう》へ視線を向けた。どんよりとした目で鍋をかき回すフーゴさんから嫌な空気が出ているのが見えるようだ。

……そりゃ抜け殻みたいになるのもわからないわけじゃないけど……。


今の状況はオトマール商会からイタリアンレストランのメニューをどうするのかと質問を受けたことから始まった。余所からの客が増える夏は、去年と違うメニューを一つは増やしたいらしい。これまではベンノさんを通してローゼマイン様に相談していたけれど、ローゼマイン様は一年くらい目覚めない。フランは「自分達で考えてください」とすげなく断ったそうだ。

新しいメニューを考えるように、と言われたけれど、イタリアンレストランの料理人であるトッドさんは良い案が浮かばなかったらしい。フーゴさんは下町の家に帰った時にトッドさんから「フーゴはローゼマイン様のレシピを何か知っているだろう？」と泣きつかれたそうだ。

以前一緒に働いていた仲間に頼られては断り切れず、フーゴさんは新しいレシピを考え始めたわけだが、その間、トッドさんに任せているだけではダメだと判断したオトマール商会は商業ギルドのお抱え料理人であるイルゼさんに依頼して新しいレシピを考えていたようだ。

フーゴさんが新しいレシピをトッドさんに教えるためにイタリアンレストランへ向かった時にイルゼさんとの間でどんな衝突があったのか、わたしにはわからない。でも、フーゴさんが神殿の厨房へ戻ってきた時にはイルゼさんとオリジナルメニューで料理対決をすることになっていた。おいしかった方をメニューに採用する、と。

ローゼマイン様は変わった料理が好きなので、契約魔術で縛られているメニューを除外しても、専属料理人であるフーゴさんとわたしには色々なレシピがあった。だから、ローゼマイン様から評価の高かったオリジナルメニューを選んで勝負に挑んだのである。

でも、結果としてはイルゼさんに負けた。


それから数日間、フーゴさんはずっとこの状態なのだ。料理をしている仕事中だというのに肩が落ちていて、背中が丸くなっていて、目に生気がない。仕事中なのに全然カッコ良くない。

ハァ……と重い溜息がまたフーゴさんの口から漏れた。この溜息も何度目だろうか。負けた次の日は何とか慰めようと色々気を遣っていたけれど、段々面倒くさくなってきた。

……たった一回負けたからってうじうじと！　次で巻き返せばいいでしょ！

わたしが鼻息を荒くしながらフーシャをダンダンと切っていく横で、全部のフーシャを洗い終わったニコラがフーゴさんに気遣うような視線を向ける。その視線に気付いたらしいフーゴさんが慰めの言葉を要求するように暗い目でニコラに向かって力なく笑った。

その笑顔を見た瞬間、イラッとしてわたしの中で何かが切れた。わたしは包丁を置くと、フーゴさんにツカツカと近付いていって、パシッとフーゴさんの腕を叩く。

「イルゼさんに負けたのが悔しいのはわかりますけど、いつまでもうじうじしないでくれませんか？　辛気《しんき》くさくて鬱陶しいです」

「なっ⁉　ひ、ひでぇ言い草じゃねぇか」

慰めを期待したところに叱咤されたフーゴさんが目を剥いて嫌な顔をした。でも、ここ数日間カッコ悪い姿ばかり見せられ、ニコラにデレデレする顔を見せられて、めちゃくちゃ嫌な顔をしたいのはわたしの方だ。

「今度こそイルゼさんに勝つって奮起するなら、わたしだって精一杯応援しますよ。でも、何日もうじうじされたら厨房の雰囲気が悪いままだし、せっかく作る料理がまずくなります。立ち直るまでしばらくお仕事を休んでください。今のフーゴさんはハッキリ言って邪魔です」

じとっと睨みながらそう言うと、フーゴさんは口をへの字にしてわたしを睨んだ。それから、助けを求めるように「エラのヤツ、ちょっと言い過ぎじゃねぇか？」とわたしの剣幕《けんまく》に目を丸くしているニコラに同意を求める。

……ニコラの優しさにつけ込もうとしてもダメですよ。

わたしはニヒッと笑いながらニコラの隣に戻ると、包丁を再び手に取ってフーシャを刻み、水を張ったボウルにボトボトと放り込んでいく。

「ローゼマイン様はまだ一年はお目覚めにならないってフランが言ってたみたいだし、孤児院用のお料理ならわたし達二人だけでもできるからフーゴさんが休んでも心配いりませんよ。ねぇ、ニコラ？　フーゴさんの体調が良くなるまで休んでもらった方がいいと思わない？　こんなにどんよりとした空気の中じゃせっかくの料理がおいしくなくなっちゃう」

ニコラは人差し指を顎に当てると、ぐにゅっと眉を寄せて少し考えこんだ。

「うーん、そうですね。お料理がおいしくなくなるのは困りますから、フーゴさんが下町へ帰れるようにわたしからフランに頼みましょう」

「あ、いや、ニコラ。ちょっと待て！　大丈夫だ。もう何ともない。フランへの報告も、お願いもいらないからな」

「……そうですか？」

きょとんとするニコラにフーゴさんが真っ青な顔で何度も頷き、「ほら、料理の再開だ！　美味《うま》いものを作るぞ！」とわざとらしく腕まくりをする。おいしい料理へニコラの気を必死に逸らそうとしている姿を見て、わたしはぷぷっと笑った。

神殿育ちのニコラは下町の常識からかなりずれている。神殿長室を取り仕切っているフランに「料理がおいしくなくなるのでフーゴを休ませたい」なんて申し出たら、フーゴさんは専属料理人として失格扱いになるはずだ。料理ができない料理人なんて雇っておく意味がない。でも、ニコラはそういうことをあまり考えない。生まれ育った環境のせいだろう。思いつかないようで、重視するのは「おいしい料理で幸せ気分になりたい」ということだけだ。

「ニコラは鍋を頼む。エラはフーシャを刻み終わったら、こっちの手伝いだ」

空元気なのか、わたしに対する怒りもあるのか、眉を吊り上げたフーゴさんは辛気くささを撥《は》ね飛ばしてカルフェ芋とナイフを手に取った。どうやらニコラの気を逸らすため、そして、完全復活を示すために一品増やすつもりのようだ。

わたしは水瓶から水を汲んで水場でザパザパと包丁を洗うと、フーゴさんと同じようにナイフを持って厨房の隅にある椅子にドスッと腰を下ろした。麻袋の中にぎゅうぎゅうに詰め込まれているカルフェ芋を一つ手に取って、スルスルと皮を剥いていく。

「くそ、エラ。覚えてろよ」

ニコラの様子を窺いながら悔しそうな小声でそう言ったフーゴさんにわたしは大きく頷いた。

「任せてください。ちゃんと覚えておきますよ。イルゼさんに負けてうじうじして、ニコラに慰めてもらおうとデレデレして失敗したフーゴさんのこと」

「待て！　やっぱり忘れろ」

「嫌ですよ～だ」

……好きな人のことは些細《ささい》なことでも覚えていたいからね。

フフンと笑いながら、わたしはカルフェ芋の皮を剥いていく。むくれた顔で手早く皮を剥いていくフーゴさんからはもうどんよりとした空気は漂ってこない。暗かった目に光が戻って、ちょっとだけ背筋が伸びて、少しカッコ良さが戻った。

……やっぱり料理中のフーゴさんはこうでなくちゃ。

フンフンとわたしが鼻歌混じりに芋の皮むきをしていると、フーゴさんが「ずいぶんご機嫌だな」と不機嫌そうに呟く。不機嫌というよりは、ばつの悪そうな顔という方が正しいだろうか。自分が面倒くさい空気を出していたことを自覚していて誤魔化そうとしているようにも見える。それがちょっと可愛く思えるなんて、わたしは結構男の趣味が悪いのかもしれない。

わたしは剥き終わったカルフェ芋を台の上のボウルにゴロンと入れて、次の芋を手に取りながらフーゴさんに笑いかける。

「そんなに落ち込まなくても、また夏の終わりから秋の初めにイタリアンレストランでメニュー対決するんでしょ？　だったら、その時にイルゼさんに勝てば良いじゃないですか。秋のメニューだったら、やっぱり茸《きのこ》をうまく使いたいですね。バターでじっくり炒めるのもいいですし、お酢を使ってさっぱり……」

「……エラは、俺がイルゼに勝てると思うのか？」

自信なさそうな顔でわたしを見たフーゴさんに、わたしは「勝てますよ」と間髪《かんはつ》入れずに答えながらどんどんとナイフを動かす。フーゴさんは信じられないものを見るようにわたしを見て目を丸くしているけれど、そんなに自信を持てない理由がわからない。

「だって、この間の敗因はフーゴさんがローゼマイン様の専属料理人として優秀だったからですもの。別に腕が悪くて負けたわけじゃないんだから勝ち目は十分にあると思いますよ」

「お前、あれだけイルゼに酷評されて、よくそんな脳天気なことを……」

イルゼさんに「メニューは斬新だけど、ちょっと塩を入れすぎて全体的な味のバランスが崩れてる」とか「リシャかピッツェを入れた方が味が引き締まって深みが出る」とか細かいところでダメ出しされたことを思い出しているのか、フーゴさんの頭がまた下がっていく。

「はい、そこまで」

わたしは剥けたカルフェ芋をフーゴさんの顔の前にグッと突き出して、それ以上頭が下がるのを食い止めた。フーゴさんが嫌な顔をしたので、わたしも同じように嫌な顔をしておく。せっかく浮上させたのに、また沈まれては面倒だ。

「ローゼマイン様の好むメニュー対決ならフーゴさんが圧勝でしたよ。でも、イルゼさんとの料理対決はイタリアンレストランのメニュー対決でしょ？　ローゼマイン様個人に合わせた味じゃダメなんです、多分。……ほら、ローゼマイン様の好みってちょっと塩味が濃いめだから」

あのメニュー対決はローゼマイン様の好みに偏《かたよ》りすぎたのが敗因だった。専属料理人は自分の雇い主が好む味付けに少しずつ変化させたり、苦手な食材を使わないようにしたりしながら料理を作るのが仕事だ。万人向けではなく、雇い主向けの料理でなければならない。

「トッドさんに頼まれたのが、ローゼマイン様の新しいレシピだったから、フーゴさんはそれを勝負の場に持っていったでしょ？　だから、負けたんですよ」

「あ～。美味いかどうか決めるのは大店の旦那様達だもんな。だから、従来の貴族料理にコンソメを取り入れて風味を豊かにしたイルゼの料理の方が受け入れられたのか……」

イタリアンレストランのメニューはそこまで変わった料理でなくても良いのだ。ちょっと変わっているけれど一般的に受け入れられる味で、使用する食材や調味料が予算や仕入れられる量に合うかどうかが大事なのである。

「ローゼマイン様の好む味じゃなくて万人向けの味が必要で、神殿や城の厨房と違って氷室《ひむろ》が使えないってところも敗因だったかもしれねぇな。夏用のレシピの大半が使えなかった」

「そうですね。ローゼマイン様の夏のレシピって氷室を使う物が多いですから」

虚弱で暑さにも弱くて、すぐに食欲をなくすので、ローゼマイン様の夏のレシピはあっさりとした物やひんやりとしていて食べやすい物が多い。けれど、それらはどう考えても魔術具の氷室が使えないイタリアンレストラン向きではない。

「ちょっと俺の意識がお貴族様寄りになりすぎてたな。下町で作るってことを一番に考える必要があった。……夏の終わりから秋のレシピならもうちょっと使える物が増えるか？」

自分の敗因を真っ正面から見つめ始めたフーゴさんの顔は、わたしが無理矢理上げなくても自然と上がってきている。やる気が出たようにニヤッと唇の端が上がっているのを見て、わたしも唇の端が上がっていく。

……うん、いい顔！

一番好きなフーゴさんの表情が戻ったのを確認して満足したわたしは、ふふっと笑って次の芋を手に取って剥き始めた。

「ちょっと、フーゴさん。手が止まってますよ。ほら、剥いて、剥いて」

ナイフを持ってぼーっとしていることに気付いて注意すると、フーゴさんはハッとしたように皮剥きを再開した。でも、何だか手付きに迷いがあるのか、本調子の時と違ってわたしよりも皮剥きが遅い。チラチラとわたしの方を見ている視線が何だか気になる。

「フーゴさんはまだ何か悩んでるんですか？　次の対決のメニューは別に今日考えなくても良いと思いますよ。まだまだ時間がありますから」

「お、おぉ……。そうだな。メニューはそのうちで……」

わたしを見ているのに、何だか生返事に近い声が返ってきた。結構大きな考え事のようだ。

……今度は何だろう？　本当に手が焼ける困った人だよね。

フーゴさんが悩まなければならないようなことが他にあっただろうか。全く思いつかない。わたしは唇を尖らせて、うーんと考えながらカルフェ芋の皮を剥き続ける。

「あのさ、エラ……」

「何ですか？」

相談事かとわたしが少し身を乗り出せば、フーゴさんはまるで夕食のメニューの相談でもするようにさらっとした口調でこう言った。

「俺と結婚しないか？」

あまりにも突然すぎて頭が真っ白になった。聞き間違いではないだろうか。脈絡がなさすぎて、言われたことが信じられなくて、わたしは目を瞬きながらフーゴさんを凝視する。

「あ～、いや、その……そうやって励ましてくれるエラがいてくれたらって思って……」

口元を押さえたフーゴさんが「失敗したな」と小さく呻いた。目元が赤くなり、段々とその赤みがフーゴさんの顔全体に広がっていく。

「エラが嫌ならそう言ってくれて良いからな。俺は言われ慣れてる」

わたしが手に持っていた芋を取り上げて手早く剥き終わると、フーゴさんはたくさんの芋が入ったボウルをガッと持ち上げる。まるで逃げるように調理台へ去って行くフーゴさんを捕まえようとして、わたしは思わず手を伸ばした。

「嫌ってわけじゃなくて、嬉しいですよ。わたしもフーゴさんのこと、好きですし……。嬉しいんですけど、せめて、ニコラがいないところにしませんか？」

神殿育ちのニコラは空気を察してその場を空けてくれるわけではなく、何も知らない子供が周囲の大人の言動に興味を持ってじっと見てくるような目でこちらの様子を窺っている。さすがにこの場でそういう話をするのは耐えられない。

「そ、そっか。そうだな。……じゃ、帰りに改めて。うん」

そうして、下町の家への帰り道で再び求婚され、わたしの恋は実ることになったわけだが、それから先もフーゴは相変わらず困った男だった。

「ローゼマイン様の目覚めを待つってことはあれだろ？　次の星祭りでも俺は主役になれないってことだろ⁉」

フランに結婚の許可を取りに行ったものの、ローゼマイン様が目覚めてからでなければ対応できないと言われたのだ。星祭りを心待ちにしているフーゴがガーガー吠えている。

わたしはフーゴの腕を取ってポンポンと宥《なだ》めるように軽く叩きつつ、歩き始めた。包丁だこのある指に自分の指を絡めると、途端にフーゴが口を閉ざした。

「ねぇ、フーゴ。ローゼマイン様が目覚めてからの星祭りより、間近に迫ったメニュー対決の方を考えようよ。今度こそイルゼさんに勝つんでしょ？」

「おぅ、任せとけ。エラはデザートを考えてくれよ。ラッフェルを使ったヤツ」

やる気に満ちた茶色の瞳が嬉しそうにわたしを見下ろしている。その目を見て、今度は勝てるな、とわたしは確信を持った。

ユレーヴェに必要な素材

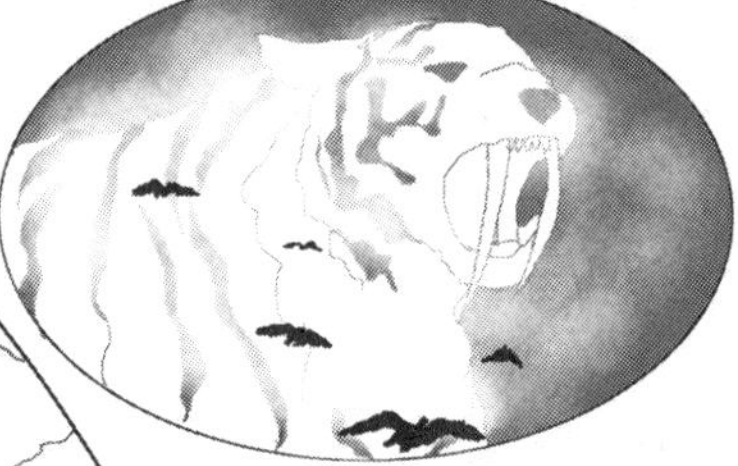

《冬の主の魔石（シュネティルム）》

エーレンフェストの北の方に冬になったら出てくる魔獣。
今年はシュネティルムだったけれど冬の主になる魔獣は毎年変わる。
出現場所も決まっていない。
大きくて、吹雪に包まれている。
眷属を生み出す。
黒い塊がエーレンフェストの騎士達。

《リュエルの実》

ドールヴァンの近くの森にある。
金属のようにつるりとした木。
木蓮の蕾のような花から花弁が落ちると、
紫水晶のような実が出てくる。
紫なのはシュツェーリアの夜だけらしい。
たくさんの魔獣が狙っている。

《ライレーネの蜜》

女神の水浴場に咲く花の蜜。
フリュートレーネの夜には急成長する。
朝日と共に元の大きさに戻る。
タルクロッシュが狙っている。
葉の上にいる黒の塊がローゼマイン。

《リーズファルケの卵》

ローエンベルクの山に生息するリーズファルケ。
白くて大きな猛禽類のような魔獣。
爪が勾玉のように曲がっていて鋭い。
卵を取るには親鳥のいない隙を狙う必要がある。

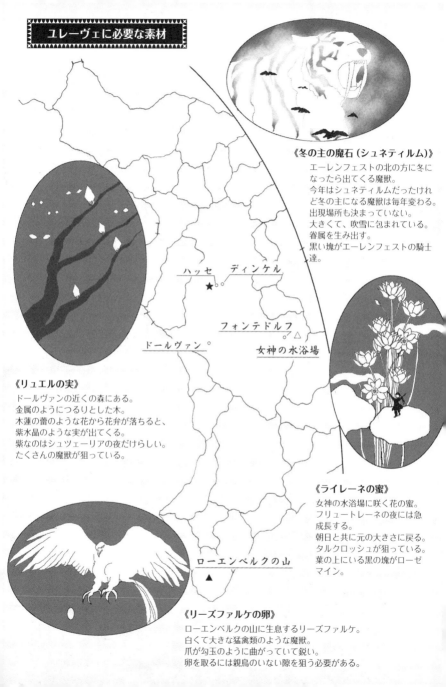

あとがき

お久しぶりですね、香月美夜です。

この度は『本好きの下剋上　～司書になるためには手段を選んでいられません～　第三部　領主の養女Ⅴ』をお手に取っていただき、ありがとうございます。これで第三部は終了です。


今回はお父様や神官長の協力もあり、リュエルの実を採集するリベンジに成功。ユレーヴェ作りの材料が揃いました。でも、やっと健康になれると喜んだのも束の間のことでした。

ローゼマインが収穫祭で直轄地を回っている間に行われた狩猟大会で貴族達の罠にはめられていたヴィルフリート。何とか救う手立てがないか、ローゼマインは必死に頭を働かせます。何とか表面的には現状維持に見せかけられたものの、裏では……。

そんな中、ヴィルフリートの妹シャルロッテが初登場。初めてできた妹に良いところを見せたくて張り切るローゼマインでしたが、そのせいで襲われ、約二年間に渡る長い眠りにつくことになってしまいました。

短編集はローゼマインが眠りについた期間の出来事です。城で、神殿で、下町で、様々な変化が起きました。書き下ろし短編はダームエル視点と、エラ視点で恋の結末です。

第三部の完結に合わせて、公式サイトで第二回人気キャラランキングを行うことになりました。前回の三位は関係者にとって意外だったダームエル。今回も意外なキャラが上位に入ってくることになるのでしょうか。楽しみです。

また、TOブックスのオンラインストアで『本好きの下剋上』のドラマCDが同日発売されました。書籍を読んで、ドラマCDを聴いて、また読み直してみてくださいませ。声優さん達の素敵な声が頭の中で再生されますよ。公式HPでサンプルボイスを公開中です。

http://www.tobooks.jp/booklove/

表紙はさらわれたローゼマインとシャルロッテの二人、そんな二人を救い出すおじい様とアンゲリカです。カラーイラストにもおじい様がバーンといて、今回はおじい様祭りですね。シャルロッテの可愛さにキュンとしました。椎名優様、ありがとうございます。

最後に、この本をお手に取ってくださった皆様に最上級の感謝を捧げます。

第四部Ⅰは冬の初めになる予定です。そちらでまたお会いいたしましょう。

二〇一七年七月　香月美夜

毎度おなじみ
巻末おまけ
ゆるっとふわっと日常家族
作：しいなゆう
もし ボニファティウスが本能のままだったら
おお!! ローゼマイン
死
ビキ ビキ
ギギ
ギギ
気になる貴方
………
ユストクス わたくしの後ろを追っても何もございません!!
ええ〜〜〜?
ええ〜じゃないです!!

貴方を抱きしめたい

ルッツ！

お。

キャー

マイン♡

わっ

キャ キャ

キャ

ドドドドドド

本能

ギぎゃああああ

ローゼマイン‼

ドドドド

死の予感

会 話

おじい様今日はよく晴れて気持ちのいい日ですね

うむ

当たり障りのない会話

・・・・・・・・・

おじい様って無口だから会話が続かないし

何考えてるか分からなくてちょっと怖いんだよなぁ

脳内思考

ゼマインと今日は言ってきたぞう

そしていい1日になり

ローゼマイン

ローゼマインいつ見ても可愛い

おおローゼマイン

少しは成長した
第一部 兵士の娘
第二部 神殿の巫女見習い